Roter Blitz

© Axel Schulten

Astrid Frank, 1966 in Düsseldorf geboren, war bereits während ihres Studiums der Germanistik, Biologie und Pädagogik als Lektorin und Rezensentin für mehrere deutsche Verlage tätig. Nach dem Studium arbeitete sie für ein halbes Jahr in einer Buchhandlung und beleuchtete das Medium Buch damit von einer weiteren Seite. Seit 1997 ist sie freie Lektorin und Übersetzerin. Die Autorin lebt mit Mann, Sohn und Hund Lisa in Köln.

Von Astrid Frank ist im Carlsen Verlag außerdem der Titel *Fliegen wie Pegasus* (CTB 511) lieferbar.

Astrid Frank

Roter Blitz

CARLSEN

Veröffentlicht im Carlsen Verlag
Dezember 2010
Mit freundlicher Genehmigung des Thienemann Verlages

Umschlagfoto: iStockphoto.com/© Tomas Bercic
Umschlaggestaltung: formlabor
Corporate Design Taschenbuch: Dörte Dosse
Gesetzt aus der Minion und Frutiger von Dörlemann Satz, Lemförde
Druck und Bindung: GGP Media GmbH, Pößneck
ISBN 978-3-551-35843-1
Printed in Germany

Alle Bücher im Internet: www.carlsen.de

Das Pferd Phar Lap und die meisten Personen, die hier beschrieben werden, haben tatsächlich gelebt. Dennoch hat nicht alles, was zwischen diesen Buchdeckeln erzählt wird, genau so stattgefunden. Manches wurde weggelassen, anderes verändert oder hinzugefügt. Und doch vermittelt uns diese weitgehend wahre Geschichte Einblicke in das Schicksal eines außergewöhnlichen und faszinierenden Pferdes.

ASTRID FRANK, FEBRUAR 2006

PROLOG

»… die Guten sterben jung. Er war nur auf der Erde,
um von den Menschen verehrt zu werden.
Dann wurde er in den Himmel abberufen wie alle guten Dinge.«
FAN AUS ADELAIDE, SÜDAUSTRALIEN

Das junge Pferd zitterte. Überall knackte und knarrte es. Und es war dunkel. Der Jährling konnte kaum etwas sehen. Er spürte lediglich ein ewiges Schaukeln, das ihn hochhob und wieder fallen ließ. Ab und zu rollte etwas geräuschvoll gegen seinen linken Vorderhuf. Aber das Pferd konnte nicht sehen, was es war. Es zog erschreckt den Vorderlauf hoch. Auf drei Beinen konnte es dieses Schaukeln jedoch nicht ausgleichen und so ließ es das Bein wieder sinken.

Manchmal hörte das Pferd auch noch andere Geräusche. Ein Rumpeln oder einen lauten Ruf. Dann zuckte es zusammen, versuchte zu fliehen, doch der Holzverschlag, in dem es stand, war so eng, dass es sofort gegen eine Wand stieß.

Das Pferd hielt sein Maul in den Futtertrog, den es zwar nicht sehen, aber riechen konnte. Der Trog war leer. Schon seit Tagen war er leer. Der Jährling wusste nichts von Tagen, er wusste nur, dass er Hunger hatte. Hunger und Durst. Doch der Wassereimer, der in einer Ecke seines Gefängnisses gestanden hatte, war verschwunden.

Vage erinnerte sich das verängstigte Tier an das metallene Geräusch, als der Eimer umgefallen war. Das Wasser hatte sich über seine Hufe ergossen und war allmählich versickert.

Das Pferd stand mit den Hinterhufen in seinem eigenen Mist, den niemand wegmachte. Es wusste nichts von Vergangenheit, Gegenwart oder Zukunft. Dennoch hatte es dieses Gefühl. Dieses Gefühl, dass sein Leben so nicht lebenswert war. Dass es von jemandem, der sich seiner annahm, erlöst werden musste. Erlöst werden wollte.

Und sei es durch den Tod.

1

»Wir sind nur einfache Leute,
aber wir glauben, er war ein
vom Himmel geschickter Engel.«
FAN AUS LAUNCESTON, TASMANIEN

Der Mann grunzte missmutig und zog seinen Hut mit der breiten Krempe tiefer ins Gesicht, um sich vor dem unablässigen Regen zu schützen. Er fror und allmählich schmerzten seine Beine von dem langen Stehen. Wieder und wieder rollte er die Zeitung, die er in den Händen hielt, enger zusammen. Darin hatte er mit Interesse einen Artikel über Bert Hinkler gelesen, einen gebürtigen Australier, der in nur 128 Stunden allein von England nach Australien geflogen war. *März 1928* konnte man ganz weit oben am Rand des Papiers von minderer Qualität entziffern. Um das genaue Datum lesen zu können, hätte der Mann die Zeitung auseinanderfalten müssen. Doch das tat er nicht. Er wusste auch so, welcher Tag heute war: der Tag, der sein Leben nachhaltig und für immer verändern sollte.

Das Gedränge um den Anfang Fünfzigjährigen und seinen jungen Begleiter wurde stetig schlimmer, je näher das Auslaufen des nächsten Schiffes heranrückte. Pferdekutschen holperten über das Kopfsteinpflaster und eine korpulente Dame mit Koffer eilte so dicht an ihnen vorbei, dass sie den hageren Mann im Trenchcoat versehentlich anrempelte. Sie wandte sich um und starrte ihn grimmig an, als trüge er die Schuld an dem Zusammenstoß und nicht sie.

»Entschuldigen Sie, Ma'am«, sagte der hagere Mann höflich und tippte an seinen schon leicht ramponierten Hut.

Die Dame schnaubte empört und setzte ihren Weg fort.

Die Falten um seine Mundwinkel wurden tiefer, als der Mann jetzt seine Taschenuhr hervorzog und einen Blick darauf warf. Seit über einer Stunde standen sie nun hier am Kai, um die Lieferung in Empfang zu nehmen. Doch bis jetzt waren lediglich unzählige Container über ihren Köpfen herabgeschwebt. Aber keine Spur von dem, worauf der Mann wartete. Aufgeschreckt durch das Tuten eines der Schiffe, die soeben ausgeladen wurden, schaute er wieder auf. Gerade rechtzeitig, um einen Blick auf das Pferd zu erhaschen, das mit allen vier Beinen in der Luft baumelnd vom Deck des Schiffes auf den Boden herabgelassen wurde und dabei alles andere als glücklich aussah. Ein breiter Lederriemen um seinen Bauch war alles, was es vor einem Absturz aus etlichen Metern Höhe bewahrte.

Die Regentropfen prasselten erbarmungslos in das Gesicht des Mannes und seine Miene zeigte nicht die geringste Gefühlsregung, während er das Tier musterte, das sich wie ein dunkler Schatten gegen den grauen Himmel abhob und in diesem Augenblick angstvoll wieherte. Die Augen seines jungen Begleiters dagegen, der zwischen dem kränklich aussehenden Pferd und dem älteren Mann hin- und herblickte, spiegelten deutlich seine Unsicherheit und Verwirrung wider.

Das Pferd hatte nun festen Boden unter sich und wurde von einem der Arbeiter, die für das Ausladen der Schiffsfracht verantwortlich waren, von dem Lederriemen befreit und weggeführt.

Immer noch sah der junge Mann seinen Gefährten fragend an, aber der blickte stur weiter zu dem gigantischen Schiff empor, als erwartete er, dass von dort ein Wunder käme. Doch nichts geschah. Weder wurden weitere Container ausgeladen noch schwebte ein zweites Pferd aus luftiger Höhe herab. Der junge Mann räusperte sich und wechselte unruhig von einem Bein auf das andere. Er hatte klatschnasse Füße. Die Sohlen seiner Schuhe waren längst durchgelaufen. Selbst die offensichtliche Unruhe des Jüngeren entlockte dem Älteren nicht die geringste Erklärung.

Allmählich ließ das Gedränge am Kai nach. Die Passagiere, die vereinzelten Automobile und die Pferdekutschen, die über den holprigen Boden gerattert waren und hin und wieder Matsch aus einem der unzähligen Schlaglöcher hochgespritzt hatten, waren ebenso verschwunden wie die zu verladende Fracht.

»Sir?« Ein Mann mittleren Alters, der plötzlich wie aus dem Nichts vor den beiden Wartenden auftauchte, wedelte verlegen mit irgendwelchen Papieren, die vom Regen bereits aufgeweicht waren.

Es schien, als müsste der Mann mit dem breitkrempigen Hut erst von weiter Ferne hergeholt werden, so langsam löste er seinen Blick vom Schiff und wandte sich dem Bediensteten der Hafenanlage zu. »Ja?«

»Sind Sie Mr Harry Melforth?«

»Telford«, entgegnete der Angesprochene. »Mr Harry Telford.«

Der Hafenangestellte warf einen Blick auf seine Unterlagen. »O ja, sicher, Sir. Mr Harry Telford. Ihr Pferd wartet dort auf Sie.« Er deutete mit dem Kopf auf eine Lagerhalle in wenigen Metern Entfernung.

Harry Telford legte die Stirn in Falten. »Ach ja?« Er schien zu überlegen, doch schließlich nickte er. »Gut«, sagte er und ging mit ausladenden Schritten voran.

Seinem jungen Begleiter und dem Bediensteten der Hafenanlage blieb nichts anderes übrig, als ihm zu folgen.

Im Eingang zur Lagerhalle blieb der Ältere stehen. Zum ersten Mal seit fast zwei Stunden fiel ihm kein Regentropfen aufs Haupt. Er nahm daher seinen Hut ab, strich sich mit der rechten Hand eine nasse Strähne seines grau melierten Haars aus der Stirn und sah sich suchend um. In der Halle herrschte Dämmerlicht. An einem Tag wie diesem, an dem es seit dem frühen Morgen ohne Unterlass geregnet hatte, war die Dunkelheit mit Händen greifbar. Das fehlende Tageslicht schlug aufs Gemüt und machte Mensch und Tier gleichermaßen reizbar.

Im hintersten Winkel der Halle hatte man einen provisorischen Stall errichtet. Etwas Stroh auf dem nackten, kalten Steinfußboden, das kaum die Bezeichnung Einstreu verdiente, und ein rostiger Eimer mit stinkendem, schmutzigem Wasser waren alles, was die Pferde vorfanden, die nach einer langen Reise aus fernen Ländern im Hafen von Sydney ankamen. Auch dem mageren Fuchs, der jetzt mit gesenktem Kopf hinter dem Bretterverschlag ausharrte, erging es da nicht anders. Es sah aus, als würden die Muskeln an seinem dürren Hals nicht ausreichen das Gewicht des Schädels zu tragen.

Harry Telford, dessen Augen sich allmählich an das Dämmerlicht gewöhnt hatten, musterte das rotbraune Tier. Dass ihn der Anblick nicht erfreute, war offensichtlich. Er ließ seinen Blick auf der Suche nach einem zweiten Stall und einem anderen Pferd durch die Halle schweifen.

Mittlerweile hatten die zwei jüngeren Männer zu ihm aufgeschlossen und blieben neben ihm stehen.

»Und?«, wandte sich Harry Telford an den Hafenbediensteten. »Wo ist mein Pferd?«

»Dort drüben, Sir«, antwortete der Mann etwas verwirrt über diese augenscheinlich überflüssige Frage und wies mit ausgestrecktem Arm auf den Fuchs, dem das Interesse der Menschen an ihm völlig egal zu sein schien.

Harry Telford sog scharf die Luft ein und seinem jungen Begleiter stand vor Schreck der Mund offen. »Das kann nicht sein«, entgegnete Mr Telford. »Sie müssen sich irren.«

»O nein, Sir.« Der Bedienstete wedelte erneut mit den völlig aufgeweichten Papieren in seiner Hand, von denen nun Wassertropfen in alle Himmelsrichtungen spritzten. »Das ist Ihr Pferd. Hier steht es schwarz auf weiß.«

Harry Telford verzichtete darauf, diese Aussage zu überprüfen. Stattdessen schloss er in einem stummen Gebet die Augen und legte den Kopf in den Nacken.

Sein junger Begleiter, der bislang wie ein Schatten hinter ihm gestanden hatte, machte als Erster ein paar Schritte auf das junge Pferd zu. Er blieb dicht vor ihm stehen und musterte es ausgiebig. Aber auch aus der Nähe betrachtet wurde der Anblick nicht besser. Selbst unter Berücksichtigung der Tatsachen, dass der junge Hengst noch lange nicht ausgewachsen war und dass er gerade eine kraftzehrende Schiffsreise hinter sich hatte, war und blieb er unansehnlich. Sein Gesicht war mit unzähligen Warzen übersät, sein Fell verdreckt und struppig, die Kruppe wetteiferte mit den Rippen darum, wer am eindrücklichsten hervorstand, und die Proportionen des Pferdes waren im besten Falle als merkwürdig zu bezeichnen. Immer noch hielt das Tier den Kopf gesenkt, der tatsächlich für den ausgemergelten Körper zu groß und zu schwer zu sein schien. Die Ohren wiederum waren zu lang und zu dünn und standen zur Seite ab wie bei einem tollwütigen Hund. Die Augen blieben hartnäckig geschlossen, als wollte der junge Fuchs gar nicht sehen, wohin es ihn in seinem jungen Leben verschlagen hatte. Zumindest dafür hatte der junge Mann, der vor dem Gitter stand, angesichts der trostlosen Umgebung, in der sie sich hier befanden, Verständnis. Er musterte gerade die Blesse des Tiers, die ihn an einen Halbmond denken ließ, als das Pferd die Augen aufschlug und ihn direkt anblickte.

Der junge Mann vergaß für einen Moment zu atmen. Die braunen Augen, die seinen begegneten, waren so voller Gefühl, wie er es nie zuvor bei einem Pferd erlebt hatte. Sie zeigten deutlich die Pein, die die geschundene Kreatur empfand, und sie schienen ihn um Hilfe zu bitten. Irgendetwas an diesem Blick berührte den jungen Mann tief in seinem Inneren und er konnte nicht anders, als ein stilles Versprechen zu leisten, dass er tun würde, was in seiner Macht stand, um dem Fuchs mit der außergewöhnlich geformten Blesse beizustehen.

So schnell er gekommen war, so schnell war dieser magische Moment wieder vorbei, als der junge Mann in diesem Augenblick bei seinem Namen gerufen wurde.

»Tommy!«, gellte der Ruf Harry Telfords durch die Halle. »Mach das Pferd fertig und bring es zum Anhänger.«

»Ja, Sir«, antwortete Tommy eilfertig und fingerte bereits an dem Schloss herum, um den Verschlag zu öffnen.

Der Fuchs blieb wie angewurzelt stehen, als der junge Mann zu ihm in den Stall kam. Er schreckte nicht zurück. Entweder weil er zu schwach dazu war oder weil er es nicht für nötig befand. Tommys Hand glitt in seine ausgebeulte Hosentasche und kam mit einem kleinen Stück Zucker wieder zum Vorschein. Er hielt es dem Tier unter die Nüstern und nach einer Sekunde des ungläubigen Zögerns senkte das Pferd die Lippen auf Tommys Hand. Der Stallbursche spürte den warmen Hauch des Pferdeatems und die Weichheit der Nüstern auf seiner Haut, als das Pferd den Zucker erst vorsichtig nahm und dann begierig mit seinen Zähnen zermalmte.

»Komm, Bobby«, sagte Tommy, ohne zu wissen, wie er auf den Namen kam, und der Fuchs folgte ihm ohne die geringste Scheu. Schlimmer konnte es wohl sowieso nicht mehr werden und der süße Geschmack des Zuckers war ein kleiner Lichtblick.

»Das ist nicht Ihr Ernst!« Dem Mann im feinen dunkelgrauen Anzug, der am Zaun der Koppel stand, war sein Entsetzen ins Gesicht geschrieben. Er begutachtete gerade das Pferd, das gelangweilt und laut schnaufend am Ende der langen Longe seine Runden drehte. »Ist Ihr Bruder blind? Wie konnte er nur auf dieses Pferd bieten, nachdem er es gesehen hatte?« Insbesondere aus seinem Mund klang der Vorwurf merkwürdig, denn auf dem Nasenrücken des kleinen Mannes saß eine Brille mit auffallend dicken Gläsern. Sie ließen seine Augen stark vergrößert erscheinen und waren ein untrügliches Indiz dafür, dass es um seine Sehkraft nicht gerade rosig bestellt war.

Tommy Woodcock saß, umgeben von einigen anderen Stalljungen und Jockeys, die für Harry Telford arbeiteten, neben seinem jungen Freund Cashy Martin auf dem entgegengesetzten Ende des Zauns. Die höhnischen Bemerkungen seiner Kollegen zu dem Pferd versuchte er zu ignorieren. Er hatte sich große Mühe gegeben, den Fuchs ansehnlicher zu gestalten. Stundenlang hatte er sein Fell, seine Mähne und seinen Schweif mit Kardätsche und Kamm bearbeitet und nun konnte man zumindest sehen, dass das Fell des Pferdes von einem hübschen und außergewöhnlich intensiven Rot war. Obwohl ihm immer noch jeglicher Glanz fehlte und sich selbstverständlich weder an den Proportionen noch an den hässlichen Warzen des Tieres über Nacht irgendetwas geändert hatte.

»Sie werden schon sehen, Mr Davis!«, rief Harry Telford dem feinen Herrn am Rand der Koppel zu, während er das fuchsfarbene Pferd mit seiner Peitsche vergeblich zu einer schnelleren Gangart zu bewegen versuchte. »Nach ein wenig Erholung von der Schiffsreise und anständigem Training werden Sie das Pferd nicht mehr wiedererkennen. Es ist der geborene Champion«, behauptete er, obwohl das Pferd bereits nach den ersten fünf Runden im langsamen Trab schnaufte und schwitzte wie ein altersschwacher Ackergaul.

Die Stalljungen quittierten diese Weissagung mit Gekicher und anzüglichen Bemerkungen, die jedoch aus guten Gründen so leise ausgesprochen wurden, dass Telford sie nicht hören konnte.

»Wissen Sie was?«, fuhr Mr Davis fort. »Sie werden das Pferd so schnell wie möglich verkaufen. Ich weiß ehrlich nicht, was mich dazu verleitet hat, Ihnen blind zu vertrauen und hundertsechzig Pfund für ein Pferd auszugeben, das ich nicht selbst gesehen habe.«

Harry Telford bedeutete Tommy mit einer Kopfbewegung, seine Position einzunehmen. Der Zweiundzwanzigjährige sprang mit einem Satz vom Zaun und ging ruhigen Schrittes zur Mitte der Koppel, wo sein Boss ihm das Ende der Longe in die Hand drückte und anschließend auf Mr Davis zutrat, der mit vor Zorn gerötetem Gesicht auf ihn wartete.

»Hören Sie«, sagte Mr Telford, »Sie müssen mir glauben. Ich habe den Stammbaum dieses Pferdes gründlich studiert. Es hat das beste Blut in sich. Es wird Erfolg haben – es kann gar nicht anders sein.«

»Ich habe gesagt, verkaufen«, beharrte Mr Davis. »Ich werde nicht auch nur einen Penny weiter in diesen Gaul investieren. Oder glauben Sie etwa, ich sehe zu, wie Sie diese Missgeburt trainieren, und bezahle auch noch dafür?«

Auf Telfords Stirn bildeten sich Schweißperlen. »Ich würde Ihnen die hundertsechzig Pfund geben, wenn ich sie hätte. Das können Sie mir glauben! Ein solches Pferd ist das Fünfzehnfache dieser Summe wert. Aber ich habe nun mal keine hundertsechzig Pfund. Sonst hätte ich Sie nicht darum gebeten, das Pferd zu kaufen.« Er seufzte und seine Stimme klang fast flehend. »Aber ich schlage Ihnen ein Geschäft vor: Sie überlassen mir das Pferd für ... sagen wir, drei Jahre. Ich trainiere es und komme für alle Unkosten auf. Und danach können Sie entscheiden, es zu verkaufen.« Er machte eine Pause. »Was haben Sie dabei zu verlieren?«

Mr Davis schwieg, während er über das Angebot nachdachte. Er verfluchte im Stillen den Tag, an dem Harry Telford zu ihm gekommen war und ihm von dem Jährling erzählt hatte, den er nach der Beschreibung eines Katalogs ausgewählt hatte. Hundertsechzig Pfund und die Kosten für die Überfahrt aus Neuseeland hatte er in dieses angebliche Wunderpferd investiert. Und jetzt musste er daran zweifeln, auch nur einen Bruchteil dieser Summe jemals wiederzubekommen. Kein vernünftiger Mensch, der dieses Pferd zu Gesicht bekäme, würde auch nur einen einzigen Schein zücken, um es zu erwerben. Selbst Hundefutterfabrikanten würden wohl davor zurückschrecken, dieses von Warzen verseuchte Monstrum in ihre Dosen abzufüllen. Aber Telford hatte Recht: Was hatte er jetzt noch zu verlieren? Das Kind war bereits in den Brunnen gefallen und er sah keine Möglichkeit, es dort unversehrt wieder herauszuholen.

Harry Telford wurde es abwechselnd heiß und kalt, während er auf eine Antwort des Pferdebesitzers wartete. Seine einzige Hoffnung bestand darin, dass er sich in dem Leistungsvermögen dieses Pferdes nicht geirrt hatte. Und wenn doch, nun, dann konnte er sich getrost direkt einen Strick nehmen – vorausgesetzt, er brachte das Geld auf, um sich einen zu kaufen. »Wenn es gewinnt, und das wird es«, fuhr er fort in dem Bemühen, Davis – und vielleicht auch sich selbst – zu überzeugen, »dann bekommen Sie jedes Mal ein Zehntel vom Preisgeld, das es einstreicht.«

»Ein Drittel«, antwortete Davis wie aus der Pistole geschossen. Geschäft war Geschäft, auch wenn er nicht im Traum glaubte, dass dieses hässliche und klapprige Pferd jemals bei einem Rennen über die Ziellinie laufen würde. Ob nun als Erster oder als Letzter. Vermutlich fiel es eher nach der Hälfte der Strecke tot um. Aber er streckte Harry Telford zur Besiegelung des Geschäfts die Hand entgegen und der Trainer ergriff sie und drückte fest zu.

Als hätte der Fuchs gehört, dass seine unmittelbare Zukunft soeben gesichert worden war, blieb er ruckartig stehen, stemmte heftig schnaufend alle vier Hufe fest in den Boden und weigerte sich, auch nur einen einzigen weiteren Schritt zu machen. Seine Ohren zuckten missmutig vor und zurück, als die jungen Männer am Zaun in brüllendes Gelächter ausbrachen.

David Davis hatte genug gesehen. Kopfschüttelnd

wandte er sich ab und ging zu seinem Automobil zurück, das wenige Meter entfernt stand, während das Lachen hinter ihm immer weiter anschwoll. Er sah sich nicht mehr nach dem Pferd um, für das er hundertsechzig Pfund bezahlt hatte. Hundertsechzig Pfund zu viel.

»Hey, Woodcock!«, rief einer der Stallburschen Tommy zu, als der Motor des Wagens mit lautem Knattern ansprang. »Halt bloß die Longe gut fest, sonst geht dir das Pferd gleich durch!«

Die anderen bogen sich vor Lachen.

»Ja, genau!«, schrie ein Zweiter. »Bei so einem Energiebündel muss man auf alles gefasst sein!«

Die Jungs fielen vor Lachen fast vom Zaun, während Harry Telfords Gesicht erstarrte, als wäre es aus Stein gemeißelt. Doch selbst sein strenges Auftreten, das sonst augenblicklich alle Untergebenen strammstehen ließ, beeindruckte die jungen Männer in diesem Moment nicht.

»Achtung, der ›Rote Blitz‹ kommt!«, schrie ein Dritter und die anderen schlugen ihm grölend auf die Schultern.

»Vorsicht, meine Damen und Herren, auf der Zielgeraden kommt jetzt der ›Rote Blitz‹, halten Sie Ihre Hüte gut fest!«, tönte der Nächste und tat so, als hätte er ein Megafon vor den Lippen.

Tommy stand in der Mitte der Koppel und hielt Bobby an der Longe. Er lächelte gequält, während er seine Hosenträger zurechtrückte, obwohl sie nicht verrutscht waren, und schwieg. Sein Blick traf sich mit dem seines Freundes Cashy Martin, eines vierzehnjährigen Jockeys, dem der eine oder andere bereits eine große Zukunft auf der Rennbahn vorausgesagt hatte. Auch Cashy schwieg und beteiligte sich nicht an den Scherzen.

Ebenso wenig wie Mr Telford, der stumm neben Tommy stand und zu überlegen schien, wie er diesem respektlosen Treiben Einhalt gebieten könnte. »Hey, Luang!«, rief er schließlich einem zierlichen dunkelhäutigen Jungen zu, der sich ebenfalls ab und zu als Jockey verdingte und jetzt wie alle anderen am Zaun herumlungerte. »Was heißt Blitz in deiner Sprache?«

Der Sohn thailändischer Eltern, die vor etlichen Jahren als Einwanderer nach Australien gekommen waren, weil sie sich hier fälschlicherweise eine bessere Zukunft erhofft hatten, wurde schlagartig ernst. »Phar Lap, Sir«, antwortete er.

»Phar Lap«, wiederholte Telford. »Nun gut, warum nicht? Irgendeinen Namen muss das Pferd schließlich haben. Und Phar Lap ist so gut wie jeder andere.« Er blickte mit starrer Miene in die Gesichter der jungen Männer, denen das Lachen augenblicklich vergangen war. »Tommy«, wandte er sich schließlich an den Stallburschen, der direkt neben ihm stand, »du kannst Phar Lap jetzt zurück in seinen Stall bringen.«

»Ja, Sir«, antwortete Tommy und ergriff das Halfter des Pferdes. Ohne dass Mr Telford es sehen konnte, holte er ein Stückchen Zucker aus seiner Hosentasche und hielt es Phar Lap hin. Sofort setzte sich der Fuchs in Bewegung und folgte dem jungen Mann wie ein gehorsames Hündchen.

2

»Es regnete eine ganze Woche
und ich bin mir sicher,
der Himmel weinte seinetwegen …«
FAN AUS ADELAIDE, SÜDAUSTRALIEN

Tommy beugte sich tief über seinen Suppenteller, der offensichtlich bereits mindestens einmal geklebt worden war, und versuchte die Gespräche seiner Kollegen beim gemeinsamen Abendessen zu ignorieren. Immer noch drehte sich alles um das neue Pferd.

»Ich finde, er sieht aus wie eine Kreuzung aus Känguru und räudigem Straßenköter«, sagte einer der jungen Jockeys gerade.

»Auf jeden Fall nicht wie ein Rennpferd.«

»Habt ihr seine Beine gesehen? Wie bei einem magersüchtigen Elefanten!«

»Ja, und genau so hat er sie auch in den Boden gestemmt, als er sein Training für beendet erklärte.«

Die anderen lachten wieder bei der Erinnerung an Phar Laps Verweigerung.

»Ich glaube«, sagte Cashy leise, der neben Tommy saß, »ich glaube, Mr Telford weiß, was er tut. Wenn er sagt, das Pferd kann was, dann kann es auch was.«

»He, hört euch unseren Pferdefachmann an«, scherzte ein anderer. »Kann kaum über den Tellerrand gucken, aber erkennt einen Champion, wenn er ihn nur einmal gesehen hat.«

»Über den Tellerrand kann von euch ohnehin keiner gucken!«, nahm Tommy seinen jungen Freund in Schutz. In der Tat gehörte Cashy selbst unter seinen Kollegen zu den kleinsten. Und natürlich war das für einen Jockey kein Handicap, sondern ein großer Vorteil. Ein Vorteil, auf den Tommy verzichten musste. Er haderte ständig mit seiner Größe und machte weite Bögen um alles, was seinem Gewicht schaden konnte. Doch seine Laufbahn als Jockey schien nun, da er ausgewachsen war, ohnehin am Ende zu sein. Er war zu groß und zu schwer geraten, um auf den Rennbahnen dieser Welt ernsthafte Erfolge feiern zu können.

Nach diesem Ausruf schwiegen die anderen für eine kurze Weile, und als Tommy aufschaute, begegnete er Emmas Blick, die ihn über den langen Tisch hinweg ansah. Ihre Lippen verzogen sich zu einem Lächeln und stillschweigendes Einverständnis lag in ihren Augen.

Während sich Tommy und seine Kollegen an den Kochkünsten von Emmas Mutter Mrs Bone erfreuten, stand Harry Telford in der Box seiner neuesten Erwerbung. Voll dunkler Gedanken starrte er auf das Pferd, das nur wenige Meilen entfernt, in der Küche der Pension für junge Jockeys, das Hauptgesprächsthema war.

Der Fuchs fühlte sich sichtlich unwohl. Er trat unruhig von einem Lauf auf den anderen, während Mr Telford ihn musterte. Der prüfende Blick dieses Menschen gefiel ihm nicht. Er spürte, dass die Gedanken des Mannes um ihn kreisten, aber von der Wärme, die der Junge ausstrahlte und die ihm ein Gefühl der Sicherheit vermittelte, merkte er bei diesem Menschen nichts. Im Gegenteil. Dieser Mann brachte ihm kein Wohlwollen entgegen. Er wollte etwas von ihm. Aber was? Die Muskeln des jungen Hengstes zitterten, als er die tastende Hand des Menschen auf seinem Fell spürte, und er wandte den Kopf, so weit es ihm möglich war, ab.

Harry Telford seufzte. Er konnte seine Enttäuschung über das Pferd nicht länger verbergen. Er wusste nicht, was genau er erwartet hatte, aber sicherlich nicht diesen heruntergekommenen Klepper, der nicht einmal genug Kraft besaß, seinen eigenen Kopf zu tragen. Was hatte Mr Davis gesagt? Sein Bruder müsse blind sein, wenn er auf dieses Pferd geboten habe?

Nun, *er* hatte Hugh gebeten das Pferd auf der Jährlingsauktion zu ersteigern. Und Hugh, sein in Neuseeland lebender Bruder, hatte sich lediglich an seine Anweisungen gehalten. Nicht mehr und nicht weniger. Ihm konnte man wohl kaum einen Vorwurf machen. Oder?

Andererseits hätte er wahrscheinlich selbst nicht auf dieses Pferd geboten, wenn er eine Chance gehabt hätte, es vorher zu sehen. Hugh und er waren schon immer in allem unterschiedlicher Meinung gewesen, was Pferde anging. Vielleicht hatte er tatsächlich einen Fehler begangen, als er sich in dieser Angelegenheit auf das Urteil seines Bruders verließ.

Noch einmal rief sich Harry Telford die Abstammung des Fuchses in Erinnerung, die er vor der Kaufentscheidung tage- und nächtelang geprüft hatte. Insbesondere in der weiblichen Linie hatte es einige Generationen zuvor mehrere Champions gegeben. Nein, er konnte sich einfach nicht derart verrechnet haben. Alles, was das Pferd brauchte, waren Erholung und anschließend ein hartes Training, um seine Disziplin, Ausdauer und Leistungsbereitschaft zu fördern.

Und wenn er sich doch geirrt hatte? Nun, dann war ohnehin alles zu spät. Mr Telford wandte sich ab und verließ den Stall, ohne sich noch einmal nach Phar Lap umzusehen.

Kaum war er gegangen, entspannte sich der Fuchs. Diesen Mann empfand er als Bedrohung und er war froh, dass er nun fort war. Andererseits war er jetzt wieder ganz allein und das Alleinsein gefiel dem jungen Pferd fast ebenso wenig. Seit den Tagen des Hungers, des Durstes und der Dunkelheit, die er hinter sich gebracht hatte, fürchtete er sich davor, allein zu sein, und sehnte sich nach jemandem, dem er vertrauen konnte und der für ihn sorgte. Einen Augenblick lang meinte der Fuchs den süßen Geschmack von Zucker auf der Zunge zu spüren, als ihm der andere Mann einfiel. Doch dann war dieser kurze Moment des Glücksgefühls wieder vorbei.

Cashy drehte unsicher seine Mütze in den Händen, während er darauf wartete, dass Tommy sich von Emma verabschiedete.

»Morgen ist Sonntag«, sagte Tommy. »Nachmittags habe ich frei.«

Emma nickte und lächelte. Ein wenig verlegen löste sie die Schleife ihrer geblümten und verschmutzten Küchenschürze, die sie zum Schutz vor Flecken trug, und faltete sie zusammen. Sie hatten erst letzte Woche gewaschen, also musste sie ihre Kleider bis zum nächsten Waschtag schonen.

Cashy betrachtete währenddessen eingehend die Flecken an der Holzdecke der Veranda.

»Hast du vielleicht Lust auf eine Spazierfahrt?«

Wieder nickte Emma und strich sich eine Strähne ihres kinnlangen, glänzenden Haares aus der Stirn. Ihr Lächeln wurde intensiver.

»Dann hole ich dich um zwei Uhr ab?«

»Zwei Uhr ist gut«, antwortete Emma und reichte Tommy die Hand, der sie etwas länger festhielt, als notwendig gewesen wäre.

Cashy atmete erleichtert auf, als sein Freund endlich neben ihn trat. Doch Tommy wandte sich noch einmal um und winkte Emma zum Abschied zu, bevor er endlich auf sein Motorrad stieg, das vor dem Gasthaus stand.

Die bordeauxrote *Indian* war sein ganzer Stolz. Sie hatte sogar einen elektrischen Anlasser und der Motor sprang jetzt auf Anhieb an. Während Tommy darauf wartete, dass Cashy hinter ihm Platz nahm, schaute er zu Emma hinüber, die immer noch auf der obersten Stufe der Treppe stand und ihnen hinterherblickte.

Cashy klammerte sich fest, als Tommy Gas gab und die Straße entlangknatterte, als gäbe es kein Morgen. Geschwindigkeit, ob auf dem Rücken eines Pferdes oder auf dem Sattel eines Motorrads, war für beide das Größte. Doch manchmal – so glaubte Cashy in diesem Augenblick – übertrieb sein Freund ein wenig.

Auf jeden Fall war er dankbar, als die kurze Fahrt vorbei war. Tommy stützte das Motorrad mit den Füßen ab, während Cashy herunterkletterte. Dann hob der Jüngere zum Gruß die Hand, bevor er sich umwandte und auf das kleine Haus zuging, in dem er mit seiner Mutter, seinem Bruder und seinen beiden Schwestern lebte.

Nun konnte auch Tommy endlich nach Hause zu seiner Mutter und seinen Geschwistern fahren. Er freute sich immer noch täglich darüber, dass seine Familie, auf die er so lange hatte verzichten müssen, zu ihm nach Sydney gekommen war. Auch wenn das bedeutete, dass er nun nicht mehr wie die meisten seiner Freunde in der Pension von Emmas Mutter wohnte.

Dennoch würde er Emma morgen sehen und sie für ein paar Stunden ganz für sich allein haben. Mit einem zufriedenen Lächeln bockte Tommy das Motorrad nach einer kurzen Fahrt auf und betrat das Haus seiner Mutter.

Als Tommy Emma am nächsten Tag half in den Beiwagen zu klettern, ignorierte er geflissentlich die strengen Blicke von Mrs Bone in seinem Rücken, die ihm ihre Tochter offensichtlich nur äußerst unwillig anvertraute. Doch heute sollte ihm nichts und niemand die Laune verderben! Die Sonne schien vom Himmel und er freute sich auf eine Fahrt durch die Berge mit Emma an seiner Seite.

Nach einer guten Stunde hatten sie die Stadt hinter sich gelassen und Tommy wunderte sich über die vielen Motorradfahrer, die sich vor und hinter ihnen die Bergstraße entlangschlängelten und sie in eine Wolke aus Staub und Abgasen einhüllten.

»Bekommst du etwas von dem Schmutz ab?«, rief er Emma über den Motorlärm hinweg zu.

»Etwas mehr als etwas!«, schrie Emma zurück. »Vielleicht solltest du an den Straßenrand fahren und warten, bis alle vorbei sind?«

»O nein«, antwortete Tommy, »da habe ich eine viel bessere Idee!« Er lächelte Emma zu. »Pass gut auf!«

Emma umklammerte mit festem Griff ihr Wolltuch, das sie sich zum Schutz vor dem Fahrtwind über die Schultern gelegt hatte, als Tommy nun den Gashebel bis zum Anschlag aufdrehte.

Der Motor röhrte, während Tommy mit Emma im Beiwagen einen Motorradfahrer nach dem anderen überholte. Die *Indian* lag sicher in den Kurven und schien nicht die geringste Schwierigkeit mit dem steilen Anstieg zu haben. Innerhalb kürzester Zeit hatten sie alle anderen hinter sich gelassen.

Tommy sah Emma Beifall heischend an und wollte sich soeben erkundigen, ob die Luft nun wieder besser sei, als er vor sich am Straßenrand einen Mann bemerkte, der eine Fahne schwenkte und ihn damit aufforderte anzuhalten. Tommy drosselte die Geschwindigkeit und überlegte, was der Mann wohl von ihm wollte, während er die *Indian* zum Stehen brachte.

»Welche Nummer habt ihr?«, wandte sich der Mann an Tommy.

»Welche Nummer?«, fragte Tommy verständnislos. »Ich weiß nichts von einer Nummer.«

»Ja, macht ihr denn nicht mit?«

»Wobei? Wovon reden wir hier eigentlich?« Tommy sah fragend zu Emma hinunter, doch die zuckte ebenfalls nur mit den Schultern.

»Beim Rennen!«, erklärte der Mann.

»Was für ein Rennen?«, wollte Tommy wissen.

Der Mann seufzte schicksalsergeben. »Na ja, jedenfalls habt ihr wohl gewonnen.«

»Gewonnen?« Tommy grinste. »Heißt das, wir haben bei einem Motorradrennen gewonnen, ohne überhaupt mitzumachen?«

»Sieht ganz so aus«, sagte der Mann und musterte Tommys Gespann. »Nette Maschine«, meinte er dann.

»Wie ich hörte, hast du am Wochenende mal wieder ein Rennen gewonnen?« Harry Telford schmunzelte, als er Tommy bei den Stallungen traf.

Tommy wunderte sich nur einen Augenblick lang, dass seine Geschichte in so kurzer Zeit sogar bis zum Boss vorgedrungen war. Dann schmunzelte er ebenfalls. »Ja, Sir«, antwortete er und setzte für einen Moment den schweren Hafersack ab.

»Vielleicht hilft uns dein glückliches Händchen ja auch im Fall unseres Neuen«, fuhr Mr Telford fort. »Wenn du hier fertig bist, kannst du Phar Lap für mich satteln.«

Tommy gelang es nicht, seine Verwunderung zu verbergen. »Sie wollen schon mit dem Training beginnen, Sir? Er ist doch erst vor wenigen Tagen vom Schiff gekommen!«

Mr Telford warf Tommy einen strafenden Blick zu. Er hatte es nicht gerne, wenn man seine Anweisungen in Frage stellte. »Er wird sich umso schneller erholen, je eher wir seine Muskeln kräftigen, die von der Reise völlig erschlafft sind.«

Tommy hielt die Luft an. Er hatte heute Morgen bereits nach Bobby geguckt und der Fuchs war immer noch in einem völlig desolaten Zustand. Aber schließlich war er nicht der Trainer, sondern nur der Stallbursche, der sich mühsam seinen Lebensunterhalt verdiente, solange kein Rennen für ihn anstand. Und so wie die Sache im Augenblick aussah, konnte er lange darauf warten, dass ihn noch einmal jemand als Jockey für sein Pferd orderte. Also antwortete er: »Jawohl, Sir. Da haben Sie aber schnell ein Trainingsticket für ihn bekommen.« Insgeheim wunderte er sich, woher Telford das Geld für die Erlaubnis hatte, das Pferd auf der Rennstrecke zu trainieren. Nicht nur mahlten die Mühlen der Rennbahnbetreiber, die diese Tickets ausstellten, im Allgemeinen äußerst langsam, sondern sie verlangten zudem auch noch eine Menge Geld dafür, wenn sie Nichtmitgliedern ihre Bahnen zur Verfügung stellten. Und es war kein Geheimnis, dass Mr Telford nicht gerade im Geld schwamm!

Telford schüttelte den Kopf. »Ich habe kein Trainingsticket«, antwortete er. »Damit Phar Lap Muskelmasse aufbaut, ist ein Galopp durch Wasser und Sand genau das Richtige. Vorerst brauche ich keine Rennbahn.«

»Sie wollen mit ihm an den Strand?« Tommy merkte, dass er dabei war, sich um Kopf und Kragen zu reden, und er setzte schnell hinterher: »Er ist in ein paar Minuten für Sie fertig, Sir.« Und wenn ihm das Pferd noch so leidtat, die Zeiten waren einfach nicht so, dass man sich wegen einer solchen Sache um seinen Job brachte.

Phar Lap hob den Kopf, um den Schmerzen an seinem empfindlichen Maul zu entgehen. Doch es nützte nichts. Der Mann auf seinem Rücken hielt die Zügel so fest in der Hand, dass die Trense in seine Mundwinkel schnitt. Er stieß ihm die Sporen in die Flanken und Phar Lap zitterte. Er zitterte vor Anstrengung ebenso wie vor Angst. Die Sporen auf seiner Haut fühlten sich an wie die Zähne eines Raubtieres, die durch das Fleisch dringen. Der Mann trieb ihn immer weiter vorwärts, immer tiefer in die Brandung hinein, bis Phar Lap kaum noch Boden unter den Hufen hatte. Die Peitsche zischte wie eine gefährliche Schlange, als der Mann auf seinem Rücken sie durch die Luft schwang.

Harry Telford hörte das angestrengte Schnaufen des Pferdes, auf dessen Rücken er saß, doch er beachtete es nicht. Wer für ihn arbeitete, musste hundert Prozent seiner Leistung zeigen. Ob Mann oder Pferd, das war egal. Und Phar Lap war weit davon entfernt, die Leistung zu erbringen, die von ihm erwartet wurde. Aber das sollte sich ändern. Das *musste* sich ändern, wenn sie alle eine Zukunft haben wollten.

Unwillkürlich schüttelte Harry Telford den Kopf und knallte noch lauter mit der Peitsche, als er jetzt an sein Gespräch mit Woodcock zurückdachte. Dieser Grünschnabel glaubte doch tatsächlich, er könnte ihm Ratschläge erteilen, wie er seinen Job zu machen habe! Ihm, Harry Telford, der seit über dreißig Jahren Pferde trainierte! Dabei hatte er von nichts eine Ahnung! Wo hätte er in so kurzer Zeit ein Trainingsticket auftreiben sollen, das ihm erlaubte Phar Lap auf der Rennbahn zu trainieren? Er hatte ihn ja bislang noch nicht einmal als Rennpferd registrieren lassen! Und vor allem: Wovon hätte er die Gebühr bezahlen sollen? Ohne einen Sieg, ohne einen einzigen gottverdammten Sieg war er am Ende!

Wütend ließ Harry Telford die Peitsche auf Phar Laps Kruppe niedersausen. Er würde ihnen allen zeigen, was in ihm steckte. Und was in diesem verfluchten Pferd steckte!

3

**»Wenn es im Himmel
einen Platz für Pferde gibt,
dann ist er dort.«**
FAN AUS ANNANDALE, NEW SOUTH WALES

Phar Lap schlug mit dem Kopf und wieherte. Kaum hatte der Mann im weißen Kittel ihn losgelassen, machte er einen Satz zur Seite. Er schnaubte und prustete, dann stolzierte er breitbeinig zu einem schmalen Streifen saftigen Grüns, das den Weg säumte, und begann zu grasen.

Der Arzt lachte. »Sie können ihm einen Sattel auflegen und ihn nach Hause reiten, junger Mann. Dieses Pferd braucht jedenfalls keine Krankenpflege. Es hat eine erstaunliche Konstitution.«

Tommy Woodcock musste Dr. Doyle beipflichten. Soeben vom Hengst zum Wallach geworden, war der »Rote Blitz« zwar ein wenig beleidigt über die schlechte Behandlung, der man ihn ausgesetzt hatte, jedoch ernsthaft in Mitleidenschaft gezogen war er deswegen noch lange nicht. Tommy betrachtete den Fuchs nachdenklich, der nur wenige Meter entfernt stand. Viel erinnerte beim Anblick Phar Laps nicht mehr an den ausgemergelten und mit Warzen übersäten Fuchs, den er vor einigen Monaten zum ersten Mal weit über seinem Kopf schwebend gesehen hatte. Der »Rote Blitz« war inzwischen ein stattlicher Zweijähriger, dem der Winteraufenthalt auf einer Farm bei Windsor, nordwestlich von Sydney, sichtlich gutgetan hatte. Immer noch keine Schönheit, aber mit einem glänzenden Fell und kräftiger Muskulatur, machte er einen gesunden und zufriedenen Eindruck.

»Komm, Bobby! Alter Junge!«, rief Tommy.

Phar Lap hob den Kopf und sah kauend zu dem jungen Mann hinüber. Er schien zu überlegen. Langsam setzte er sich in Bewegung, kam auf Tommy zu und ließ sich willig von ihm zu dem bereitstehenden Transporter führen, der ihn zurück zu seinem Stall nach Randwick bringen sollte.

»Verdammt! Wie kriege ich diesen blöden Gaul bloß dazu, sich zu bewegen?« Luang, der thailändische Stalljunge, stand in Phar Laps Box und zog mit aller Kraft am Führhalfter. Der »Rote Blitz« wirkte nicht einmal angestrengt, als er die Beine in den Boden stemmte und sich dem Zug am Halfter widersetzte. Viel hatte er dabei tatsächlich nicht zu tun, denn Luang war ausgesprochen dünn und von zierlicher Statur.

»Hey, Woodcock!«, rief Luang, als er in der Boxengasse seinen Kollegen entdeckte, der soeben eine Schubkarre voll Stroh und Mist entsorgen wollte. »Kommst du mal kurz?«

»Was gibt's?« Tommy setzte die Schubkarre ab und lehnte sich an die Stalltür.

»Dein verdammter Gaul weigert sich mit mir den Stall zu verlassen. Dabei hat Mr Telford mich beauftragt Phar Lap für ihn zu satteln.«

»Und wo ist das Problem?«

Luang sah Tommy an, als wäre er begriffsstutzig. »Wo das Problem ist? Hier ist das verdammte Problem!« Er wies über seine Schulter mit dem Daumen auf Phar Lap. »Das Pferd hat keinen An-Knopf!«

Tommy konnte ein Lächeln nur schwer unterdrücken. »Komm, Bobby«, sagte er und öffnete gleichzeitig die Stalltür.

Luang wurde von dem Fuchs zur Seite gestoßen und konnte sich gerade noch an der Stallwand abfangen, denn Phar Lap kam sogleich gehorsam auf Tommy zu und begrüßte ihn freundlich, indem er seinen schweren Kopf auf dessen Schulter legte.

»Braver Junge«, lobte Tommy. Mit der linken Hand kraulte er Phar Lap, während die rechte in seine Hosentasche glitt und mit einem Stück Zucker wieder hervorkam, das in null Komma nichts in Phar Laps Maul verschwand.

»Komm, Bobby«, äffte Luang Tommy wütend nach und wischte sich den Staub von der Hose. »Weißt du was? Wie wär's, wenn du Phar Lap sattelst und zu Mr Telford bringst, und ich kümmere mich um deine Schubkarre da.«

»Wie du möchtest«, antwortete Tommy grinsend. Wenn Luang es vorzog, die Ställe auszumisten – ihm konnte das nur recht sein.

»Na endlich!« Telford klopfte nervös mit der Reitgerte gegen sein Bein, als Tommy wenige Minuten später mit Phar Lap am Zügel auf ihn zutrat. »Wo ist Luang?«, setzte der Trainer hinterher. »Er sollte das Pferd doch fertig machen.«

Tommy bemerkte den misstrauischen Blick seines Bosses. »Er hatte noch was zu erledigen«, antwortete er ausweichend.

Telford schwieg. Aber sein Blick zeigte deutlich, was er von Phar Laps Anhänglichkeit an den Stallburschen hielt: nichts.

Es war ein offenes Geheimnis, dass sich der »Rote Blitz« nur bei Tommy umgänglich zeigte und er bei allen anderen störrisch wie ein Esel sein konnte. Auch Harry Telford kannte das Pferd inzwischen gut genug, um zu wissen, wie eigensinnig es war. Und genau diesen Eigensinn wollte er ihm austreiben. Sonst würde Phar Lap niemals die Zeiten laufen, die von ihm erwartet wurden.

Tommy sah Ross und Reiter eine Weile hinterher, als sich die beiden jetzt in Bewegung setzten. Phar Laps Ohren zeigten missmutig nach hinten. Er schlug unwillig mit dem Schweif, während Telford ihn zum Galopp zu bringen versuchte. Die beiden sahen so komisch aus, dass Tommy hätte lachen mögen, wenn das Ganze nicht so traurig gewesen wäre. Jedes Mal wenn Bobby vom Training mit Mr Telford zurückkehrte, war der Fuchs so übellaunig, dass er außer Tommy niemanden auch nur in seine Nähe ließ.

Tommy wusste, dass sein Boss Phar Lap hart rannahm. Der Trainer war dafür bekannt, dass er von jedem, egal ob Mensch oder Tier, und vor allem von sich selbst, stets Höchstleistungen verlangte. Dabei war er keineswegs boshaft – er hatte nur selbst zeit seines Lebens besonders hart arbeiten müssen und sah dies als Grundvoraussetzung für Erfolg an. Und hatte er damit so Unrecht? Nur die Wege, mit denen er seine Ziele zu verfolgen suchte, waren nicht immer die, die auch Tommy gewählt hätte.

Zwei-, dreimal hatte Tommy versucht mit Mr Telford zu reden. Der Mann musste doch sehen, dass sich Phar Laps Zeiten mit seiner Methode nicht verbesserten! Vielleicht hatte er bei anderen Pferden damit Erfolg gehabt – bei Phar Lap funktionierte es so definitiv nicht! Aber jedes Mal hatte der Trainer ihn in seine Schranken verwiesen, beim letzten Mal dem Stallburschen sogar mit Rausschmiss gedroht. Seitdem traute sich Tommy nicht mehr, seine eigene Existenz aufs Spiel zu setzen.

Wenn er seinen Job verlor, konnte er Bobby erst recht nicht mehr helfen. Und außerdem – bei dem Gedanken schlich sich ein Lächeln in das Gesicht des jungen Mannes – außerdem musste er auch an seine eigene Zukunft denken: Wovon sollte er Emma einen Verlobungsring kaufen, wenn es erst einmal so weit war?

Phar Lap schnaufte. Seine Augen traten hervor und Schaum tropfte aus seinem Maul. Seine Flanken glänzten vor Schweiß. Der Fuchs wusste nicht, zum wievielten Mal ihn der Mann diese Anhöhe hinaufjagte. Sein Herz schien vor Anstrengung zu zerspringen, seine Lungen brannten und seine Beine versagten ihm jeden Augenblick den Dienst. Aber immer noch schlug der Mann mit der Gerte auf ihn ein, trieb ihn weiter und weiter.

Phar Lap versank bis zu den Knien in dem weichen Sand. Er brauchte all seine Kraft, die jedoch zusehends schwand, um diesen Sandhügel hinaufzukommen. Und das Gewicht des Mannes auf seinem Rücken machte die Aufgabe nicht gerade leichter.

Das Pferd spürte die Aggression des Mannes. Es wusste, dass seinem Reiter egal war, ob es litt oder nicht. Und genauso wusste es, dass es jedes Mal bis zur völligen Erschöpfung geritten wurde. Instinktiv versuchte Phar Lap deshalb seine Kräfte zu schonen, um den Anforderungen, die an ihn gestellt wurden, gerecht zu werden. Aber sosehr er sich auch bemühte, der Mann war nie zufrieden mit ihm. Und auch das fühlte das Pferd.

Doch so schlimm wie jetzt war es noch nie gewesen. Wieder spürte Phar Lap die Gerte auf seine Kruppe niedersausen, und obwohl seine Beine zitterten, machte er gehorsam einen Schritt nach dem anderen und kämpfte sich zum x-ten Mal den Sandhügel hinauf.

Harry Telford auf Phar Laps Rücken wusste weitaus weniger von den Gefühlen des Pferdes, das er ritt, als das Pferd von seinen. Seine Gedanken wanderten unstet zwischen Phar Lap, David Davis, Tommy Woodcock und seiner eigenen finsteren Zukunft hin und her. Und keiner dieser Gedanken war geeignet seine Stimmung zu heben.

Seit Monaten versuchte er nun aus diesem Pferd einen Champion zu machen. Doch immer häufiger in der letzten Zeit hatte er die Befürchtung, er könnte sich in Phar Laps Potenzial geirrt haben. Er hatte ihn kastrieren lassen, er hatte ihn mehrfach bis zur völligen Erschöpfung geritten, um seinen Willen zu brechen und ihm zu zeigen, wer von ihnen beiden der Stärkere war. Doch Phar Lap war und blieb eigensinnig und faul. Harry Telford hasste Faulheit.

Er hatte sich selbst nie in seinem Leben Müßiggang gegönnt. Und er gönnte ihn auch keinem anderen. Wie sollte er nur David Davis, der ja schließlich immer noch Phar Laps Besitzer war, gegenübertreten? Davis wurde langsam ungeduldig. Er wollte Resultate sehen. Aber es gab keine vorzeigbaren Resultate. Zwar war Phar Laps körperliche Verfassung erheblich besser geworden, der Fuchs war ausnehmend groß und seine Muskulatur gestärkt, aber das war auch das Einzige, was sich seit dem Tag seiner Ankunft geändert hatte. Ansonsten war er immer noch so langsam, dass sich die Stallburschen über ihn lustig machten, und außerdem schwerfällig und schwierig im Umgang.

Dieser Tommy Woodcock hatte das Pferd total versaut. Ständig steckte er ihm Zucker zu und verhätschelte es. Kein Wunder, dass Phar Lap sich nicht entwickelte!

Bei diesem Gedanken schlug Telford erneut mit der Reitgerte zu. Wenn Phar Lap ihn enttäuschte, dann war er mit seinem Latein am Ende. Die Gläubiger saßen ihm im Nacken. Er war mit der Miete im Verzug und das war nur das kleinste seiner Probleme. Wütend stieß er Phar Lap die Sporen in die Flanken. »Schneller!«, zischte er, mehr zu sich selbst als zum Pferd. »Verdammt noch mal, schneller!«

Der Motor der *Indian* dröhnte. Tommy genoss die Geschwindigkeit. Und er hatte es eilig. Mr Seaton, ein weiterer Pferdetrainer, für den Tommy hin und wieder arbeitete, wartete auf ihn. Tommy legte sich so tief in die Kurve, dass er mit seinem linken Knie nur noch einen Zentimeter über dem Boden schwebte. Er richtete die Maschine wieder auf und drehte am Gashebel. ›Schneller‹, dachte er und sein Herz setzte für einen Schlag aus, als er spürte, wie das Motorrad noch einmal beschleunigte. Der Motor war immer noch nicht am Limit!

Das Heulen der Sirene holte Tommy ganz schnell auf den Boden der Tatsachen zurück.

Er warf einen Blick über die Schulter und einen kurzen Augenblick überlegte er, ob er diesem Motorradpolizisten einmal zeigen sollte, was seine Maschine tatsächlich brachte. Aber dann besann er sich. Erstens kannte ihn und seine *Indian* hier sowieso jeder und er bekam nur noch mehr Ärger, wenn er sich jetzt aus dem Staub machte. Und außerdem war Tommy ein anständiger Junge, der keinen Wert auf Streit mit der Polizei legte. Auch wenn dies schon das zweite Mal diese Woche war, dass man ihn wegen Geschwindigkeitsüberschreitung anhielt.

Der Polizist fuhr an Tommy vorbei, der an den Straßenrand gefahren und stehen geblieben war. Er parkte seine Maschine wenige Meter vor ihm, stieg betont langsam ab und kam auf den jungen Mann zu.

»Officer«, grüßte Tommy freundlich.

»Sieh an, sieh an«, sagte der Polizist und musterte Tommy streng. »Wirklich eine verdammt schnelle Maschine, die Sie da haben. Langsam scheint sie gar nicht fahren zu können, was? Vermutlich fällt sie dann um.«

Tommy senkte schuldbewusst den Blick. Es gab nicht viele *Indians* in der Gegend und ihm war klar, dass der Polizist ihn auf Anhieb wiedererkannt haben musste, denn es war der gleiche Ordnungshüter, der ihn vor vier Tagen schon einmal angehalten hatte.

»Ihre Fahrerlaubnis, bitte«, fuhr der Officer in seiner Routine fort.

Tommy reichte ihm seine Papiere und wartete schweigend.

»Woodcock«, sagte der Polizist tonlos. »Fast könnte man sagen, wir seien alte Bekannte, nicht wahr?« Er blickte auf und Tommy geradewegs in die Augen.

Tommy erwiderte den Blick und wusste sofort, was jetzt auf ihn zukam. Einmal hatte der Motorradpolizist ein Auge zugedrückt, aber nun würde ihn die ganze Härte des Gesetzes treffen.

Tommy brauchte fast vier Stunden, bis er wieder in der Bowral Street eintraf, in der sich die Stallungen befanden. Zu Fuß dauerte es weitaus länger, als er gedacht hatte. Drei Stunden Fußmarsch nach seinem Gespräch mit Mr Seaton über seine nächsten Arbeitseinsätze boten genug Zeit und Muße, um nachzudenken und einen Entschluss zu fassen: Er würde die *Indian* verkaufen. Ohne Fahrerlaubnis, die nun auf dem Polizeirevier verwahrt wurde, durfte er die Maschine sowieso nicht mehr fahren. Und sobald er seinen Führerschein wieder in Händen hielt, war es nur eine Frage der Zeit, wann er den Gashebel das nächste Mal zu weit aufdrehen würde. Tommy war ehrlich genug mit sich selbst, um das zuzugeben.

›Was wird Emma wohl dazu sagen?‹, überlegte Tommy, während er die Stallgasse hinunterging. Wenn ich mir stattdessen ein hübsches kleines Auto zulege, wird sie sich sicher freuen.

Sein Blick glitt über die Boxen. Aus manchen sahen ihm neugierige Pferdeaugen entgegen, andere waren verwaist. Als er an Phar Laps Box vorbeikam, hörte er ein merkwürdiges Stöhnen. Aber war Phar Laps Box nicht leer?

Tommy stutzte.

Da war es wieder. Ein Stöhnen, das so qualvoll klang, dass Tommy die Haare zu Berge standen.

Aufs Schlimmste gefasst ging der junge Mann auf das leer wirkende Stallabteil zu und sah über die Boxenklappe. Der Anblick war noch schlimmer, als er erwartet hatte. Phar Lap lag schweißnass auf dem Stroh und atmete schwer. Sein Brustkorb hob und senkte sich unregelmäßig und in diesem Augenblick stöhnte das Pferd erneut.

Kalte Wut packte Tommy, während er möglichst leise, um das verstörte Pferd nicht zusätzlich zu erschrecken, den Riegel zur Seite schob und die Box betrat. »Ruhig, Bobby«, redete er besänftigend auf den Fuchs ein, der mühsam den Kopf hob und dem jungen Mann mit vor Angst geweiteten Augen entgegensah. »Schön ruhig«, sprach Tommy weiter und kniete vor dem massigen Schädel des Tiers nieder. Fassungslos schüttelte er den Kopf, während er den Karabiner am Zaumzeug öffnete, das Phar Lap immer noch trug.

Mit einem erleichterten Seufzer ließ Phar Lap den Kopf auf den Boden sinken, den er bis jetzt in die Höhe gestreckt hatte, weil das kurze Seil, mit dem er angebunden gewesen war, ihn zu dieser unnatürlichen und schmerzhaften Position gezwungen hatte.

Tommy strich prüfend über Phar Laps Brust und Beine. Das Tier war glühend heiß. Telford hatte es augenscheinlich nicht einmal für nötig befunden, ihn abzukühlen, mit Stroh trocken zu reiben und ihm eine Decke überzulegen, nachdem er ihn bis auf die Knochen geschunden hatte. Er hatte ihn wie ein Sportgerät benutzt und anschließend abgestellt, als sei er eine Maschine, die nicht länger benötigt wird.

Tommy biss die Zähne aufeinander, bis seine Kieferknochen schmerzten.

»Das ist doch unmenschlich!« Tommy regte sich immer noch auf, wenn er daran zurückdachte, in welcher Verfassung er Phar Lap heute im Stall vorgefunden hatte, nachdem das Pferd von Telford trainiert worden war. »Und das nennt der Mann Training? Ich nenne das Mord!«

»Tommy«, sagte Emma, legte für einen Augenblick die Stopfnadel zur Seite, mit der sie löchrige Socken flickte, und strich ihm beschwichtigend mit einer Hand über den Unterarm.

Cashy stand daneben und schwieg. Mit seinen vierzehn Jahren sah er gleichermaßen zu Mr Telford und zu Tommy auf und konnte sich in dieser Situation nicht entscheiden, zu wem er halten sollte. Einerseits gab er Tommy Recht, andererseits war Mr Telford ein erfahrener Trainer und musste daher wissen, was er tat. Oder etwa nicht?

»Was glaubt er, was er mit seiner Methode bei dem Pferd erreicht?« Tommy schimpfte immer weiter. »Wenn ich Phar Lap wäre – ich hätte unter den Umständen auch keine Lust mehr, zu rennen …« Er schüttelte unwillig den Kopf. »Gerade zwei Mal in den vergangenen zwölf Monaten hat er genug Geld zusammengekratzt, um Phar Lap auf der Rennbahn zu trainieren. Sonst jagt er ihn jedes Mal über die Sandhügel! Als ob ein Pferd davon lernt, zu gewinnen!« Er schnaufte. »Und wisst ihr, was er gesagt hat, als ich ihn darauf ansprach, warum er Bobby unversorgt im Stall zurückgelassen hat? ›Phar Lap ist ein Pferd, Tommy, kein Mensch. Du darfst ihn nicht immer behandeln wie einen Menschen. Außerdem war ich in Eile.‹ In Eile! Und dann sagte er noch: ›Übrigens habe ich Phar Lap für das RRC Nursery Handicap gemeldet. Da muss er zeigen, was in ihm steckt.‹«

Cashy nickte. »Ich soll ihn reiten«, berichtete er, nicht ohne einen gewissen Stolz in der Stimme.

»Also hat er schon mit dir darüber gesprochen?«

Der junge Jockey wurde rot. »Heute früh«, sagte er. »Und morgen soll ich ihn auf der Rennbahn ausprobieren.«

Tommy schwieg. Man konnte förmlich sehen, wie es in seinem Kopf arbeitete.

»Apropos morgen«, sagte Emma und griff wieder nach Stopfnadel und -kissen. »Wie kommst du denn ohne die *Indian* zu Mr Seaton? Wann sollst du noch mal da sein?«

Es war schwer zu erkennen, was Tommy bei diesem abrupten Themenwechsel empfand. Auf jeden Fall blickte er genauso grimmig drein wie zuvor. Aber lag das nun an Mr Telford? Oder an dem Gedanken daran, dass er morgen um drei Uhr früh aufstehen musste, wenn er wie vereinbart um sechs Uhr bei Mr Seaton anfangen wollte?

In diesen Zeiten machte man buchstäblich alles, wenn man Arbeit hatte, um sie nicht zu verlieren. Und angesichts der wirtschaftlichen Situation auf der Welt tat es nicht mehr ganz so weh, wenn der Wecker um drei Uhr in der Nacht klingelte.

Noch vor wenigen Jahren war das ganz anders gewesen. Die Wirtschaft boomte – Sydney wurde zur Millionenstadt – und voller Stolz verfolgten die Menschen in Sydney den Bau der gigantischen Brücke, die alles bisher Dagewesene in den Schatten stellen sollte. Tommy wusste nicht genau, wie viele zig Millionen Pfund die Errichtung bereits verschlungen hatte. Seit über fünf Jahren befand sich die Harbour Bridge mittlerweile im Bau und ein Ende war noch nicht abzusehen. Wenigstens hier gab es also noch Arbeitsplätze. Aber sie waren gefährlich! Tommy erinnerte sich noch gut an die Schlagzeile, als das erste Mal einer von den Hunderten von Arbeitern vom Gerüst gestürzt war und sich das Genick gebrochen hatte. Wie oft hatte er seither von einem Unfall auf der größten Baustelle der Welt gehört? Tommy wusste es nicht mehr. Auf jeden Fall war er froh, dass er Arbeit hatte. Und dazu noch eine, die nicht ganz so gefährlich war. Auch wenn es an diesem kaltfeuchten Herbsttag im Februar besonders schwerfiel, das warme, weiche Bett zu verlassen.

Als er leise die Haustür hinter sich ins Schloss zog und einen prüfenden Blick in den nachtschwarzen Himmel warf, fühlte er sich auf einmal an den Tag erinnert, an dem er gemeinsam mit Mr Telford am Pier gestanden und auf Phar Laps Ankunft gewartet hatte. Damals war es ebenfalls ungewöhnlich kalt gewesen und der stetige Nieselregen – ähnlich dem, der seine Kleidung jetzt durchnässte – hatte aufs Gemüt geschlagen. Nie würde er den Schock vergessen, den der erste Anblick des Pferdes bei ihm ausgelöst hatte. Und ebenso wenig konnte er die Erinnerung an den Moment auslöschen, als er Phar Lap zum ersten Mal in die Augen gesehen und diesen Ausdruck des Verstehens darin entdeckt hatte. Irgendetwas war an Phar Lap anders als an anderen Pferden. Tommy hätte nicht zu sagen vermocht, was es war, aber er wusste: Phar Lap war etwas ganz Besonderes.

4

»Als ich mich umdrehte,
sah ich, es war Phar Lap.
Er begann gerade erst zu galoppieren.
Das war der Moment, in dem ich wusste,
er würde ein Champion werden.«
JIM PIKE, 1929

Als sich Tommy nach zehn Stunden Arbeit bei Mr Seaton um vier Uhr nachmittags auf den Weg zur Polizeistation machte, spürte er, dass es ein langer Tag gewesen war. Und er konnte es kaum erwarten, seine einst heiß geliebte *Indian* gegen ein Auto einzutauschen, das ihn schnell, bequem und vor allem geschützt vor Regen und Kälte zu seinen wechselnden Arbeitsstellen bringen würde.

Zum Glück hatte heute Sergeant Broke Dienst, mit dessen Sohn Tommy zur Schule gegangen war. Tommy legte die Fünfpfundnote, die er zur Strafe zahlen musste, auf den Tisch und bat um seine Fahrerlaubnis.

»Tut mir leid, Tommy«, sagte Sergeant Broke und es klang so, als meinte er es ernst. »Die Fahrerlaubnis wird für eine Woche einbehalten.«

»Aber ich will in die Stadt und das Ding verkaufen«, protestierte Tommy. »Wie soll ich die *Indian* ohne Fahrerlaubnis in die Stadt bringen? Ich kann sie ja schlecht den ganzen Weg schieben!«

»Tja«, machte Sergeant Broke und rieb sich nachdenklich das Kinn.

»Und wenn ich ohne Fahrerlaubnis fahre?« Tommy sah forschend in Brokes Gesicht.

»Davon würde ich dir abraten, Junge.«

»Warum?«

»Wenn man dich erwischt …«

»Man wird mich aber nicht erwischen!«

»Du musst es wissen«, sagte Sergeant Broke und gab Tommy damit zu verstehen, dass zumindest er ihn nicht daran hindern würde, den Parkplatz vor der Polizeistation auf der *Indian* zu verlassen.

Die gesamte Strecke fuhr Tommy nicht eine einzige Meile zu schnell. Noch nie in seinem Leben hatte er sich so strikt an alle geltenden Verkehrsregeln gehalten. Als er das Geschäft des Motorrad- und Automobilhändlers erreicht hatte, atmete er erleichtert auf. Er hatte doch gewusst, dass es gut gehen würde!

»Hier können Sie nicht parken, Sir«, sagte eine Stimme hinter ihm und Tommy drehte sich erschrocken um. Vor ihm stand ein Wachmann in Uniform.

»Oh«, sagte Tommy nur und spürte, wie ihm das Blut in die Wangen schoss.

»Kann ich bitte mal Ihre Fahrerlaubnis sehen?«, fuhr der Uniformierte freundlich fort.

Tommy begann zu stottern. »Ich … nun … ich habe keine«, sagte er kleinlaut.

Der Officer vor ihm zog erstaunt die Augenbrauen hoch.

»Sehen Sie«, begann Tommy und er erzählte dem Polizisten die ganze Geschichte. »Alles, was ich will«, beendete er seinen Bericht, »ist dieses Teufelsding hier zu verkaufen und mir einen netten kleinen Wagen zuzulegen.«

Der Wachmann musterte Tommy schweigend. Offenbar fiel sein Urteil positiv aus, denn er sagte schließlich: »Ich gebe Ihnen einen gut gemeinten Rat: Kaufen Sie sich ein sehr kleines und vor allem ein sehr langsames Auto.« Damit drehte er sich um und ließ Tommy stehen.

Der kleine Cashy sah auf dem riesigen Fuchs noch schmächtiger aus, als er in Wahrheit war. Der Junge war kein schlechter Reiter. Im Gegenteil. Zwar war er unerfahren, aber er hatte einen guten Stil und konnte es sicherlich noch weit bringen. Auf Phar Lap machte er an diesem Tag jedoch keine gute Figur.

Telford stand am Rand der Rennstrecke und schüttelte missbilligend den Kopf. Wie schon in den vergangenen Tagen lief Phar Lap stets brav hinter seinem Trainingspartner her, den er doch eigentlich überholen und weit hinter sich zurücklassen sollte. Doch wie langsam das andere Pferd auch immer lief – Phar Lap lief noch langsamer. Telford standen die Schweißperlen auf der Stirn. Übermorgen fand das Rennen statt und der Trainer ahnte, dass er sich mit diesem Pferd restlos blamieren würde. Vielleicht, so überlegte Telford, hätte ein erfahrener Jockey Phar Lap begreiflich machen können, was von ihm erwartet wurde? Doch woher sollte er einen anderen Jockey für Phar Lap kriegen? Keiner der professionellen Reiter wie Pike, Elliott oder Munro würde das Risiko eingehen, sich mit diesem

Pferd vor Kollegen und potenziellen Auftraggebern lächerlich zu machen. Keiner.

Am nächsten Morgen stand Cashy in aller Herrgottsfrühe auf und schlich sich aus dem Haus seiner Mutter. Die Morgendämmerung setzte gerade erst ein, als er die druckfrische Ausgabe des *Daily Pictorial* aufschlug und mit zittrigen Händen nach der richtigen Seite suchte. Er überflog einen Artikel über die Fortschritte beim Brückenbau und über den anhaltenden Streik der Männer in den Sägewerken, die dagegen protestierten, dass ihre Arbeitszeit von vierundvierzig auf achtundvierzig Wochenstunden erhöht werden sollte. Ja, dachte Cashy, Arbeit gibt es mehr als genug. Nur leider keinen Lohn dafür.

Hektisch blätterte er weiter. Wie freute er sich darauf, seiner Mutter und seinen drei Geschwistern beim Frühstück die Zeitung unter die Nase zu halten! Er konnte ihre überraschten und stolzen Gesichter bereits vor sich sehen, wenn sie seinen Namen lasen: Heaton Cashell Martin auf Phar Lap! Nachdem er die gesuchte Stelle im Sportteil endlich gefunden hatte, veränderte sich sein Gesichtsausdruck von Unglauben über Überraschung zu Empörung. Die Zeitung gab einen gewissen A. Perry als Jockey für Phar Lap an. Und sosehr Cashy auch suchte – er konnte seinen Namen nirgends finden!

»Aber das macht doch nichts«, sagte seine Mutter tröstend, als sie ihm etwas später einen kleinen Klecks Rührei auf seinen Teller lud. »In der Zeitung steht doch ständig was Falsches.«

Doch Cashy war traurig. Statt der erwarteten und erhofften Bewunderung erregte er nun Mitleid. So hatte er sich die Sache nicht vorgestellt. »Ihr werdet schon sehen!«, rief er trotzig. »Wenn ich morgen mit Phar Lap als Erster über die Ziellinie gehe, werden sie meinen Namen nie wieder vergessen!«

Aber auch im Stall erfuhr Cashy an diesem Tag nicht den Zuspruch, mit dem er gerechnet hatte. »Mach dir nichts draus«, sagte Tommy nur und legte seinem jungen Freund die Hand auf die Schulter. »Phar Lap wird sowieso nicht gewinnen. Besser, dein Name steht dann nicht in der Zeitung.« Er grinste schief.

»Wieso glaubt ihr eigentlich alle nicht daran, dass Phar Lap gewinnt?«, wollte Cashy wissen. »Und wieso lässt Mr Telford ihn überhaupt starten, wenn er nicht glaubt, dass er gewinnen kann?«

»Ach, Cashy«, antwortete Tommy. »Es ist doch nur eine Übung für Phar Lap. Mehr nicht.«

Doch Cashy ließ sich nicht davon abbringen, dass Phar Lap beim Nursery Handicap als Erster durchs Ziel gehen würde. Und bald darauf würde er, Cashy Martin, auf Phar Lap der jüngste Melbourne-Cup-Sieger aller Zeiten werden!

Am Morgen des 23. Februar 1929 war Cashy so aufgeregt wie nie zuvor in seinem Leben. Voller Stolz trug er die Farben des Rennstalls, für den er antrat: Rot, Weiß und Schwarz. Und als er sich auf Phar Lap zwischen den anderen Pferden einreihte und auf die Startlinie zuritt, glaubte er ganz genau zu spüren, dass dies der Beginn einer wunderbaren Zukunft war.

Niemand konnte zu diesem Zeitpunkt ahnen, wie sehr er sich damit täuschte.

Phar Lap hatte einen schlechten Start. Von Anfang an rannte er hinter dem Feld her und machte nicht die geringsten Anstalten, daran etwas zu ändern, sosehr Cashy ihn auch antrieb.

Telford und Woodcock schüttelten in seltener Übereinstimmung die Köpfe, während sie zusahen, wie Phar Lap mit mehreren Längen Abstand hinter den anderen Pferden die Ziellinie überquerte. Auch Mr Davis, der das Renndebüt seines Pferdes gespannt verfolgt hatte, schüttelte enttäuscht den Kopf. Vielleicht, so dachte er, sollte man es schon als Erfolg werten, dass diese Missgeburt von einem Pferd überhaupt ins Ziel gekommen war.

»Und, Mr Telford«, sagte David Davis, als er nach dem Rennen mit dem Trainer sprach, »glauben Sie immer noch, dass Phar Lap ein Champion wird?« Seine Mundwinkel verzogen sich zu einem spöttischen Grinsen.

Harry Telford knirschte mit den Zähnen. Er hatte nicht damit gerechnet, dass Phar Lap gewinnen würde. Aber er hatte ebenso wenig damit gerechnet, dass sein Pferd eine derart lächerliche Figur abgeben würde. »Er ist nicht angetreten, um zu gewinnen, Mr Davis«, verteidigte er sich und das Pferd dennoch. »Er ist angetreten, um zu lernen.«

Tommy wendete sein Pferd, eine zierliche Appaloosa-Stute, und wartete auf Cashy, der auf Phar Laps Rücken saß und todunglücklich aussah, als er neben seinem Freund eintraf.

»Ich habe das Gefühl«, sagte der junge Jockey und blickte von seinem hohen Ross auf Tommy herunter, »Phar Lap läuft auf Sparflamme. Er scheint überhaupt nicht zu begreifen, was ich von ihm will!«

Tommy nickte. »Lass es uns noch einmal probieren«, forderte er seinen Freund auf. Aber auch in seiner Stimme lag nicht gerade viel Optimismus.

Erst als die Dämmerung einsetzte, gaben die beiden Freunde ihren Versuch auf, aus Phar Lap einen Sprinter zu machen. Tommy konnte nicht mehr sagen, wie oft sie versucht hatten Phar Laps Ehrgeiz zu wecken und ihn dazu zu animieren, die Stute zu überholen. Aber unabhängig davon, ob Cashy oder Tommy auf Phar Laps Rücken saßen – der Fuchs blieb strikt hinter dem Schneeflockenschecken, als hinge sein Leben davon ab. Und wider Erwarten war es sogar noch schlimmer, wenn Tommy ihn ritt!

»Ich weiß, dass er mehr kann«, sagte Cashy. »Er zeigt es nur irgendwie nicht.«

Tommy sah Phar Lap, den er am Zügel festhielt, an. Er musste den Kopf weit in den Nacken legen, um dem Pferd in die Augen zu schauen. »Warum läufst du nicht?«, fragte er.

Doch Bobby blieb ihm eine Antwort schuldig.

Tommy drückte auf die Hupe, lehnte sich voller Besitzerstolz zurück und streckte den Ellbogen durch die heruntergelassene Seitenscheibe seines neuen Fiat 509. Wie er es erwartet hatte, dauerte es keine Minute, bis Emma in der Tür der Pension erschien, um nachzusehen, wer da vor dem Haus einen solchen Lärm veranstaltete. In den Händen hielt sie noch ihr Küchentuch. Als sie ihn erkannte, schritt sie mit vor Freude glänzendem Gesicht die Stufen hinunter und kam auf ihn zu.

Tommy war sich bewusst, dass es etwas Besonderes war, ein Auto zu besitzen. Keiner seiner Freunde oder Kollegen hatte eins. Noch nicht einmal Mr Telford. Und wenn er ehrlich war, dann wusste er auch nicht, wie lange er es würde behalten können. Sobald einer seiner Arbeitgeber keine Jobs mehr für ihn hatte – und das konnte angesichts der wirtschaftlichen Lage jeden Tag passieren –, würde er den Wagen wieder abgeben müssen. Aber noch konnte er mit der dunkelblauen und frisch polierten Karosserie bei seinem Mädchen Eindruck schinden.

»Lust auf eine kleine Spritztour?«, fragte er, als Emma neben ihm stand.

Emma zögerte nicht lange. Sie hängte das Küchentuch über das Geländer der Veranda und ging auf die andere Seite des Wagens, um einzusteigen.

Tommy lehnte sich über den Beifahrersitz und hielt ihr die Tür auf. »Vier Zylinder, zweiundzwanzig PS, ein Liter Hubraum. Schafft etwa neunzig Stundenkilometer«, referierte er stolz.

Doch Emma hatte nur Augen für das Interieur. »Neunzig Meilen?«, fragte sie dann unvermittelt und wandte sich ihm zu. »Sagtest du nicht, du wolltest ein langsames Auto?«

Einen Augenblick lang ärgerte sich Tommy über Emmas

strengen Ton. Doch dann schluckte er den Groll hinunter. Emma meinte es ja nicht so. »Nicht Meilen«, erklärte er stattdessen, »sondern Kilometer! Dieses Auto kommt aus Europa. Da rechnet man in Kilometern. Neunzig Kilometer sind ungefähr fünfzig Meilen.«

Emmas sichtbare Erleichterung empfand Tommy als rührend. Schließlich zeigte sie damit, wie besorgt sie um ihn war. Und das wiederum war ein eindeutiger Beweis dafür, dass er ihr nicht gleichgültig war. Was wollte man mehr?

Harry Telford studierte die Liste der zum Start beim HRC Two Years Old Handicap in Hawkesbury gemeldeten Pferde. Pure Tea, Win Gold und Sheila waren ernst zu nehmende Konkurrenten. Und dennoch – er musste es einfach noch einmal probieren. Er hatte das Pferd im Training erneut hart rangenommen und der Fuchs war physisch in bester Verfassung. Eine Woche nach seinem verheerenden Debüt bei einem Pferderennen sollte Phar Lap nun endlich zeigen, was wirklich ihn ihm steckte.

Tommy blieb weiterhin skeptisch. Auch er hatte Phar Lap zusammen mit Cashy trainiert. Ohne sichtbare Erfolge. Deshalb war er überrascht, als Cashy ihm erzählte, dass er auf Bobby gesetzt hatte.

»Und nicht nur ich«, berichtete Cashy stolz. »Die Jungs haben ebenfalls ihre Taschen leer geräumt.«

»Welche Jungs?«, fragte Tommy.

»Na, all meine Freunde!« Cashy strahlte bereits in Erwartung des dringend benötigten Geldsegens, den Phar

Laps Sieg ihm bescheren sollte. »Ich habe allen gesagt, sie sollen auf ihn setzen. Er wird mit Sicherheit gewinnen!«

Tommy befürchtete das Schlimmste. Wie würden Cashys Freunde die Nachricht aufnehmen, dass der angeblich so heiße Tipp des Jockeys nichts als heiße Luft gewesen war?

Als sich die Pferde an diesem 2. März 1929 zum Start formierten, knetete Mr Telford nervös seine Hände. Er hatte Frank Douglas als Jockey für Phar Lap gewinnen können und setzte große Hoffnungen auf sein Können und seine Erfahrung.

Und diesmal hatte Phar Lap einen guten Start. Er rannte mitten im Feld der sechzehn gestarteten Pferde. Douglas spürte die Energie des Fuchses. Phar Lap lief in einem ruhigen und gleichmäßigen Galopp. Er schien noch etliche Reserven zu haben. Und Frank wollte diese Reserven aus dem Pferd herausholen. Das war schließlich sein Job. Dafür wurde er bezahlt. Doch kaum hatte er die Reitgerte zum ersten Mal auf Phar Laps Kruppe niederfahren lassen, schien es, als ginge dem Pferd die Luft aus. Statt schneller zu werden, verlangsamte Phar Lap seinen Schritt und ließ etliche Kontrahenten an sich vorbeiziehen.

Als er schließlich als Siebenter über die Ziellinie kam, war sich Frank Douglas sicher versagt zu haben. Er hätte schwören können, dass Phar Lap die Fähigkeiten besaß, um zu gewinnen. Bis zum Schluss hatte der Jockey das Gefühl gehabt, das Pferd habe noch gar nicht angefangen zu rennen. Doch irgendetwas in ihrer Kommunikation war schiefgelaufen. Frank wusste nur nicht, was.

In dieser Nacht wälzte sich Harry Telford ruhelos hin und her. Nicht nur das Drängen seiner unzähligen Gläubiger brachte ihn um seinen verdienten Schlaf. Er hatte geglaubt, seine Enttäuschung über Phar Laps katastrophal schlechte Leistungen hätte bereits ihren Tiefpunkt erreicht. Aber er hatte sich offenbar geirrt. Er verspürte mittlerweile eine so starke Abneigung gegen dieses Pferd, dass er es lieber heute als morgen verkauft hätte. Doch das hieße nicht nur, seinen Irrtum öffentlich einzugestehen, sondern auch, dass er sich um das letzte bisschen Hoffnung brachte, das er noch hatte. Zugegeben, es war weniger als ein Strohhalm, an den sich ein Ertrinkender klammert.

Um sich zu beruhigen, rief er sich die Worte Frank Douglas' in Erinnerung, die der Jockey ihm nach dem Rennen an diesem Tag zugeraunt hatte. »Dieses Pferd *wird* Rennen gewinnen«, hatte Douglas behauptet. Nun, dachte Harry Telford, damit bin ich wenigstens nicht mehr der einzige Verblendete in dieser Angelegenheit. Dann gewann die Müdigkeit doch die Oberhand und er glitt hinüber in einen traumlosen Schlaf.

Der einzige Verblendete war er ohnehin nicht. Auch Cashy setzte sich gegen die Anschuldigungen seiner Freunde zur Wehr, die seinetwegen ihre ohnehin kläglichen Ersparnisse verloren hatten. »Ich garantiere euch«, sagte der Vierzehnjährige großspurig, »ihr werdet alle eines Tages eure Wetteinsätze zigfach zurückbekommen. So wahr ich hier stehe und Cashy Martin heiße.«

Tommy konnte nur hoffen, dass Cashy letzten Endes Recht behalten würde. Auch er zweifelte nicht im Geringsten an Bobbys Fähigkeiten. Aber er war immer noch nicht dahintergekommen, wie man das Pferd dazu bringen konnte, ein bisschen mehr Leistungsbereitschaft zu zeigen.

»Er will einfach nicht schnell laufen«, beklagte er sich bei Emma, als sie das nächste Mal einen Ausflug in dem Fiat 509 machten. »Telford lässt ihn immer mehr und immer härter trainieren. Wenn du mich fragst …«, er schüttelte traurig den Kopf, »… wenn du mich fragst, macht das alles nur noch schlimmer.«

Emma schwieg und wartete darauf, dass Tommy weitersprach. Als Tochter einer Pensionswirtin für junge Jockeys bekam sie tagtäglich einiges über Pferde und Pferderennen zu hören. Doch was nützten ihr all die Schilderungen von Rennverläufen in diesem Fall? Nichts.

»Es liegt nicht an seiner physischen Konstitution«, fuhr Tommy fort. »Bobby ist topfit. Aber es gehört nun einmal mehr dazu, ein Rennen zu gewinnen, als eine gestählte Muskulatur. Es ist so, als ob … als ob …« Er suchte nach den richtigen Worten. »… als wolle Phar Lap seine Kräfte für irgendetwas aufsparen. Ja«, setzte er hinterher, als er in diesem Augenblick erkannte, dass er den Nagel wohl auf den Kopf getroffen hatte. »Genau das ist es!«

»Telford meint, Phar Lap sei zu faul«, gab Emma wieder, was sie den Trainer hatte sagen hören.

»Ach, das ist doch Unsinn!« Tommy wurde wütend. »Er

jagt das Pferd jeden Tag schon vor Sonnenaufgang über die Sandhügel und schickt ihn anschließend stundenlang auf die Rennbahn. Kein anderes Pferd wird so hart trainiert!«

»Dann scheint er wohl einfach nicht zu verstehen, was ihr von ihm wollt«, sagte Emma zaghaft und hoffte, Tommy würde sich wieder beruhigen. Sie wusste, wie sehr ihr Freund an seinem Job und an den Pferden hing, die er betreute. Er liebte Pferde und die Pferde liebten ihn. Aber mit diesem Fuchs verband ihn ein besonders inniges Verhältnis. So innig, dass Emma beinahe ein wenig eifersüchtig wurde. Was war Tommy wichtiger? Die Freundschaft mit ihr? Oder seine Beziehung zu diesem Pferd? Emma ahnte, dass sie die Antwort lieber nicht hören wollte.

»Was hast du gerade gesagt?«, fragte Tommy gedankenverloren.

Emma ärgerte sich darüber, dass Tommy ihr offenbar noch nicht einmal richtig zugehört hatte. Hatte sie es wirklich nötig, sich so behandeln zu lassen? Dennoch wiederholte sie: »Ich habe gesagt, Bobby scheint nicht zu verstehen, was ihr eigentlich von ihm wollt.«

»Vielleicht hast du Recht«, antwortete Tommy, aber er schien mit seinen Gedanken schon wieder woanders zu sein. »Ja, vielleicht hast du Recht«, murmelte er noch einmal. Dann sprang er plötzlich auf und reichte Emma die Hand, um ihr beim Aufstehen zu helfen. »Komm. Ich bringe dich nach Hause.«

Emma ließ sich hochziehen und glättete im Aufstehen

die Falten ihres neuen, selbst genähten Kleides. »Aber warum? Ich dachte …«

Doch Tommy ließ sie nicht ausreden. »Ich muss noch einmal in den Stall«, sagte er. »Ich habe was Wichtiges vergessen!«

5

»Phar Lap war ein wundervolles Pferd. Er wusste, wann du versuchst ihm zu helfen. Und dann versuchte er dir ebenfalls zu helfen.«
TOMMY WOODCOCK

Tommy fuhr wieder einmal zu schnell. Sein schlechtes Gewissen zwang ihn fest auf das Gaspedal zu treten. Emma hatte keinen Hehl daraus gemacht, dass sein Verhalten sie zutiefst gekränkt hatte. Sie hatte auf der Rückfahrt nicht ein Wort mit ihm gesprochen, war, ohne sich zu verabschieden, aus dem Wagen gestiegen und hatte sich auf den Stufen zum Haus nicht wie sonst noch einmal zu ihm umgedreht. Er würde es wiedergutmachen, schwor sich Tommy, doch erst einmal musste er zu Bobby.

Mit quietschenden Reifen hielt er vor Cashys Elternhaus. Cashys Mutter ließ ihn ein und führte ihn ins Wohnzimmer, wo sein Freund schnarchend auf der Couch lag. Als der Junge Tommy sah, sprang er sofort auf.

»Beeil dich, Cashy«, sagte Tommy und warf seinem Freund die Jacke zu. »Wir müssen zu Bobby.«

»Was ist passiert?«, wollte Cashy wissen und die Sorge um das Pferd ließ sein ohnehin schmales Gesicht noch schmaler aussehen.

»Ich erklär es dir unterwegs«, antwortete Tommy und zog Cashy mit sich.

Von Cashys Elternhaus waren es nur wenige Minuten bis zum Stall und Tommy fuhr, als ginge es um Leben und Tod. Er würgte den Motor ab und sprintete zu den Pferdeboxen.

Cashy folgte ihm.

Als Phar Lap die beiden sah, hob er neugierig den Kopf und wieherte ihnen aus seiner Box entgegen. Er freute sich sichtbar über den Besuch. Und das lag nicht nur an dem Zuckerstückchen, das Tommy ihm zur Begrüßung reichte. Der Fuchs wirkte zwar etwas irritiert, als Tommy ihm den Sattel auflegte und ihn aufzäumte, aber er vertraute seinem Freund und freute sich über jede Minute, die Tommy mit ihm verbrachte. Und während Tommy sich um Phar Lap kümmerte, machte Cashy im angrenzenden Stallabteil die Appaloosa-Stute fertig.

»Pass auf«, erklärte Tommy sein Vorhaben. »Wir haben die ganze Zeit versucht Bobby begreiflich zu machen, was wir von ihm wollen: Er soll rennen. Aber aus irgendwelchen Gründen versteht Bobby uns entweder nicht oder er will einfach nicht …«

»Und deswegen jagst du mich aus dem Haus, ohne mir zu sagen, was eigentlich los ist?«, unterbrach Cashy seinen Freund. »Ich habe gedacht, es wäre was weiß ich was mit Phar Lap passiert!«

»Hör mir doch erst mal zu«, drängte Tommy. »Wenn wir jetzt mit den beiden Pferden auf die Rennbahn gehen …«

»Dann erwischt uns hoffentlich Mr Telford nicht, denn sonst gibt es großen Ärger«, fiel Cashy Tommy erneut ins Wort.

»Wir gehen also auf die Rennbahn«, fuhr Tommy unbeirrt fort, »du reitest Bobby wie bei jedem Training und ich reite Spotty.«

Der Schecke spitzte die Ohren, als er seinen Namen hörte.

»Und dann?«

»Das erkläre ich dir, sobald wir da sind.«

Cashy verdrehte die Augen. Aber auch er vertraute Tommy. Er kannte keinen, der mehr von Pferden verstand. Keinen. Vermutlich noch nicht einmal Mr Telford.

Bobby und Spotty schienen sich zu wundern, als sie nun auf die Trainingsbahn geführt wurden. Auch wenn sie keine Ahnung von den Wochentagen hatten, sagte ihnen ihre innere Uhr, dass es jetzt eigentlich keine Zeit fürs Training war.

Cashy und Tommy saßen auf und ritten die Pferde warm. Als sie sich schließlich der Startlinie näherten, wusste Cashy endlich, was er tun sollte. Und auch wenn er immer noch nicht ganz begriff, was Tommy sich davon versprach, konnte er seinem Freund den Gefallen nicht abschlagen.

»Jetzt!«, gab Tommy das Startsignal und stieß Spotty die Fersen in die Flanken. Gehorsam setzte sich die Stute in Bewegung und verfiel in einen sauberen Galopp.

Auch Cashy ließ sein Pferd anlaufen. Doch anstatt ihn wie sonst dazu zu animieren, schneller zu werden, hielt er Bobby zurück.

Phar Lap wunderte sich. Wieso stieß ihm der Junge auf seinem Rücken nicht die Fersen in die Flanken? Und wo blieb das Zischen der Reitgerte auf seiner Kruppe? Diese zwei unangenehmen Dinge verband er fest damit, geritten zu werden. Der »Rote Blitz« sah, wie sich sein zweibeiniger Freund auf dem anderen Pferd entfernte, und plötzlich bekam er Angst. Wieso rannten die beiden da vorne so schnell weg und er sollte nicht mit? Er versuchte schneller zu werden, doch der Junge auf seinem Rücken sagte eindeutig: Nein!

Tommy warf einen Blick zurück. Etliche Pferdelängen trennten ihn bereits von Bobby und Cashy. Hatte sein Plan versagt?

Bobby wartete immer noch auf das Zeichen seines Reiters, dass er endlich schneller werden sollte. Doch da kam nichts. Langsam wurde der Fuchs misstrauisch. Wieso durfte er nicht zu dem anderen Pferd? Er wollte nicht allein hier zurückbleiben. Er wollte dort sein, wo sein zweibeiniger Freund war! Und wo das andere Pferd war! Dort war er in Sicherheit! Das jahrhundertealte Wissen der Pferde, dass die Herde den besten Schutz bietet und ein einzelnes Pferd leichte Beute für Raubtiere bedeutet, war auch in Phar Lap lebendig.

In diesem Moment lockerte Cashy die Zügel und verstärkte den Druck seiner Wadenmuskeln an Bobbys empfindlichen Seiten. »Okay, Bobby, jetzt!«

Als hätte man eine Rakete gezündet, lief Phar Lap los. Cashy riss vor Schreck die Augen auf. Wie oft hatte er schon auf diesem Pferd gesessen. Und immer hatte er gewusst, dass Phar Lap nicht einmal die Hälfte dessen zeigte, was in ihm steckte. Doch als er jetzt zum ersten Mal tatsächlich die geballte Kraft des Fuchses zu spüren bekam, war er dennoch von ihr überrascht. Phar Laps Hufe donnerten über das Geläuf und wirbelten Sand auf.

Tommy hörte den näher kommenden Hufschlag und drehte sich um. Phar Lap preschte auf ihn zu. Noch nie hatte der Stallbursche dieses Pferd so laufen sehen! Er hatte überhaupt noch nie ein Pferd so laufen sehen!

»Das war der absolute Wahnsinn!« Cashy war außer sich. »Ich habe ja gewusst, dass er es kann!«

Tommy freute sich über die offen gezeigte Begeisterung seines jungen Freundes. Und auch er war unsagbar erleichtert. Endlich hatten sie es geschafft! Endlich war der Knoten geplatzt! Er steckte Bobby noch ein letztes Stückchen Zucker zu, dann schloss er die Boxenklappe hinter sich. »Jetzt müssen wir nur noch Mr Telford überzeugen«, sagte er zu Cashy und beobachtete, wie die Kinnlade des Jockeys hinunterfiel. »Aber keine Sorge«, beruhigte er ihn. »Das schaffen wir auch noch.«

Tommy konnte es kaum erwarten, seinem Boss von den Erfolgen des heimlichen Trainings zu berichten. Er brachte Cashy nach Hause, nahm all seinen Mut zusammen und klopfte kurz darauf an Mr Telfords Tür.

Der Trainer war offensichtlich überrascht den Stallburschen an dessen freiem Tag zu sehen. »Ist was mit Phar Lap?«, fragte er, als er Tommy erblickte.

»Kann man so sagen, Sir«, antwortete Tommy. »Kann ich Sie kurz sprechen?«

Mr Telford zögerte einen Augenblick, dann bat er Tommy herein.

Tommy sah sich um. Er hatte gewusst, dass es um Mr Telfords Finanzen nicht gut bestellt war. Aber er war dennoch schockiert zu sehen, wie viel im Haus des Trainers auf dessen schlechte wirtschaftliche Situation hinwies. Er meinte sich ganz genau zu erinnern, dass er bei seinem letzten Besuch, der zugegebenermaßen schon einige Zeit her war, ein Klavier im Wohnzimmer gesehen hatte. Doch dort, wo es gestanden hatte, zeugten nur noch vier tiefe Abdrücke im Teppich davon, dass hier einst jemand musiziert hatte.

Mr Telford hörte Tommy zu, ohne ihn ein einziges Mal zu unterbrechen. Nicht das geringste Muskelzucken verriet, was der Trainier über all das dachte, was sein Angestellter ihm berichtete. Erst als Tommy geendet hatte und schwieg, ergriff er das Wort. Und was er sagte, trieb Tommy das Blut in die Wangen.

»Ich habe dir schon mal gesagt, Woodcock, dass du deine Kompetenzen übersteigst«, sagte der Trainer mit gefährlich ruhiger Stimme. »Glaubst du, ich muss mir von einem Stalljungen sagen lassen, wie ich meine Arbeit zu verrichten habe?«

»Aber, Sir!«, protestierte Tommy. »Sie müssen sich das ansehen! Sie haben Recht gehabt! Ich habe noch nie ein Pferd so rennen sehen! Phar Lap ist ein Wunder!«

»Ich will von diesem Schabernack, den sich ein Stallbursche und eine halbe Portion von einem Jockey ausgedacht haben, nichts wissen«, entgegnete Mr Telford. »Phar Lap ist dann so weit, wenn ich es sage. Und er wird trainiert, wie ich es für richtig halte.« Er wies mit dem Kopf zur Tür.

»Und jetzt gebe ich dir einen guten Rat, mein Junge: Du solltest dich nicht so auf dieses Pferd versteifen. Könnte sein, dass du eines Tages nicht mehr sein Stallbursche bist.« Er machte eine kurze Pause. »Hast du das verstanden?«

Tommys Gefühle schwankten zwischen Wut und Fassungslosigkeit. Er nickte stumm. »Sir«, sagte er schließlich knapp und sah zu, dass er aus diesem Haus verschwand.

Da Tommy und Cashy wussten, dass Phar Lap mit Leichtigkeit hätte gewinnen können, tat es besonders weh, zuzusehen, wie er sein nächstes Rennen erneut verlor.

Jack Baker hieb mit der Gerte auf Phar Laps Rücken ein, nachdem Mr Telford ihm gesagt hatte, er müsse das Pferd ordentlich antreiben. Doch vergebens. Der große Fuchs ließ alle anderen Pferde an sich vorbeiziehen.

David Davis zog lediglich missbilligend die Augenbrauen hoch, als er nach dem Rennen an Mr Telford vorbeiging. Es war schon alles gesagt worden, was es zu sagen gab.

Tommy kümmerte sich nach dem Rennen um Bobby. Er hatte nicht mehr viel Gelegenheit dazu, denn Mr Telford erteilte ihm, sooft es ging, andere Aufgaben und hielt ihn von dem Pferd fern. Tommy wusste, dass sein Boss die feste Auffassung vertrat, Tommy sei nicht gut für Phar Lap. Solange das Pferd mit seiner Mitleidsmasche immer wieder Erfolg hatte, glaubte der Trainer, würde es sich nie anstrengen.

Auch ansonsten standen die Zeichen auf Sturm: Zwei seiner Arbeitgeber hatten Tommy mit tiefem Bedauern mitgeteilt, dass sie es sich nicht mehr leisten konnten, ihn zu beschäftigen. Und so musste sich Tommy von seinem Fiat 509 trennen, weil er die Kosten für den Unterhalt nicht mehr aufbringen konnte.

Als ihm eines Morgens einer der anderen Stallburschen in Mr Telfords Stall auch noch zuraunte, er habe Emma mit einem anderen gesehen, wusste Tommy nicht, was sonst noch hätte passieren können. Er hatte das Gefühl, sein Glück zerbräche unter seinen Händen. Nun hatte er mehr Freizeit, als ihm lieb sein konnte. Ohne sein Mädchen und mit nur noch zwei Trainern, für die er arbeitete.

Harry Telford hielt die Scherben seines Glücks bereits seit längerem in Händen. Phar Lap hatte nicht nur die Hoffnungen, die er auf ihn gesetzt hatte, nicht erfüllt – er hatte ihn darüber hinaus noch tiefer ins Unglück gestürzt, indem er seinen guten Ruf als Trainer ruiniert hatte. Kein Abend verging, an dem Telford nicht darüber nachdachte, wie er seinem Leben die gewünschte Wendung geben konnte. Phar Lap weitere Rennen verlieren zu lassen erschien dem Trainer unsinnig. Und so reduzierte er die Trainingsstunden des Fuchses und konzentrierte sich wieder verstärkt auf die anderen Pferde im Stall.

Es war purer Zufall, dass Mr Davis ihn wenige Wochen später ausgerechnet vor Phar Laps Box antraf, als er sich nach seinem Pferd erkundigen wollte.

»Wie geht es unserem Wunderpferd?«, fragte Mr Davis und gab sich nicht die geringste Mühe, seinen Sarkasmus zu verbergen. »Man hört und sieht ja gar nichts mehr von ihm.«

Einen kurzen Augenblick wollte Harry Telford sagen: »Sie haben Recht gehabt: Er ist eine Niete. Wir sollten ihn verkaufen.« Doch er brachte das Eingeständnis seines Irrtums nicht über die Lippen. Stattdessen sagte er: »Phar Lap hat etwas Ruhe gebraucht. Jetzt ist er wieder in Form und bald wird er sein erstes Rennen gewinnen.«

Mr Davis zog skeptisch die Augenbrauen hoch. »Ach ja? Wo wollen Sie ihn denn melden?«

Telford überlegte nicht lange. Das nächste Rennen war das RRC Maiden Juvenile Handicap in Rosehill. »In Rosehill«, sagte er knapp.

»Okay«, sagte Mr Davis. »Aber erzählen Sie niemandem, dass das Pferd mir gehört.« Er grinste hämisch. »Es wäre mir peinlich.«

Phar Lap war missmutig. Er hatte in den vergangenen drei Wochen nichts vermisst. Weder das harte Training an den Sandhügeln, von dem er jedes Mal zu Tode erschöpft zurückkehrte, noch die Rennen. Sein Freund hatte regelmäßig nach ihm gesehen und ihm ein Stückchen Zucker vorbeigebracht. Hin und wieder hatten sie ihn auch geholt, damit er gegen die Stute aus der Nachbarbox laufen konnte. Diese Wettläufe machten Bobby inzwischen richtig Spaß. Der »Rote Blitz« spürte, wie glücklich es Tommy machte, wenn er ihn überholte. Und das wiederum machte den »Roten Blitz« glücklich. Er mochte Tommy und er wollte, dass Tommy ihn mochte. Also tat er, was offenbar von ihm erwartet wurde.

Doch nun war wieder alles anders. Dieser Mann war erneut aufgetaucht und hatte ihn ein weiteres Mal über die Sandhügel gehetzt. Jeden Tag kam nun ein anderer Stalljunge, der ihn aufzäumte und ihm den Sattel auflegte, um ihn anschließend zu diesem Mann zu bringen. Der schlug dann auf ihn ein, bis er nichts anderes mehr wollte, als sich hinzulegen und zu schlafen.

Der Stallbursche, der nun vor ihm stand, war besonders grob. Er rammte ihm das Gebiss zwischen die Zähne, so dass es in den Mundwinkeln schmerzte. Phar Lap schlug mit dem Kopf und wieherte laut. Er wollte nicht. Er wollte nicht zu diesem Mann gebracht werden. Er wollte nicht, dass man ihm wehtat. Und er wollte kein Zaumzeug!

Die Schulter des Stalljungen befand sich genau vor Phar Laps Maul. Phar Lap riss die Zähne auseinander und schlug sie in den Stoff. Mit einem reißenden Geräusch platzte die Naht und der Fuchs schwenkte das Stück Stoff wie eine Trophäe durch die Luft.

»Verflixter Bastard!«, schimpfte der Stalljunge und rieb sich seine schmerzende Schulter.

»Was ist los?« Tommy lehnte die Mistgabel gegen die Wand und blickte über die Boxenklappe ins Stallabteil.

»Dieses Monster hat mein Hemd zerrissen!«

Tommy öffnete die Tür und trat neben Phar Lap. »Du hast das falsche Gebiss genommen«, sagte er mit einem Blick auf das Zaumzeug. »Es ist zu klein und schneidet ihm in die Mundwinkel.«

»Mr Telford hat gesagt, ich soll dieses Gebiss nehmen«, verteidigte sich der Junge.

Tommy unterdrückte seine aufkeimende Wut. »Dann

hat er sich vielleicht vertan. – Hier«, er reichte dem anderen das richtige Gebiss. »Nimm dieses.«

Der Junge sah abwechselnd von dem Zaumzeug in Tommys Hand zu Tommy und Phar Lap. »Kannst du es ihm nicht anlegen?«

Tommy zögerte nicht. Er befreite Phar Lap von dem zu kleinen Gebiss und nichts erinnerte daran, dass sich dasselbe Pferd wenige Minuten zuvor aufgeführt hatte wie der Teufel persönlich. Willig ließ sich Phar Lap das Zaumzeug überstreifen.

In den nächsten Tagen wartete Tommy darauf, von Mr Telford wegen des eigenmächtigen Austauschens des Gebisses zur Rede gestellt zu werden. Sein Boss hatte ihm schließlich unmissverständlich zu verstehen gegeben, dass er bei der nächsten Einmischung Gefahr lief, seinen Job zu verlieren. Doch nichts geschah. Vielleicht hatte sich der Trainer wirklich vertan? Oder vielleicht hatte der Stallbursche nur eine Ausrede gebraucht?

»Tommy?«

»Mr Telford?« Tommy blieb stehen, als der Trainer auf ihn zutrat, und wappnete sich im Stillen bereits für den bevorstehenden Angriff. Doch Mr Telford räusperte sich und Tommy entspannte sich wieder. Was auch immer sein Boss von ihm wollte – es hatte nichts mit dem falschen Gebiss zu tun.

»Wie du weißt«, begann der Trainer, »habe ich Phar Lap für das Rennen in Rosehill auf die Starterliste setzen lassen.«

»Ja, Sir.«

»Ich möchte, dass du mitkommst und Phar Lap betreust.«

»Ja, Sir.« Tommys Herz machte einen Sprung. Er hatte nicht damit gerechnet, dass der Trainer ihn für das Rennen einteilen würde. Seit seinem Besuch bei Telford zu Hause hielt der ihn von Phar Lap fern, wo er nur konnte. Aber er wusste auch, dass sich die anderen Stallburschen nicht gerade darum prügelten, Phar Lap zu versorgen. Und seit der Geschichte mit dem zerrissenen Hemd, die sich wie ein Lauffeuer im Stall verbreitet hatte, gab es außer Tommy niemanden mehr, der gern in Phar Laps Box trat. Mr Telford wollte bereits wieder gehen, als Tommy ihn zurückhielt. »Sir?«

Der Trainer wandte sich um.

»Wer wird Bobby reiten?«

»Phar Lap«, entgegnete der Ältere. »Sein Name ist Phar Lap. Und geritten wird er von Jack Baker.«

»Danke, Sir«, antwortete Tommy und hoffte, Telford würde nicht sehen, wie sehr er sich über diese Nachricht freute. Jack Baker war ein alter Bekannter von ihm. Mit dem Siebzehnjährigen hatte er früher, als er selbst noch Jockey gewesen war, so manche Stunde im Dampfbad verbracht, um die letzten Pfunde vor einem Rennen herunterzuschwitzen. Er wusste, dass er mit ihm würde reden können. Und vielleicht konnte er ihn davon überzeugen, bei seinem Plan mitzumachen. Tommy unterdrückte ein zufriedenes Lächeln.

6

»Er war ein Engel.«
HARRY TELFORD

»Ich weiß nicht«, sagte Jack Baker und rieb seine Hände. Fröstelnd zog er die Schultern hoch.

»Glaub mir, du kannst dieses Rennen gewinnen, wenn du auf mich hörst«, sagte Tommy und merkte selbst, wie beschwörend seine Stimme klang.

»Aber Telford sagt genau das Gegenteil. Er sagt, ich soll ihn noch härter anfassen als das letzte Mal.«

»Und wie ist es das letzte Mal gelaufen?«

Der Jockey verzog stumm das Gesicht zu einer Grimasse.

»Na also.« Tommy breitete die Arme aus. »Was hast du dann zu verlieren?«

»Was ich zu verlieren habe? Meinen Job habe ich zu verlieren! Oder was glaubst du, was mögliche Auftraggeber davon halten, wenn sich herumspricht, dass Baker grundsätzlich genau das Gegenteil von dem tut, was man ihm sagt. Hä?«

»Und was halten mögliche Auftraggeber von einem Jockey, der einen Außenseiter zum Sieg führt?«

Jack Baker antwortete nicht. Er sah Tommy geradewegs in die Augen und wog im Stillen beide Möglichkeiten gegeneinander ab. Telford war derjenige, der ihn dafür bezahlte, dass er Phar Lap ritt. Und Telford hatte gesagt, er solle das Pferd hart rannehmen. Außerdem hatte Telford dreißig Jahre Erfahrung als Trainer. Er wusste also, was er tat. Wenn er sich seinen Anweisungen widersetzte und Tommy sich geirrt hatte, dann wollte Jack Mr Telford lieber nicht unter die Augen treten müssen.

Andererseits hielt Jack große Stücke auf Tommy Woodcock. Er hatte bereits selbst miterlebt, wie Tommy, als er noch Jockey war, junge Pferde, auf die keiner auch nur einen Blumentopf gesetzt hätte, durch seine besondere Art zum Erfolg geführt hatte. Tommy hatte einfach irgendetwas an sich, auf das Pferde reagierten. Und er war ein Freund. Einer, auf den man sich verlassen konnte. Wenn Tommy sich seiner Sache nicht hundertprozentig sicher wäre, dann würde er Jack niemals zu etwas überreden, das ihn in Schwierigkeiten bringen konnte.

»Was steht ihr hier rum und quatscht?« Harry Telford tauchte plötzlich wie aus dem Nichts auf. »Los, Jack, oder willst du schon zum Start zu spät kommen?«

»Nein, Sir.« Der Jockey setzte seine Rennkappe auf, und ohne sich von Tommy zu verabschieden, drehte er sich um und verschwand.

Telford warf Tommy einen misstrauischen Blick zu, dem Tommy jedoch standhielt. Zum Glück konnte der Trainer seine Gedanken nicht lesen!

Tommy war bei jedem Rennen, an dem einer seiner Schützlinge teilnahm, aufgeregt. Doch an diesem 27. April 1929 kannte seine Nervosität keine Grenzen mehr.

»Ich hab den Jungs gesagt, heute holen sie all ihre Verluste wieder rein, wenn sie noch einmal auf Phar Lap setzen.« Cashy stand neben Tommy am Zaun, der den Zuschauerbereich von der Rennstrecke trennte, und trat von einem Bein auf das andere. In den Händen hielt er einen Wettschein, als handelte es sich dabei um ein rohes Ei, das er ausbrüten wollte.

Tommy sah seinen jungen Freund von der Seite an. Einerseits teilte er Cashys Optimismus. Bobby hatte gezeigt, wozu er fähig war. Andererseits wusste er nicht, ob er Jack Baker überzeugt hatte oder nicht. Wenn der Jockey nicht auf ihn hörte und sich stattdessen an Telfords Anweisungen hielt, dann sah es mit Cashys Beliebtheit bei seinen Freunden in Zukunft schlecht aus.

Tommy versuchte abzuschätzen, wie sich Jack wohl verhalten würde. Doch er kam zu keinem Ergebnis. Der Jockey hatte äußerst unentschlossen gewirkt und Tommy befürchtete, dass die Zeit nicht ausgereicht hatte, um ihn für seinen Plan zu gewinnen.

»Meine Damen und Herren, die Pferde stellen sich nun auf und gehen auf die Startlinie zu.« Die Stimme des Rennbahnsprechers drang knarzend aus den Lautsprechern.

Tommy konnte die Pferde von seiner Position aus nicht sehen und konzentrierte sich auf die Durchsage, um alles so genau wie möglich mitzubekommen. Doch plötzlich drehte er sich einem Reflex gehorchend um und sah geradewegs in Harry Telfords Augen, der einige Meter hinter ihm auf der Tribüne stand. Wie viel hatte der Trainer von seinem Gespräch mit Jack mitbekommen? Hatte er vielleicht schon länger unbemerkt in der Nähe der beiden gestanden?

»Die Pferde sind gestartet«, ertönte die Stimme des Rennbahnsprechers in diesem Augenblick erneut und Tommy lenkte seine Aufmerksamkeit wieder dem Wettkampf zu. »Pure Tea und Peacemaker, die beide zu den Favoriten dieses Rennens gezählt werden können, hatten einen guten Start. Dicht gefolgt von Voleuse und Sir Ribble biegen sie auf die erste Gerade ein.«

Tommy konnte immer noch nichts sehen, aber jetzt hörte er bereits das Donnern der Hufe. Einundzwanzig Pferde waren am Start und die Erde bebte, als sie jetzt näher kamen.

»An erster Stelle Pure Tea, dicht gefolgt von Voleuse und …« Der Lautsprecher knackte und verschluckte den Rest der Durchsage.

Tommy sah eine Staubwolke auf sich zukommen. Aber wo war Phar Lap? Bislang hatte der Sprecher ihn noch nicht erwähnt!

»Das Feld ist dicht geschlossen«, fuhr der Kommentator fort. »Doch allmählich setzt sich Pure Tea ab. Pure Tea scheint das Rennen zu machen. Nein, jetzt holt Voleuse auf …«

›Wo ist Phar Lap?‹, hallte es in Tommys Kopf und dann sah er die Pferde. Wie der Sprecher es gesagt hatte, raste als Erster Pure Tea an ihm vorbei.

»Phar Lap bildet das Schlusslicht dieser Formation«, beantwortete der Sprecher in diesem Augenblick Tommys unausgesprochene Frage. »Er liegt bereits zwei Längen zurück und kann dem Tempo offenbar nicht folgen. Der Abstand wird größer …«

Tommy schüttelte den Kopf. Er hatte es befürchtet! Ein kurzer Seitenblick auf Cashy zeigte, dass es dem jungen Jockey nicht besser erging. Er hatte die Augen weit aufgerissen und war ziemlich blass um die Nase. Verstohlen drehte sich Tommy zu Mr Telford um. Der Trainer blickte starr geradeaus und die Falten um seinen Mund und auf seiner Stirn wirkten tief wie Ackerfurchen.

Während Jack Baker auf die Startlinie zuritt, war er sich immer noch unsicher. War es besser, sich an Mr Telfords Anweisungen zu halten und Phar Lap anzutreiben? Oder sollte er auf Tommys Gespür vertrauen und den kräftigen Fuchs zurückhalten?

Mit einem Surren wurden die Barrieren hochgezogen und die Pferde links und rechts von Phar Lap preschten davon. Jack Baker sah ihnen hinterher.

Trotz seines vergleichsweise jugendlichen Alters hatte er schon viele Rennen bestritten und etliche Pferde geritten. Und stets spürte er die Unruhe der Pferde vor dem Start. Ihre Nervosität, ihren Wunsch, zu laufen, das Adrenalin, das ebenso durch ihre Adern floss wie durch die Körper der Jockeys. Doch bei Phar Lap spürte er nichts von alldem. Oder zumindest nur sehr wenig. Phar Lap machte den Eindruck, als hätte das alles hier nichts mit ihm zu tun, als wären ihm die anderen Pferde völlig gleichgültig. Und mit einem Mal wusste Jack Baker, was er tun würde.

Phar Lap spürte die Unsicherheit des jungen Mannes auf seinem Rücken. Ebenso wie sein Reiter auf irgendein Zeichen von ihm wartete, wartete das Pferd auf ein Kommando von Jack. Doch es kam keins.

Die Pferde links und rechts von Phar Lap tänzelten nervös, und als die Barriereseile mit einem Surren hochgezogen wurden, preschten sie voller Übermut los.

Phar Lap wartete auf das Zischen der Reitgerte auf seiner Kruppe und den Druck der Sporen in seinen Flanken. Doch nichts davon geschah. Der »Rote Blitz« lief gemächlich hinter den anderen Pferden her und seinem Reiter schien das nur recht zu sein. Phar Lap versuchte etwas schneller zu werden, doch der junge Mann auf seinem Rücken hielt ihn zurück.

Mittlerweile hatte sich das Feld abgesetzt und Phar Lap empfand eine gewisse Unzufriedenheit, als er mehr und mehr den Anschluss verlor. Wieder einmal wunderte er sich, dass man ihn daran hindern wollte, in der Herde der anderen Pferde zu bleiben. Schlagartig verlor er die Angst, von diesem Reiter bis an den Rand der völligen Erschöpfung getrieben zu werden. Dieser Mensch *wollte* ja noch nicht einmal, dass er rannte! Er war nicht wie der andere Mann, der ihn bis zur Besinnungslosigkeit Sandhügel hinaufjagte – nein, er verhielt sich vielmehr wie dieser Junge, der ihn ritt, wenn er gegen seinen zweibeinigen Freund auf der gescheckten Stute antrat! Die Erinnerung daran ließ Phar Lap unweigerlich schneller werden. Das war der Moment, in dem Jack die Zügel locker ließ.

»Pure Tea kann das Tempo nicht durchhalten und fällt zurück. Da kommt Voleuse ... Wird Voleuse das Rennen für sich entscheiden?«

Tommy schüttelte den Kopf und starrte finster auf den Boden, während er der Stimme aus dem Lautsprecher lauschte. Er traute sich nicht, sich zu Mr Telford umzudrehen. Er meinte, den bohrenden Blick seines Bosses im Rücken zu spüren. Hoffentlich hatte er nicht eigenhändig Jack Bakers Zukunft als Jockey an diesem Tage zu Grabe getragen!

»Was geschieht da?« Die Stimme des Sprechers klang ungläubig und Tommy sah wieder auf die Rennbahn. »Phar Lap holt auf ... ja, tatsächlich ... Er verringert den Abstand zum Feld. Jetzt geht er auf die Außenbahn ... Schauen Sie sich das an, meine Damen und Herren ...«

Cashy, der bereits angefangen hatte seinen Wettschein zu zerknüllen, folgte in diesem Augenblick ebenfalls der Aufforderung des Rennbahnsprechers und sah auf.

»Er geht den langen Weg«, fuhr die Stimme aus dem Lautsprecher fort. »Das ist nicht mehr zu schaffen ...«

Cashy strich gedankenverloren seinen Wettschein glatt.

»Jetzt ist Phar Lap gleichauf mit My Talisman und Ticino. Er überholt sie und schließt zu Sir Ribble auf. Das ist sensationell, meine Damen und Herren! Phar Lap scheint immer noch schneller zu werden ... Jetzt hat er Pure Tea erreicht ... Er ist an zweiter Position, doch Voleuse hat immer noch zwei Längen Vorsprung ... Ein fantastischer Erfolg für den Außenseiter, sollte er hier tatsächlich als Zweiter über die Ziellinie gehen ...«

Jack Baker lehnte sich so weit nach vorn, wie es ihm möglich war. Er konnte immer noch nicht glauben, was soeben geschah. Noch nie in seiner Laufbahn als Jockey hatte er auf einem Pferd wie diesem gesessen. Phar Lap preschte an allen anderen vorbei, ließ sie stehen und schien immer noch Kraftreserven zu haben, um noch einmal zu beschleunigen. Jack ließ die Zügel locker und bemühte sich um einen leichten Sitz, der das Pferd möglichst wenig belastete. Jetzt war nur noch Voleuse vor ihnen. Voleuse – und die Ziellinie.

»… Phar Lap schließt zu Voleuse auf.« Die Stimme des Sprechers überschlug sich. Man konnte förmlich hören, wie er vor Unglauben den Kopf schüttelte. »Phar Lap hat das gesamte Feld überholt und setzt sich in diesem Moment ab. Er überholt Voleuse. Phar Lap übernimmt die Führung. Phar Lap geht mit einer halben Länge Vorsprung über die Ziellinie. Phar Lap hat gewonnen!«

Cashy hüpfte auf und ab wie ein Pingpongball und wedelte dabei mit seinem Wettschein. Tommy strahlte über das ganze Gesicht und jetzt wagte er es auch wieder, sich zu seinem Boss umzudrehen. Harry Telford rieb sich so fest mit Zeigefinger und Daumen über die Stirn, dass rote Striemen darauf zurückblieben. Tommy konnte sehen, wie erleichtert der Trainer war. Als spürte er, dass Tommy ihn ansah, blickte Telford zu dem Stalljungen hinüber. Ohne eine Miene zu verziehen, nickte er ihm zu und Tommy wusste, dass er keine Vorhaltungen zu befürchten hatte.

Es dauerte keine Minute, bis Phar Laps Trainer von den ersten Gratulanten umringt wurde. Und während Tommy sich noch einen Weg zu seinem Boss bahnte, nahm der bereits die ersten Glückwünsche entgegen.

»Herzlichen Glückwunsch!«

»Gutes Pferd!«

»Nun, Harry …« David Davis streckte Mr Telford die Hand entgegen. »Ich darf doch Harry sagen, oder?« Er wartete nicht auf eine Antwort. »Meinen Glückwunsch zu diesem Erfolg!«

»Danke, Mr Davis. David.«

»Natürlich dürfen wir jetzt nicht übermütig werden, nicht wahr? Das Rosehill Handicap ist ein nettes, kleines Rennen, aber von einem Derbysieg sind wir dennoch weit entfernt.«

»Phar Lap wird auch in Derbys siegen.« Harry Telford sah seinem Gesprächspartner direkt in die Augen. »Er wird nächste Saison sogar beim Melbourne Cup starten und …«, Telford machte eine kleine Pause, »… und gewinnen.«

Mr Davis' Lachen klang laut und unehrlich. »Sie sind ein unverbesserlicher Optimist, Harry.« Er klopfte dem Trainer mit der flachen Hand auf die Schulter. »Unverbesserlich.« Kopfschüttelnd wandte er sich ab und ließ Harry Telford und Tommy, der die ganze Zeit neben seinem Boss gewartet hatte, stehen.

Harry Telford sah seinem Partner schweigend hinterher, dann wandte er sich an Tommy. »Mach Phar Lap fertig, Junge. Wir fahren nach Hause.«

»Ja, Sir«, antwortete Tommy.

7

»Das Leben eines Menschen
könnte nicht mehr Sinn gehabt haben.«
HARRY TELFORD

»Hi, Emma.«

»Hallo, Tommy.«

Tommy drehte und knetete seine Mütze zwischen den Händen und blickte abwechselnd Emma an und auf den Boden.

»Wer ist da, Emma?« Mrs Bones Stimme drang aus dem Inneren des Hauses auf die Veranda.

»Es ist Tommy.«

»Oh, Tommy!« Mrs Bone streckte ihren Kopf durch den Türspalt. »Lange nicht gesehen.«

»Ja, Mrs Bone, ich …«, Tommy stockte, »… ich hatte viel Arbeit, wissen Sie.«

Mrs Bone nickte, als wüsste sie. »Ich hab gehört, Phar Lap hat in Rosehill gewonnen?«

»Ja, Mrs Bone.«

Emmas Mutter lächelte, dann wandte sie sich an ihre Tochter. »Vergiss bitte nicht die Knochen auf dem Ofen.«

»Natürlich nicht, Mutter«, antwortete Emma gehorsam, und als sie Tommys verständnisloses Gesicht sah, erklärte sie: »Wir hatten gestern Hühnerbraten. Nun kochen wir die Knochen aus für eine Fleischbrühe.«

Bei dem Gedanken an eine kräftige Hühnerbouillon lief Tommy das Wasser im Munde zusammen.

»Also dann …«, sagte Mrs Bone, die merkte, dass sie das Gespräch der beiden zum Stocken gebracht hatte, und nickte Tommy noch einmal zu, ehe sie wieder im Inneren des Hauses verschwand.

»Also dann, Mrs Bone …«, antwortete Tommy, aber von Mrs Bone war bereits nichts mehr zu sehen.

Emma verschränkte die Arme vor der Brust und sah Tommy abwartend an.

Tommy drehte und wendete immer noch seine Mütze, als suchte er in ihrem Futter nach den richtigen Worten. Seit die Rennsaison vorbei war und die Arbeit nachgelassen hatte, war es Tommy von Tag zu Tag bewusster geworden, wie sehr er Emma vermisste. Phar Lap war in seinem Winterquartier untergebracht und weder Mr Telford noch Mr Seaton hatten genug Arbeit für den Stallburschen, um ihn von seinem Kummer abzulenken. Jetzt stand Tommy also vor Emma und zermarterte sich das Hirn, wie er sie um Verzeihung bitten konnte, ohne sich lächerlich zu machen.

»Hab gehört, du triffst dich mit ’nem anderen?«

»So? Das hast du also gehört?«

Tommy war es trotz der Kälte warm. Irgendwie hatte er wohl gehofft Emma mit Vorwürfen aus der Reserve locken zu können. Wenn sie sich entschuldigen würde, dann könnte er es vielleicht auch. Aber seine Rechnung schien nicht aufzugehen. Emma stand da und schwieg. Wieder einmal fiel Tommy auf, wie schön sie war. Ihr glänzendes, lockiges haselnussbraunes Haar, das sie stets zu einem Knoten zusammenband, ihre zarte Haut, die ebenmäßigen Zähne, die vollen Lippen und diese katzenhaften Augen. Sie hatte nichts Niedliches an sich, vielmehr konnte jeder sehen, dass sie wusste, was sie wollte – und was sie eben nicht wollte.

»Es tut mir leid, Emma«, sagte Tommy kleinlaut.

Emmas Blick wurde weicher und Tommy schöpfte Hoffnung.

»Ich … ich wollte dich nicht kränken oder verletzen. Es ist nur so …« Tommy stöhnte und blickte wieder auf den Boden. Erst als er Emmas Hand auf seinem Arm spürte, sah er auf.

»Ich werde mich wohl damit abfinden müssen, dass ich erst *nach* den Pferden komme, oder?«

Tommy spürte den Impuls, zu leugnen, Emma zu beteuern, dass sie das Wichtigste für ihn sei. Er wusste jedoch, dass sie Recht hatte: An erster Stelle würden für ihn immer die Pferde stehen.

»Ich weiß nicht, ob ich das kann«, fuhr Emma fort. »Ich meine, ob ich damit zurechtkomme, die ewig Zweite in deinem Leben zu sein. Aber …«

Tommy griff nach Emmas Hand. »Aber …«, forderte er sie auf weiterzusprechen.

»Aber ich werde es versuchen.«

Irgendwo in seinem Inneren brannte noch ein kleiner Stachel, der Tommy piesackte und ihn aufforderte Emma zur Rede zu stellen, mit wem sie sich getroffen hatte und warum. Allerdings war sich Tommy darüber im Klaren, dass er viel aufs Spiel setzte, wenn er jetzt das Falsche tat. Also lächelte er nur und zog Emma an sich.

Phar Lap preschte über die Weide. Auf der Nachbarkoppel graste friedlich eine zierliche Stute. Hin und wieder wieherte der Fuchs heiser und warf einen Blick über den Zaun, um die Wirkung seines Auftritts zu überprüfen. Wenn er sich der vollen Aufmerksamkeit seines Publikums sicher war, legte der »Rote Blitz« los: Er galoppierte mit wehendem Schweif und angelegten Ohren von einem Ende der Koppel zum anderen und verjagte imaginäre Feinde. Im nächsten Augenblick tat er so, als wäre er selbst der Gejagte. Oder er wälzte sich voller Wonne im Matsch und eine harte braune Kruste verdeckte sein seidiges rot glänzendes Fell. Es gab nichts, was der Fuchs hier vermisste. Fast nichts.

Nur hin und wieder, wenn er abends und nachts allein in seinem Stallabteil stand, stieg eine schemenhafte Erinnerung in Phar Lap hoch. Eine Erinnerung an einen jungen Mann, der ihn früher häufig besucht und ihm schmackhafte Zuckerstückchen zugesteckt hatte. Dieser junge Mann war der einzige Mensch, in dessen Nähe sich der kräftige Wallach rundherum sicher und zufrieden fühlte, dem er überallhin gefolgt wäre, ohne an der Richtigkeit des Weges zu zweifeln. So wie bei ihrer ersten Begegnung.

Als Bobby damals gedacht hatte, er wäre am Ende seines Lebens angelangt, war der junge Mann aufgetaucht und hatte ihm mit seiner ruhigen, sicheren Art und einem

Stück Zucker gezeigt, dass es weiterging. Und so, wie ein frisch geschlüpftes Küken dem Lebewesen folgt, das es als erstes sieht, so folgte Bobby seitdem diesem jungen Mann.

Manchmal sehnte er sich nach ihm, aber ansonsten entbehrte er hier nichts. Weder das harte Training noch die anstrengenden Rennen. Auf die konnte er gerne verzichten. Phar Lap wäre es nie in den Sinn gekommen, sich bald von der zierlichen Stute auf der Nachbarkoppel verabschieden zu müssen. Und er ahnte auch nicht, dass neue, harte Trainingsstunden und weitere anstrengende Rennen auf ihn warteten. Ebenso wenig wusste er, dass ein junger Mann sich bereits darauf freute, ihn bald wiederzusehen und ihm Zucker zuzustecken.

Harry Telford nickte zufrieden, während er zusah, wie Phar Lap aus dem Transporter geführt wurde. Dem Fuchs waren die fast drei Monate Winterpause sichtlich gut bekommen. Vielleicht ein bisschen zu gut, dachte Mr Telford mit einem Blick auf das stattliche Tier.

Doch er war sich sicher, das anstehende Training, das den »Roten Blitz« für die kommende Saison fit machen sollte, würde schon dafür sorgen, dass die überzähligen Pfunde verschwänden – vorausgesetzt, dieser Woodcock behielt seinen Zuckervorrat für sich!

Aber dieser Woodcock behielt seinen Zuckervorrat nicht für sich. Kaum hatte er Phar Lap in seine Box gebracht, hielt er ihm auch schon ein Stück der begehrten Süßigkeit unter die Nüstern und strich anschließend liebevoll über die Stirn des Pferdes. »Na, Bobby«, begrüßte er ihn und lachte, als der Fuchs sich mit einem kräftigen Nasenstüber bei ihm bedankte. »Groß bist du geworden«, sagte Tommy wie ein liebender Onkel. »Groß und kräftig. In diesem Jahr werden wir es allen zeigen, nicht wahr, mein Junge?«

Bobby legte seinen massigen Schädel auf die Schulter des jungen Mannes und schnaubte zufrieden. Es war nicht zu übersehen, dass er sich freute Tommy wiederzusehen. Ebenso wie sich Tommy freute den Fuchs wiederzusehen.

Als Tommy das Räuspern hinter sich hörte, drehte er sich um. Es war Harry Telford, der mit dem üblichen grimmigen Gesichtsausdruck an der Boxenklappe lehnte. »Behalt deinen Zucker bei dir, Junge«, mahnte er streng. »Das Vieh ist ohnehin zu fett. Ich weiß nicht, wie wir ihn bis zum ersten Rennen der Saison in Form kriegen sollen.«

»Phar Lap schafft das schon, Sir«, antwortete Tommy zuversichtlich und streichelte Bobbys Hals.

Telford grunzte missmutig und wandte sich ab.

Tommy zog ein weiteres Zuckerstück aus der Hosentasche und hielt es Bobby hin. Es verschwand in null Komma nichts in Phar Laps Maul.

»Ich habe dir doch gesagt, er ist zu fett!«, zeterte Telford. »Dieser ewige Zucker, hier ein Leckerchen und da noch eins!«

Tommy legte Phar Lap stumm die Reisedecke über.

»Der steht ja noch in der Startbox, wenn die anderen Pferde schon wieder daheim im Stall sind!« Das Gesicht des Trainers war rot vor Zorn.

»So schlecht war er doch gar nicht«, widersprach Tommy leise. »Immerhin ist er Vierter geworden.«

»Oh, toll, Vierter!« Telford schüttelte den Kopf. »Und in Rosehill Achter, in Warwick irgendwo im Mittelfeld! Läuft so ein Champion? Er ist faul und fett! Sonst nichts!«

»Vielleicht ist er einfach noch nicht so weit. Er ist schließlich in Wahrheit noch keine drei Jahre alt und ...«

»Ach«, unterbrach Telford seinen Stallburschen und sparte sich den Hinweis darauf, dass Phar Lap wie alle anderen Pferde auch am 1. August offiziell Geburtstag gehabt hatte und damit als Dreijähriger galt. Denn er wusste, dass er Tommy damit nichts Neues erzählen würde und der Stallbursche auf den echten Geburtstag des Fuchses anspielte. »Und du meinst, in ...«, er überschlug die Zahlen im Kopf, »... in vierunddreißig Tagen fängt er plötzlich an zu gewinnen? Dass ich nicht lache!« Er wartete nicht auf eine Erwiderung, sondern stapfte davon.

»Glaubst du, dass Phar Lap dieses Mal gewinnt?« Cashy stand neben Tommy am Zaun der Rennbahn und trommelte nervös mit den Fingern auf dem splittrigen Holz herum.

Tommy zuckte mit den Schultern. »Ich weiß es nicht.«

»Der Boss gibt ihn langsam auf.«

Tommy warf seinem Freund einen Blick zu. »Was meinst du damit?«

»Ich habe gehört, wie er gestern zu Davis gesagt hat, er gebe ihm nur noch eine Chance.«

»Ihm?«

»Ja, Phar Lap. Wenn er nicht bald gewinnt, hat er gesagt, dann wird er verkauft.«

Tommy blickte schweigend geradeaus. Bobby verkaufen? Überrascht stellte der junge Mann fest, wie sehr ihn diese Aussicht traurig stimmte. Obwohl er grundsätzlich alle Pferde mochte, war der »Rote Blitz« für ihn etwas Besonderes. Er hätte nicht sagen können, warum ausgerechnet der Fuchs ihm so ans Herz gewachsen war. Vielleicht war es die Erinnerung an ihre erste Begegnung am Hafen von Sydney, vielleicht hatte es aber auch damit zu tun, dass Bobby ihn so offensichtlich zu seinem Freund auserkoren hatte. Bobby brachte ihm so viel Zuneigung und Vertrauen entgegen, dass er gar nicht anders konnte, als diese Gefühle zu erwidern! Und war das nicht eine mehr als natürliche Reaktion? Wer hätte es schon fertiggebracht, ein Lebewesen, das so offenherzig um Freundschaft bat, zurückzuweisen?

»Also, was denkst du …« Cashys Stimme riss Tommy aus seinen Gedanken. »Glaubst du, er kann das Chelmsford Stakes heute gewinnen?«

»Mit einem anderen Jockey könnte er das bestimmt.«

»Und warum nicht mit Jack Brown?«

»Weil Bobby ihn nicht mag.«

»Wie kommst du darauf?«

»Jack ist ein erfahrener Reiter, aber für Phar Lap ist er zu grob. Er hat kein Gespür für das Pferd, treibt ihn zu sehr an und merkt nicht, dass Bobbys Stärke nicht im schnellen Sprint, sondern in seiner Ausdauer liegt. Mit einem Jockey wie Pike zum Beispiel wäre Bobby nicht mehr zu stoppen.

Ich habe noch nie gesehen, dass der ein Pferd mit der Gerte geschlagen hat. Du?«

Cashy schüttelte den Kopf. »Nein. Aber einer wie Jim Pike wird Phar Lap nicht reiten, solange er nicht als Favorit in ein Rennen geht.«

»Und genau da liegt das Problem …«

»Die Pferde sind gestartet!«, dröhnte die Stimme des Rennbahnsprechers in diesem Augenblick über die Lautsprecher.

Tommy und Cashy unterbrachen ihr Gespräch und wandten sich dem Renngeschehen zu.

Harry Telford, der dicht hinter den beiden stand, drehte sich hastig um. Nachdenklich strich er über seine Bartstoppeln, während er – unbemerkt von Tommy und Cashy – seinen Platz auf der Tribüne einnahm. Er würde Tommy nach dem Rennen sagen, was er ihm hatte mitteilen wollen. Nach dem Rennen – oder überhaupt nicht. Denn auf einmal erinnerte er sich an Tommys letzten Besuch in seinem Haus und an das, was Tommy ihm damals erzählt hatte. Er hatte ihm nicht geglaubt. Nicht glauben wollen. Und er hatte sich in seiner Autorität missachtet gefühlt. Natürlich durfte und sollte der Stallbursche das Pferd reiten, aber das hieß schließlich noch lange nicht, dass er es auch auf eigene Faust und nach eigenem Gusto trainieren durfte! Aber jetzt, nachdem er das Gespräch zwischen Woodcock und Martin zufällig mit angehört hatte, fragte er sich im Stillen doch, ob in Woodcocks Worten nicht ein wahrer Kern steckte. Auch wenn er es ungern zugab.

»Mollison, geritten von Bill Cook, hat einen guten Start erwischt. Er führt bereits mit mehreren Längen Vorsprung. Das Feld der Verfolger ist dicht beisammen, nur Phar Lap bleibt seiner Linie treu und bildet mit Jack Brown das Schlusslicht. Brown treibt den Fuchs an, doch der Abstand zu den anderen Pferden verringert sich nicht.«

Der Mann neben Tommy lachte und scherzte mit seinem Begleiter. Tommy konnte nicht verstehen, was der Mann sagte, aber er schnappte die Worte »Roter Blitz« auf und konnte sich zusammenreimen, auf wessen Kosten der Witz ging.

»Der Favorit Mollison scheint heute unschlagbar. Er deklassiert seine Gegner regelrecht. Jetzt löst sich Winalot vom Feld. Er geht an zweite Position. Mollison führt weiterhin, gefolgt von Winalot …«

Ein Raunen ging plötzlich durch die Menge und das Lachen neben Tommy verstummte schlagartig.

»Da kommt Phar Lap über die lange Außenbahn. Er holt auf. Jetzt ist er bereits an fünfter Position …«

Das Raunen schwoll an. Voller Unglauben starrte die Zuschauermenge auf das fuchsfarbene Pferd, das einen Mitstreiter nach dem anderen überholte und sich binnen weniger Sekunden von der letzten Position vorarbeitete, bis nur noch Winalot und Mollison vor ihm waren.

»Phar Lap an dritter Position. Phar Lap überholt Winalot. Er schließt zu Mollison auf …«

Die Menge schrie und tobte. Tommy sah, wie Bill Cook auf Mollison sich umdrehte und überrascht feststellte, dass er nicht mehr allein war. Phar Lap lief mit einer halben Länge Abstand neben ihm, und Jack Brown hieb wie besessen mit der Reitgerte auf den Fuchs ein, um ihn weiter voranzutreiben. Jetzt griff auch Cook zur Gerte und stieß seinem Pferd die Fersen in die Flanken. Der Lärm der Zuschauer war mittlerweile ohrenbetäubend.

»Mollison vor Phar Lap ... Kann er seinen geringen Vorsprung noch bis ins Ziel retten? Ja! Mollison gewinnt mit einer Kopflänge vor Phar Lap!«

Ein kollektives Stöhnen ging durch die Zuschauermenge. Tommy sackte in sich zusammen wie ein Luftballon, aus dem man die Luft entweichen lässt. Er hatte die Zaunlatte vor sich so fest umklammert, dass er nun den Abdruck des Holzes in seiner Handfläche sehen konnte. Er schloss die Augen und seufzte.

»Mist!«, fluchte Cashy neben ihm. »Mist! Verdammter Mist!«

»Aber, Harry, Sie waren damit einverstanden, dass wir das Experiment als gescheitert ansehen, wenn Phar Lap das Chelmsford Stakes nicht gewinnt. Und er hat es nicht gewonnen. Also verkaufen Sie ihn!« Mr Davis' Augen funkelten wütend.

»Wenn das Rennen nur eine Achtelmeile länger gewesen wäre, hätte Phar Lap gewonnen.«

Mr Davis verdrehte angestrengt die Augen und schwieg. Dieser Telford war wirklich so ein sturer Bock, wie man es ihm nachsagte.

»Hören Sie, David. Wir haben uns geirrt. Phar Lap ist

kein guter Sprinter. Einverstanden. Aber auf langen Strecken ist er unschlagbar! Er hat eine hervorragende Kondition, und wenn alle anderen Pferde bereits müde sind, hat er sich gerade erst warm gelaufen! Bedenken Sie doch nur, was das heißt!« Harry Telford streckte den Daumen seiner rechten Hand aus. »Das AJC Derby geht über anderthalb Meilen, ebenso wie das Victoria Derby.« Er streckte den Zeigefinger aus. »Und der Melbourne Cup wird sogar über zwei Meilen ausgetragen …«

»Sind Sie jetzt völlig übergeschnappt?« Mr Davis war ein auffallend kleiner Mann, doch in seiner Empörung wirkte er nun um einiges größer. »Sie wollen Phar Lap beim Derby anmelden? Und beim Melbourne Cup …« Er streckte seine kurzen Arme in den Himmel, als erwartete er Hilfe von oberster Stelle. »Das Derby ist kein Wald- und Wiesenrennen! Da geht es um was und vor allem um viel Geld!«

»Das weiß ich.«

»Jeder, der im Rennsport etwas auf sich hält, wird da sein. Wollen Sie denn, dass man noch mehr über Sie lacht als bisher? Und über mich? Wollen Sie uns beide der Lächerlichkeit preisgeben?«

»Vielleicht kann ich Pike als Jockey für das Derby kriegen.« Jetzt blickte Telford flehentlich wie ein Hund, der Angst vor Prügeln hat.

»Jim Pike?« Davis schüttelte ungläubig den Kopf. »Das glaube ich kaum.«

»Nun, Pike hat mir versprochen ihn auszuprobieren. Und wenn er ihm im Training gefällt, dann …«

Mr Davis schnaubte. »Sie sind völlig verrückt, Harry, wissen Sie das? Aber nun gut, melden Sie ihn, wenn Sie wollen. Doch eins sage ich Ihnen …« Er wedelte mit dem Zeigefinger vor Telfords Nase. »Wenn er beim Derby versagt, ist endgültig Schluss. Haben Sie mich verstanden?« Ohne ein weiteres Wort drehte sich Mr Davis um und ging über den breiten Stallflur zum Ausgang.

Tommy atmete erleichtert aus und lehnte sich auf die Heugabel, mit der er Bobbys Box ausmistete. Vor Anspannung hatte er nicht gewagt Luft zu holen, während er der Unterhaltung der beiden Männer vor dem Stallabteil gelauscht hatte.

Jetzt traf sich sein Blick mit dem seines Arbeitgebers und er konnte deutlich erkennen, dass Harry Telford über den Ausgang des Gesprächs nicht weniger glücklich war als er selbst.

»Was ist?«, blaffte Mr Telford ihn an. »Fertig?«

»Nein, Sir.«

»Was stehst du dann da blöd rum und hältst Maulaffen feil?«

Tommy wandte sich ab, während er fortfuhr den Mist auf die Schubkarre zu verladen, damit Mr Telford sein zufriedenes Grinsen nicht sehen konnte.

8

»Er war fast ein Mensch.
Er konnte alles außer sprechen.«
HARRY TELFORD

Als Jim Pike mit Harry Telford den Stall betrat, gab es unter den Stallburschen und jungen Jockeys keinen, der nicht Spalier stand. Jeder einzelne von ihnen träumte von einer Karriere, wie Jim sie gemacht hatte. Jim Pike konnte sich die Pferde aussuchen, die er ritt! Er musste nicht darauf hoffen, dass ihn irgendjemand für ein Rennen engagierte – nein, bei ihm standen die Rennpferdbesitzer Schlange! Und das, obwohl er nicht einmal zu den Leichtesten gehörte!

Dementsprechend groß war das Getuschel unter den Jungs: Warum sollte Jim Pike ausgerechnet Phar Lap reiten, wenn er doch jedes Pferd für das Derby haben konnte, das er wollte?

»Ich bin dir wirklich sehr dankbar, Jim«, sagte Harry Telford, »dass du dir Phar Lap anschaust. Und ich versichere dir, er hat das Zeug zum Champion – wenn du ihn auf dem Derby reitest …«

»Nur nichts überstürzen, Harry«, unterbrach Pike den Trainer. »Ich habe nur gesagt, ich schaue ihn mir mal an. Sonst nichts.«

»Ja, sicher, Jim. Hier ist er …« Telford blieb vor Phar

Laps Box stehen. »Und das ist Phar Laps Stallbursche Tommy Woodcock.«

»Hallo, Tommy«, sagte Jim Pike freundlich.

»Hallo, Mr Pike.«

Pike musterte Phar Lap und strich ihm sacht über die Stirn. Der Fuchs schnaubte und ließ sich die Berührung sichtlich gern gefallen.

»Eine Schönheit ist er ja nicht gerade«, stellte Jim Pike fest. »Aber Charakter scheint er zu haben.« Er wandte sich an Tommy. »Glaubst du auch, dass dein Pferd ein Champion ist?«

»O ja, Sir«, antwortete Tommy. »Bobby ist der Beste. Er braucht nur jemanden, der ihn richtig zu nehmen weiß.« Er ignorierte geflissentlich Telfords strafende Blicke, die er sich mit dieser Bemerkung eingehandelt hatte.

»Bobby?« Pike sah den Stallburschen verständnislos an.

»Ich meine Phar Lap, Sir. Ich nenne ihn Bobby.«

Jim Pike lächelte. »Und was meinst du damit, dass er jemanden braucht, der ihn zu nehmen weiß?«

Telford machte den Mund auf, um einer unerwünschten Antwort seines Stallburschen zuvorzukommen, doch der Jockey ignorierte ihn und heftete seinen Blick stattdessen auf den Pferdepfleger.

»Nun …« Tommy druckste ein wenig herum. »Bobby, ich meine Phar Lap, ist sehr eigenwillig. Wenn er seinen Reiter mag, will er ihm gefallen und dann zeigt er auch, was er kann, und schlägt jedes Pferd. Aber wenn nicht …« Er ließ den Satz unbeendet.

Pike nickte zustimmend. »Die besten Pferde sind oft

auch die eigenwilligsten«, sagte er und drehte sich zu Telford um. »Also gut, ich werde ihn mal ausprobieren.« Er wandte sich erneut an Tommy. »Machst du ihn mir fertig?«

»Natürlich, Sir, sehr gern«, sagte Tommy diensteifrig und griff bereits nach dem Zaumzeug, um es Phar Lap anzulegen.

Man hätte glauben können, es gäbe keine Arbeit in den Stallungen, als sich Pike kurze Zeit später auf den Rücken des Pferdes schwang. Telfords gesamte Mannschaft hatte am Rand der Rennbahn Aufstellung genommen und verfolgte jede noch so kleine Bewegung des Jockeys mit Argusaugen.

»Okay, Bobby«, sagte Pike leise und der »Rote Blitz« spitzte die Ohren. Es gab nicht viele, die ihn so nannten. Vor allem der Mann, der ihn die Sandhügel hinaufjagte, nannte ihn niemals so. »Dann zeig mal, was du kannst.« Er drückte dem Pferd die Fersen in die Flanken und der Fuchs setzte sich gehorsam in Bewegung.

Doch wer auch immer einen sensationellen Sprint erwartet hatte, der wurde bitter enttäuscht. Pike ritt Phar Lap Runde um Runde in gleichmäßigem Tempo um die Bahn und die Stallburschen warfen sich bereits verstohlen gelangweilte Blicke zu. Die ersten von ihnen verabschiedeten sich bald darauf, um freiwillig wieder an ihre Arbeit zurückzugehen, bevor Telford es ihnen befahl. Hier würde wohl doch nichts Spektakuläres passieren.

Pike spürte, dass das Pferd, auf dem er saß, alles andere

als entspannt war. Seine Muskeln vibrierten. Und tatsächlich war Phar Lap nervös. Der Fuchs versuchte herauszufinden, was das für ein Mensch war, der dort auf seinem Rücken saß. Zu welcher Art gehörte er? Würde er ihm gleich die Gerte auf die Kruppe knallen und an den Zügeln zerren, bis es in den Mundwinkeln schmerzte? Oder konnte er Vertrauen haben, dass ihm von diesem Reiter kein Leid drohte?

Unbemerkt von fast allen Zuschauern führten Jim und Phar Lap einen intensiven Dialog miteinander. Immer wieder fragte Phar Lap: *Wer bist du? Tust du mir weh? Kann ich dir vertrauen?* Und Jim antwortete ihm jedes Mal: *Sieh doch selbst! Ich tue dir nichts. Du kannst mir vertrauen.*

Lediglich Tommy konnte nachfühlen, was in seinem Freund vor sich ging, und ihm gefiel, mit wie viel Geduld Pike sich des Tieres annahm. Der Jockey drängte den Fuchs nicht, er wartete einfach, bis Phar Lap bereit war sich ihm anzuvertrauen.

Als Jim und Phar Lap endlich so weit waren, dass sie ihr Verhältnis geklärt hatten, standen außer Tommy nur noch sein Freund Cashy Martin und der Trainer Harry Telford am Zaun und beobachteten das Geschehen auf der Bahn. Und sie wurden für ihre Ausdauer belohnt. Nachdem Phar Lap sich endlich entspannt und Vertrauen zu Pike gefasst hatte, zeigte der kräftige Fuchs auch, was wirklich in ihm steckte.

Telfords Augen begannen zu glänzen, als er schließlich einen Blick auf die Stoppuhr warf und die Rundenzeit feststellte. Und auch Jim Pike wirkte mehr als zufrieden, als er den »Roten Blitz« endlich zum Stehen brachte und sich von seinem Rücken gleiten ließ.

»Du hattest Recht, Harry«, sagte er, als er mit Phar Lap an den Zaun trat und Tommy mit einer freundlichen Geste die Zügel übergab. »Dieses Pferd«, er tätschelte lobend Phar Laps Hals, »kann verdammt schnell laufen.«

Telford nickte zufrieden, doch als Jim Pike fortfuhr, veränderte sich sein Gesichtsausdruck wieder.

»Aber ob das auch bedeutet, dass er auf dem Derby oder bei irgendeinem anderen Rennen jemals gewinnen wird«, der Jockey machte eine Pause, »da bin ich mir nicht so sicher.«

Harry Telford blickte verständnislos auf den kleinen und schmächtigen Mann vor sich, dessen Urteil so viel Bedeutung für ihn hatte.

Tommy dagegen wusste genau, was Jim Pike meinte. Und seine Achtung vor dem berühmten Rennreiter stieg noch einmal. Er hatte gesehen, wie sich Pike auf das Pferd eingestellt hatte. Und er hatte auch gesehen, dass Pike begriffen hatte, dass Bobby nicht irgendein Pferd war. Der »Rote Blitz« hatte eine sagenhafte körperliche Konstitution und eine außergewöhnliche Intelligenz. Aber gerade diese Intelligenz und die damit verbundene Empfindsamkeit machten ihn zu einem schwierig zu reitenden und schwer zu berechnenden Pferd.

»Und was heißt das jetzt?«, fragte Harry Telford. »Wirst du ihn reiten oder nicht?«

Pike zuckte mit den Schultern. »Ich werd's mir überlegen, Harry. Ich werd's mir überlegen.«

Tommy lächelte zufrieden, als er Jim Pike nur wenige Tage später erneut im Stall entdeckte. Ebenso wie er selbst schien der Jockey vom »Roten Blitz« fasziniert zu sein. Das, was Tommy über den berühmten Rennreiter gehört hatte, fand er bestätigt: dass er ein besonderes Gespür für Pferde habe und dass sein Erfolg nicht allein auf der perfekten Beherrschung des leichten Sitzes oder anderer Handwerksmittel der Rennreiter beruhe, sondern auch auf etwas, das man nicht erlernen konnte. Man hatte es entweder – oder man hatte es eben nicht. Jim Pike hatte es.

»Hallo, Mr Pike«, begrüßte Tommy den Besucher, noch bevor der ihn überhaupt bemerkt hatte.

Der Mann mit dem hageren Gesicht drehte sich zu Tommy um und lächelte erfreut, als er ihn erkannte. Wie alle professionellen Jockeys war Pike dünn – allerdings nicht so dünn wie einige seiner Kollegen. Auch das war ein Grund, warum Piky, wie ihn seine Freunde nannten, nur Favoriten ritt, deren Handicap hoch war. Ein Pferd, das mit einem Gewicht von achtundvierzig Kilo auf dem Rücken ins Rennen starten sollte, kam für Pike nicht in Frage, denn er brachte mehr auf die Waage. Trotzdem standen seine Wangenknochen hervor und seine Augenhöhlen waren so tief eingesunken, dass er stets ein wenig kränklich wirkte, obwohl man ihn eigentlich durchaus als gut aussehend bezeichnen konnte.

»Tommy«, sagte Jim Pike und streckte dem jungen Mann zur Begrüßung die Hand entgegen. »Wie geht es Bobby?«

Tommy Woodcock freute sich darüber, dass Jim Pike den Namen für das Pferd benutzte, den er ihm gegeben hatte. »Gut, Sir. Wollen Sie ihn sehen?«

»Ja, gerne«, antwortete Pike. »Ich habe gehört, Harry hat ihn schon für das Derby gemeldet?«

»Ja, Sir, das stimmt«, antwortete Tommy.

»Die ganze Stadt lacht darüber«, fuhr der Jockey fort. »Obwohl es auch einige gibt, die nach dem, was bei den Chelmsford Stakes geschehen ist, anders über Phar Laps Chancen denken.«

»Und wie denken Sie darüber, Sir?«

Pike verzog das Gesicht. »Ich glaube, ich habe noch nie ein Pferd geritten, das schneller ist als er, Tommy. Aber das heißt noch lange nicht, dass er auch das Zeug zum Siegen hat. Rennen werden eben nicht nur mit den Beinen entschieden.«

»Ich weiß, Sir«, sagte Tommy. »Rennen werden nicht nur mit den Beinen entschieden, sondern mindestens ebenso mit dem Herzen. Und Bobby hat ein verdammt großes Herz!«

Jim Pike sah Tommy nachdenklich an. Dann nickte er langsam. »Ja, du hast Recht«, sagte er. »Du hast verflucht noch mal Recht.«

Auch an diesem Morgen nahm sich der Jockey noch einmal viel Zeit für Phar Lap. Er hätte nicht sagen können, woran es lag, aber dieser Fuchs mit dem intensiv roten Fell hatte es ihm angetan. Es war ein herrliches Gefühl, ihn zu reiten, obwohl es auch dieses Mal lange dauerte, bis Phar

Lap bereit war sich auf den Jockey einzulassen. Und genau das war es, was Jim Sorgen machte: Es stand für ihn außer Frage, dass Phar Lap ein Pferd mit hervorragenden Eigenschaften war, dessen physische Voraussetzungen alles beinhalteten, was ein gutes Rennpferd braucht. Aber Bobby war gleichfalls sehr sensibel und das machte die Sache zwar reizvoll, aber auch schwierig.

Etliche Runden hatten Jim und Phar Lap bereits auf der verwaisten Rennbahn von Randwick gedreht und der Jockey spürte mit einer gewissen Genugtuung, dass sich der »Rote Blitz« jetzt voll und ganz auf ihn eingestellt hatte. Er reagierte zuverlässig und ohne Verzögerung auf die kleinsten Hilfen seines Reiters. Umso erstaunter war Pike, als er merkte, dass Phar Lap mit einem Mal unkonzentriert wurde. Irgendetwas stimmte nicht mit ihm. Er weigerte sich in die von ihm vorgegebene Richtung zu laufen und strebte stattdessen auf eine Hecke am Rand der Rennbahn zu.

Jim Pike sah sich um. Doch sosehr er auch suchte, er bemerkte nichts, was für Phar Laps Unwillen, mit dem Training fortzufahren, verantwortlich sein konnte. Immer noch waren sie die Einzigen weit und breit. Schließlich überließ der Jockey sich seinem Schicksal und Phar Lap die Führung. Er wollte nun selbst gerne wissen, was Phar Laps Aufmerksamkeit erregt hatte.

Sie hatten die ominöse Hecke noch nicht ganz erreicht, als Jim kopfschüttelnd lächelte: Hinter der Hecke kam in diesem Augenblick Tommy Woodcock mit einer Schubkarre voll Mist zum Vorschein. Er blieb überrascht stehen, als er so unvorbereitet dem »Roten Blitz« und seinem Reiter begegnete.

»Bobby, alter Junge«, sagte Tommy und stellte die Schubkarre ab.

Phar Lap stupste seinen Freund mit der Nase an und bettelte um Streicheleinheiten.

»Es war nichts zu machen«, sagte Jim Pike vom Rücken des Pferdes aus. »Auf einmal hat er beschlossen sich nicht mehr um mich zu kümmern und ist zielstrebig hierhin gelaufen.«

Tommy fiel in Jim Pikes Lachen ein, während er Bobby streichelte. »So, mein Freund, nun müssen wir aber beide wieder an die Arbeit«, sagte er schließlich und wollte zu seiner Schubkarre zurückkehren, doch der »Rote Blitz« hatte andere Pläne. Das Pferd ignorierte Jims Bemühungen, ihn zurück auf die Rennstrecke zu lotsen, und blieb wie festgewachsen stehen.

Tommy und Jim Pike warfen sich einen vielsagenden Blick zu. Zwar waren beide von Phar Laps Freundschaftsbeweis zu seinem Stallburschen gerührt, doch ihnen war ebenfalls klar, dass Bobby mit diesem Eigensinn niemals zu einem Derbysieger werden würde. Man brauchte sich nur vorzustellen, Phar Lap würde während eines Rennens Tommy unter den Zuschauern entdecken und beschließen zu ihm zu gehen, um sich ein Stück Zucker abzuholen. Die Schlagzeilen in der Fachpresse wären damit gesichert. Allerdings nicht so, wie sich Besitzer und Trainer eines Rennpferdes das gemeinhin vorstellten!

Tommys Hand glitt in seine Hosentasche und kam mit

der begehrten Süßigkeit wieder zum Vorschein. Als hätte Phar Lap auf nichts anderes gewartet, nahm er das Zuckerstück zwischen die Lippen und drehte sich – noch genüsslich kauend – sofort gehorsam um.

Jim Pikes Gefühle waren zwiespältig, als er Randwick an diesem Tag verließ. Phar Laps Menschenbezogenheit war sicher ein Vorteil für seine Entwicklung, denn nur ein menschenfreundliches Pferd, das gefallen wollte, war auch trainierbar. Aber die Zuneigung, die Bobby zu seinem Stalljungen empfand, war so ausgeprägt, wie Jim Pike es nie zuvor in seiner Laufbahn erlebt hatte. Und er musste lügen, wenn er behaupten wollte, dass ihm das keine Sorgen bereitete.

Phar Lap spürte die Aufregung um sich herum. Und inzwischen wusste er genau, was geschehen würde. Er roch die vielen fremden Pferde und Menschen, hörte die Stimmen, laute, leise, helle und tiefe, und genoss dennoch die kräftigen Berührungen Tommys, der das Fell des Pferdes mit einem weichen Tuch auf Hochglanz polierte. Dabei sorgte der Stalljunge durch den Druck zugleich dafür, dass Phar Laps Muskeln weich und geschmeidig wurden.

Immer noch wunderte sich Tommy, wie Telford es geschafft hatte, Pike als Jockey für dieses Rennen zu gewinnen. Irgendein Geheimnis schien die beiden miteinander zu verbinden – Tommy hatte etwas von einer alten Schuld gehört, die Pike zu begleichen suche. Die Tatsache, dass Phar Lap bei diesem AJC Derby in Randwick, einen Tag nach seinem wahren dritten Geburtstag, von dem berühmten Pike geritten wurde, weckte öffentliches Interesse.

Tommy hielt einen Moment inne und sah zu Harry Telford hinüber, der sichtlich aufgeregt vor der Box seines Pferdes auf und ab ging.

»Mr Telford!« Die Stimme des Reporters war unangenehm eindringlich und der Trainer zuckte zusammen. »Mr Telford, Ihr Pferd wird heute von Jim Pike geritten. Glauben Sie, Phar Lap wird ein gutes Rennen machen?«

»Natürlich wird er ein gutes Rennen machen«, antwortete Telford selbstbewusst und nur Tommy konnte ermessen, was für eine schauspielerische Glanzleistung sein Boss in diesem Augenblick vollbrachte.

»Phar Lap hat zuletzt tatsächlich beachtliche Leistungen gezeigt«, fuhr der Reporter fort, »aber in diesem Derby muss er gegen die besten Pferde des Landes antreten. Carradale, Comanche, Honour … Glauben Sie wirklich, er kann in dieser Klasse mithalten?«

»Wenn ich das nicht glauben würde, hätte ich ihn nicht gemeldet«, sagte Telford schroff und wandte dem Reporter den Rücken zu, der sich beleidigt zurückzog.

»Wie sieht es aus?« Jim Pike kämpfte sich durch eine Traube Menschen und blieb vor Phar Laps Box stehen.

»Gut«, antwortete Tommy. »Er ist in Bestform.«

»Das muss er auch sein, wenn wir uns heute nicht blamieren wollen«, sagte der Jockey. Er streichelte Bobbys Stirn.

Tommy spürte einen Kloß im Hals. Dies war Bobbys letzte Gelegenheit, um zu beweisen, dass er zu den ganz

Großen gehörte. Und er hoffte, der Fuchs würde seine Chance nutzen.

Phar Lap war nervös, als Tommy ihn schließlich in den Führring brachte. Der Fuchs betrachtete die Menschen um sich herum genau so, wie sie ihn betrachteten.

Viele gut gekleidete Frauen und Männer suchten an diesem Renntag Ablenkung und Vergnügen. Wenn man sie sah, konnte man kaum glauben, dass Armut und Arbeitslosigkeit in Sydney wie überall auf der Welt von Tag zu Tag wuchsen. An diesem sonnigen Frühlingstag im Oktober, abgeschirmt von allen politischen Entwicklungen, war auf der Rennbahn von Randwick davon nicht viel zu spüren.

»Mit der Startnummer zwei Phar Lap, geritten von Jim Pike.«

Ein überraschtes Raunen ging durch die Menge, als der Rennbahnsprecher die Startnummern der Pferde und ihre Reiter durchgab. Die Namen der Pferde, die zu diesem Rennen gemeldet waren, ließen Tommys Herz schneller schlagen: Carradale, der absolute Favorit für den Sieg, ebenso wie Comanche und die anderen. Der Stalljunge übergab sein Pferd dem Jockey und machte sich anschließend auf den Weg zur Zuschauertribüne. Aber wohin er auch blickte, er konnte von Harry Telford nicht einmal die Krempe seines zerschlissenen Hutes entdecken.

»Die Pferde nehmen nun Aufstellung«, ertönte die Stimme des Kommentators, »und gehen in einer geraden Linie auf die Startposition zu. – Jetzt sind sie gestartet und Carradale setzt sich an die Spitze, gefolgt von Comanche.

Carradale hat einen guten Start erwischt. Er führt das Feld an. Die Pferde erreichen die erste Kurve. Phar Lap ist bereits weit abgeschlagen an letzter Position …«

Tommy sah sich erneut auf der Suche nach seinem Arbeitgeber um. Vergebens.

»Carradale auf der Innenbahn führt bereits mit anderthalb Längen. Doch da kommt Phar Lap. Phar Lap geht auf die Außenbahn. Er zieht an Queen Nassau vorbei, jetzt an Toper und Cathmar. Unglaublich, was dieser große Fuchs hier für ein Tempo vorlegt. Jetzt lässt er Nedda und Pentheus hinter sich und die Pferde gehen auf die zweite Kurve zu.«

Die Zuschauer reckten die Hälse, um einen Blick auf das Geschehen zu erhaschen. Und was sie sahen, ließ ihnen den Atem stocken: Als zöge er an Standbildern vorbei, galoppierte Phar Lap an seinen Mitstreitern vorbei und wurde in diesem Augenblick sogar noch einmal schneller.

»Phar Lap überholt Sir Ribble und geht auf die fünfte Position. Er lässt Lorason hinter sich und zieht gleichauf mit Comanche. Jetzt liegt Comanche hinter ihm. Der Fuchs greift Honour an und überholt ihn. Phar Lap auf der zweiten Position, dicht hinter Carradale. Carradale und Phar Lap gehen Kopf an Kopf …«

Die Zuschauer sprangen von ihren Sitzen auf, manche hielten sich die Hand vor den Mund. Eine solche Aufholjagd hatten selbst die Erfahrensten unter ihnen noch nicht gesehen.

»Phar Lap zieht an Carradale vorbei. Phar Lap führt. Das ist unglaublich, meine Damen und Herren, Phar Lap führt mit drei Längen! Phar Lap gewinnt mit drei Längen Vorsprung vor Carradale. Honour auf dem dritten Platz. Der große Fuchs hat hier eine souveräne Vorstellung gegeben und mehr als verdient gewonnen. Phar Lap ist der Sieger des diesjährigen AJC Derby!«

Tommy rannte, so schnell er konnte, zum Platz für die Siegerehrung. David Davis rückte soeben seine Brille gerade und ließ sich bereits begeistert von einer Schar Reporter fotografieren.

Tommy sah sich suchend um. Aber auch hier gab es weit und breit keine Spur von Harry Telford. Allmählich machte sich der junge Mann Sorgen um seinen Boss.

»Wo ist Harry?«, zischte Mr Davis ihm in einem unbeobachteten Augenblick zu.

Doch Tommy zuckte nur mit den Schultern.

»Verdammt noch mal, sieh zu, dass du ihn findest! Und zwar schnell!«

Tommy bahnte sich einen Weg durch die Menschenmassen. Hier und da klopfte ihm jemand anerkennend auf die Schultern. Endlich erreichte er atemlos die Offenställe, in denen die Pferde vor den Rennen auf ihre Aufgabe vorbereitet wurden.

Zusammengesunken saß Harry Telford in Phar Laps verwaister Box und rang nach Luft.

»Mr Telford, hier sind Sie!«, rief Tommy ihm entgegen. »Kommen Sie schnell! Sie müssen doch die Siegerschärpe entgegennehmen!«

Telford sah zu dem Stalljungen auf. In seinen Augen

funkelten Tränen. »Ich kann nicht«, brachte er mit erstickter Stimme hervor. »Ich kann einfach nicht.«

Tommys Blick fiel auf die zitternden Hände seines Arbeitgebers und er nickte verstehend. Ohne ein weiteres Wort wandte er sich ab und rannte zu Mr Davis, Bobby und Jim Pike zurück.

9

**»Ich habe niemals jemanden vergöttert,
aber bei [Gott] … dieses Pferd habe ich geliebt.«**
HARRY TELFORD

Tommy fiel es schwer, den »Roten Blitz« ausgerechnet jetzt allein zu lassen, aber er hatte Mr Seaton versprochen, ihm einige Tage zur Hand zu gehen, und der Stalljunge befand sich leider nicht in der privilegierten Position, ein Arbeitsangebot ausschlagen zu können. Er war auf jeden Penny angewiesen, den er verdienen konnte.

Ganz im Gegensatz zu Harry Telford, der vor seinem inneren Auge seine eigene Zukunft bereits in den schillerndsten Farben vor sich sah: Ein eigener Rennstall und internationaler Ruhm waren ihm so gut wie sicher.

»Nun gibt es niemanden mehr, der über uns lacht, nicht wahr, Harry?« David Davis musterte Phar Lap zum ersten Mal mit einem gewissen Besitzerstolz, während er mit dem Trainer und dem Stallburschen seines Pferdes vor dessen heimatlicher Box stand. »Vielleicht sollten Sie einen Teil Ihres verdienten Geldes in so etwas Sicherem wie Aktien anlegen? Raskob, der Direktor von General Motors, sagt, schon fünfzehn Dollar pro Woche in Aktien reichen aus, um nach zwanzig Jahren ein Vermögen von 80000 Dollar zu haben. Das wäre doch was, oder?«

Falls Harry Telford den Wunsch verspürte, David Davis

daran zu erinnern, dass er derjenige war, der am lautesten gelacht hatte, so hielt er sich zurück. 7135 Australische Pfund, die Siegerprämie des Derbygewinners, waren ein gutes Schweigegeld. Und sie retteten mehr als den Hals des Trainers. »Babson hat vor einem Börsencrash gewarnt«, widersprach er Davis nur. »Er hält sogar einen Kurssturz von bis zu neunzig Prozent für möglich.«

Davis machte eine wegwerfende Handbewegung. »Ach, das ist doch alles Schwarzmalerei!«

Mr Telford beendete das Gespräch über die ungewöhnliche Situation an der Börse, indem er sich an Tommy wandte: »Wie lange bleibst du bei Mr Seaton?«

»Genau eine Woche, Sir«, antwortete Tommy ihm und versuchte Bobby daran zu hindern, seine Haare aufzufressen.

Letzten Endes war es Harry Telford egal, wann Woodcock wiederkam. Es gab genügend junge Burschen, die seine Arbeit verrichten konnten. Und obwohl der Trainer zugeben musste, dass Tommy seinen Job gut machte, war ihr Verhältnis zueinander alles andere als einfach. Telford konnte es nun einmal nicht leiden, wenn ein Stalljunge es wagte, seine Arbeit zu kommentieren oder gar zu kritisieren. Und insbesondere was Phar Lap anging, war er bereits mehr als einmal mit Woodcock aneinandergeraten. »Gut«, sagte er jetzt. »Dann kannst du dich danach bei mir melden und nachhören, ob Arbeit für dich da ist.«

»Ja, Sir«, antwortete Tommy. Er steckte Bobby ein letztes Stück Zucker zu und schloss anschließend die untere Stalltür hinter sich.

Er spürte die Blicke der beiden Männer auf seinem Rücken, während er mit seinem geschnürten Bündel über der Schulter, in dem sich nicht mehr als seine Arbeitskleidung, Rasierzeug und eine Garnitur Unterwäsche zum Wechseln befanden, die Stallgasse hinunterging. Tommy hatte ein ungutes Gefühl und empfand eine nicht näher zu fassende Traurigkeit, die irgendetwas mit Phar Lap zu tun hatte. Er wusste nur nicht, was.

In Mr Seatons Stall gab es tatsächlich jede Menge Arbeit. Tommy stand wie jeden Tag um vier Uhr morgens auf und oft neigte sich die Sonne bereits wieder dem Horizont entgegen, wenn er endlich seine nach Pferd riechende Arbeitskleidung gegen etwas Sauberes eintauschen konnte.

Tommy dachte viel an Emma und an Phar Lap. Beide vermisste er, aber die Arbeit ließ ihm keine Zeit, sich um den einen oder die andere zu kümmern. Er arbeitete bis zur völligen Erschöpfung. Erstens, weil er in diesen Zeiten keinesfalls seine Arbeit verlieren wollte, und zweitens, weil es ihm einfach Spaß machte. Pferde waren Tommys Leben. Und wenn er schon nicht Jockey werden konnte, weil er dafür zu groß und zu kräftig war, so wollte er doch zumindest täglich mit Pferden zusammen sein und für sie sorgen.

Der Vierundzwanzigjährige war kein Träumer. Er war mit dem zufrieden, was er hatte: ein einigermaßen sicheres Einkommen, das hübscheste Mädchen in ganz Sydney und eine Arbeit, die ihm Befriedigung verschaffte. Und dennoch. Wenn er einmal ein paar Minuten freihatte, dann dachte auch er über seine Zukunft nach. Als Stallbursche würde er Emma niemals ein angemessenes Zuhause bieten können. Wer konnte es ihr verübeln, wenn sie sich nach einer besseren Partie umsah? Er gewiss nicht.

Und während Harry Telford von einem eigenen Rennstall und eigenen Pferden träumte, war es Tommys sehnlichster Wunsch, vielleicht einmal der Trainer und nicht mehr nur der Stallbursche eines Pferdes wie Phar Lap zu sein. Und er war bereit dafür hart zu arbeiten. Also bereitete er sich jeden Abend nach zehn oder zwölf Stunden körperlich erschöpfender Tätigkeit, während er auf seinem schmalen Bett im Schlafraum der Stalljungen saß, auch noch auf die Prüfungen für seine Trainerlizenz vor. Und oft löschte er erst dann das Licht, wenn seine Bettnachbarn links oder rechts ihn darum baten, um schlafen zu können.

Phar Lap scharrte mit dem Huf in der Einstreu. Seine Ohren zuckten nervös vor und zurück und er schlug leicht mit dem Kopf. Seinen Blick hielt er auf die beiden jungen Männer gerichtet, die sich von außen gegen seine Stalltür lehnten und wesentlich lässiger wirkten, als sie es in Wahrheit waren. Der Fuchs erinnerte eher an einen Stier, der jeden Augenblick auf seinen Matador losgeht, als an ein Rennpferd.

»Willst du nicht reingehen?«

Cashy schüttelte entschieden den Kopf. »Ich war gestern dran. Heute machst du's.«

Luang seufzte. Einen Augenblick spielte er mit dem Gedanken, sich zu bekreuzigen, so wie Cashy es gestern getan hatte, bevor er die Box betrat. Aber dann fiel ihm ein, dass er erstens nicht an Gott glaubte und es zweitens Cashy auch nicht davor gerettet hatte, mit einem unsanften Huftritt darauf aufmerksam gemacht zu werden, dass er das Stallabteil schleunigst verlassen sollte. Und das, obwohl sich Cashy dem mächtigen Tier normalerweise noch am ehesten gefahrlos nähern konnte! Aber von normal konnte seit Tommys Umzug zu Mr Seaton nun einmal keine Rede mehr sein.

»Also gut«, sagte Luang. »Sorgst du bitte dafür, dass meine Familie meine wenigen Habseligkeiten bekommt, falls ich hier nicht mehr lebend rauskomme?«

»Du kannst dich voll und ganz auf mich verlassen«, antwortete Cashy mit einem Grinsen.

Luang schob den Riegel an der Boxenklappe zurück und öffnete sie langsam. »Hey, Bobby, alter Sportsfreund«, sagte er mit betont fester Stimme und machte einen vorsichtigen Schritt in das Stallabteil hinein. »Dann lass mich mal sehen, ob du heute … Au!« Luang schnellte zurück und stieß sich dabei den Kopf an der Heukrippe. Dann hielt er sich mit einer Hand den Hintern und mit der anderen den schmerzenden Kopf.

Cashy hielt sich vor Lachen den Bauch.

Luang rettete sich aus dem Stall, indem er rückwärtsging, und knallte die Tür zu. »Ich bin doch nicht lebensmüde!«, schimpfte er, als er sich in Sicherheit befand. »Dieser Teufel hat mich in den Hintern gebissen, hast du das gesehen?«

Cashy liefen die Tränen über die Wangen und er nickte stumm, von Lachkrämpfen geschüttelt.

»Ich weiß nicht, was daran witzig sein soll!« Luang stemmte wütend die Hände in die Hüften.

»Ach nein?« Cashy kam allmählich wieder zu Atem. »Und warum hast du dann gestern gelacht, als Phar Lap mir gegen das Schienbein getreten hat?«

»Was ist denn hier los?« Das Auftauchen ihres Arbeitgebers, Mr Harry Telfords, bewirkte, dass die beiden jungen Männer schlagartig strammstanden.

»Phar Lap will nicht fressen, Sir«, berichtete Cashy und wischte sich eine verräterische Träne von der Wange.

»Und er lässt niemanden an sich heran«, ergänzte Luang und rieb sich immer noch den Kopf.

»Seit wann frisst er nicht?« Telford sah seine zwei Angestellten streng an.

»Seit drei Tagen, Sir«, antwortete Luang.

»Seit Tommy weg ist«, sagte Cashy gleichzeitig.

»Seit Tommy weg ist?« Telfords Blick heftete sich streng auf Cashy.

»Ja, Sir.«

»Dieser verdammte …« Telford schnaubte wie ein Ozeandampfer. »Also schön. Luang, du gehst zu Mr Seaton und holst Tommy zurück. Und zwar sofort. Verstanden?«

»Ja, Sir«, antwortete Luang und rannte bereits aus dem Stall.

Es war nicht zu übersehen, wie schwer es Mr Telford fiel, Tommy um etwas zu bitten. Aber wenn der Trainer wollte, dass sein Champion in bestmöglicher Verfassung war, dann hatte er keine andere Wahl. Es standen einige wichtige Rennen bevor und ein abgemagerter Phar Lap würde sie wohl kaum gewinnen.

»Nun«, begann Mr Telford, als Tommy endlich vor ihm stand und seinen Hut in den Händen drehte. »Ich weiß nicht, was du mit diesem verfluchten Pferd gemacht hast, auf jeden Fall will es nicht fressen und lässt keinen der anderen Stallburschen an sich heran.«

Tommy versuchte ein Lachen zu unterdrücken, das sicherlich – und nicht ganz zu Unrecht – den Zorn seines Bosses heraufbeschworen hätte.

»Ich ...«, Mr Telford räusperte sich, »... ich biete dir an, ganz für mich zu arbeiten und als Phar Laps persönlicher Pfleger mit nach Melbourne zu kommen.«

Tommy blieb vor Überraschung der Mund offen stehen. »Nach Melbourne?«

»Ja, verdammt, nach Melbourne. Willst du Phar Lap für mich nach Melbourne bringen?«

»O ja, Sir«, Tommy strahlte, »und ob ich das will!«

Tommy hätte vor Freude die ganze Welt umarmen können. Nicht nur dass er eine feste Stelle hatte und für das Wohlergehen eines Derbysiegers sorgen durfte, sondern er kam sogar nach Melbourne auf den Cup! Der Melbourne Cup – das Rennsportereignis des Jahres, wofür ganz Australien für einige Minuten den Atem anhielt – und er, Aaron Treve Woodcock junior, würde dabei sein! Das musste er unbedingt sofort Emma erzählen.

»Aber verstehst du das denn nicht? Es ist eine große Ehre für einen Stallburschen wie mich, sich um ein Pferd wie Phar Lap kümmern zu dürfen.«

Emma sah Tommy nicht an. Sie blickte stur auf den Boden und schien daran in den nächsten Stunden auch nichts ändern zu wollen.

»Emma!« Tommys Stimme klang flehend. »Du weißt, wie die Zeiten sind. Man kann froh sein, wenn man überhaupt einen Job findet. Und ich habe jetzt sogar eine feste Anstellung! Stell dir vor, Phar Lap gewinnt den Melbourne Cup!«

»Aber du bist nicht hier bei mir.« Es war das erste Mal, dass Emma etwas sagte, seit Tommy ihr von seiner Unterredung mit Mr Telford berichtet hatte.

»Ich komme doch wieder.« Tommy hatte leise gesprochen.

Emma schwieg.

»Bist du noch da, wenn ich wiederkomme?«

Emma schwieg immer noch.

»Emma«, Tommy griff nach ihrer Hand und hielt sie fest, »wirst du auf mich warten?«

Emma blickte auf und sah Tommy an. In ihren Augen schimmerten Tränen.

Tommy hatte eine ganze Menge zu erledigen, bevor er mit Phar Lap in den Zug steigen konnte, und er schob das, was er sich vorgenommen hatte, vor sich her. Doch als es nur noch vierundzwanzig Stunden bis zur Abfahrt waren, fasste er sich endlich ein Herz und eiste sich für eine

Stunde los. Seine Verzweiflung wuchs, während er in der Stadt von Geschäft zu Geschäft lief. Sydney war weiß Gott kein kleines Kaff und er hatte mehrere Läden zur Auswahl, aber nirgends konnte er das Passende finden. Oder der Preis überstieg bei weitem seine bescheidenen Möglichkeiten. Er war kurz davor, aufzugeben, als er an einem An- und Verkauf vorbeikam. Zuerst sah er ihn nur aus den Augenwinkeln und fast wäre er einfach weitergelaufen. Er stoppte so abrupt, dass ein älterer Herr nicht mehr rechtzeitig reagieren konnte und in ihn hineinrannte.

»Verzeihen Sie, Sir«, entschuldigte sich Tommy und blieb vor dem Schaufenster stehen. Es war ein schmaler Ring in Weißgold. Oben flach und mit drei kleinen Brillanten besetzt. Tommy konnte ihn sich sehr gut an Emmas schmaler Hand mit den schlanken Fingern vorstellen. Das Preisschild war leicht verdreht, aber Tommy konnte es gerade eben entziffern. Der Preis war hoch. Zu hoch. Aber nicht viel zu hoch. Vielleicht konnte er handeln?

Die Türglocke bimmelte, als Tommy den Laden betrat, und aus einem Hinterzimmer humpelte eine alte Frau in gebückter Haltung hervor. Tommy setzte sein charmantestes Lächeln auf.

Wieder schimmerten in Emmas Augen Tränen. Aber diesmal waren es Tränen der Rührung und des Glücks. Sie drehte den Ring an ihrem Finger hin und her und betrachtete ihn. »Oh, Tommy, der war bestimmt viel zu teuer.«

Tommy antwortete nicht. Was hätte er auch sagen sollen? *Für dich ist mir nichts zu teuer?* Oder: *Nein, so viel war es nicht?*

»Ich möchte, dass du noch da bist, wenn ich wiederkomme.« Er hatte den Satz noch nicht beendet, als er ihn auch schon bereute. Natürlich würde Emma noch da sein, wenn er zurückkam. Warum nur fielen ihm nie die richtigen Worte ein oder er brachte sie nicht über die Lippen!

Tatsächlich huschte über Emmas Wangen ein roter Schatten und sie presste die Lippen aufeinander. Tommy fürchtete plötzlich, er könnte einen Fehler gemacht haben.

»Glaubst du, du kannst mich kaufen?«, fragte Emma.

Tommy erschrak. »Nein, so habe ich das nicht gemeint!«, beteuerte er.

Emma lächelte. »Natürlich werde ich noch da sein, wenn du wiederkommst«, sagte sie endlich. »Aber dafür hätte es ein einfacherer Ring auch getan.« Sie beugte sich ihm entgegen und küsste ihn.

Tommy wich Phar Lap nicht von der Seite. Der Fuchs war sichtlich angespannt und unruhig. Die Geräusche der Lokomotiven, die fremden Gerüche – all das verunsicherte ihn. Als Tommy sich auch nur für eine Sekunde von Phar Lap entfernen wollte, um seine Tasche im Gepäckfach zu verstauen, wieherte der »Rote Blitz« ängstlich.

Das Stallabteil, das man ihnen zugewiesen hatte, war eng und dämmrig. Tommy lehnte sich mit dem Rücken an den Verschlag und Phar Lap stand stocksteif da. Er hatte nicht einmal genug Platz, um sich hinzulegen. Immer wieder ging ein Ruck durch den Zug, wenn in den Bahnhöfen

Waggons an- oder abgekoppelt wurden, und Phar Lap musste einen Ausfallschritt nach vorn, hinten oder zur Seite machen. Tommy hatte sein Pferd selten so unglücklich gesehen und er versuchte alles, um den Fuchs mit Apfelstücken und Zucker einigermaßen bei Laune zu halten.

Allmählich wurde auch dem Stallburschen die Zeit lang. Sechs Stunden waren sie mittlerweile unterwegs und ein Ende dieser Zugfahrt war noch nicht in Sicht. Tommy machte sich seine Gedanken über den Begriff »Schnellzug«. Und er spürte, wie er trotz der ungemütlichen Fahrt schläfrig wurde.

Phar Laps unwilliges Stampfen ließ ihn die Augen wieder öffnen. »Was ist los, alter Junge?« Tommy stand mühsam auf und betrachtete den Fuchs aufmerksam. Irgendetwas schien mit ihm nicht in Ordnung zu sein. Er trat unentwegt von einem Bein aufs andere. »Hast du Hunger?« Tommy hielt ihm einen Apfel unter die Nüstern, aber Phar Lap wandte sich ab. Er drehte den Kopf so weit zur Seite, wie es ihm in der Enge der Box möglich war.

Tommy riss überrascht die Augen auf. Wenn Bobby nichts fressen wollte, dann musste tatsächlich irgendetwas ganz und gar nicht in Ordnung sein. Er versuchte in dem Dämmerlicht zu erkennen, was Phar Lap derart störte. Der Fuchs stampfte erneut so heftig mit dem Vorderlauf auf, dass der Boden zu vibrieren schien. Tommy ging in die Knie und tastete das Bein ab. Es war heiß.

»Mist!«, fluchte Tommy und untersuchte nach und nach alle Läufe des Tieres.

Alle vier waren heiß.

Tommy schüttelte bei dem Gedanken an seinen Boss den Kopf, während er damit begann, die Bandagen von Phar Laps Beinen zu entfernen, die Harry Telford ihm vor der Fahrt angelegt hatte. Da hatte der Trainer es wohl etwas zu gut gemeint.

Mehrmals stieß Tommy bei seiner Arbeit irgendwo an und rieb sich Ellbogen oder Schulter, aber Phar Lap blieb geduldig stehen und schien bereits jetzt ein wenig Erleichterung zu verspüren.

Tommy legte sich auf den Boden unter den Bauch des Tiers – anders war an ein Herankommen nicht zu denken – und massierte Phar Laps Beine. Allmählich beruhigte sich der Fuchs wieder, und als Tommy ihm schließlich eine Handvoll Hafer anbot, war auch Phar Laps Appetit zurückgekehrt.

In Albury mussten sie umsteigen. Tommy führte Phar Lap über die Laderampe aus dem Zug. Über der Schulter trug er mehrere Taschen voller Gepäck, die beinahe auf den Boden fielen, als Phar Lap überraschend einen schnellen Schritt nach vorn machte, weil auf dem Nachbargleis mit lautem Getöse und einer Unmenge entweichendem Dampf ein weiterer Zug einfuhr. Der Stallbursche hatte vor Anstrengung Schweißperlen auf der Stirn und Phar Laps Flanken vibrierten. Immer wieder durchlief ein Zittern den Körper des Fuchses, der ohne seinen Freund Tommy an seiner Seite sicher durchgegangen wäre.

Tommy atmete erleichtert auf, als sie endlich unversehrt umgestiegen waren und ihr Abteil in dem Zug bezogen hatten, der sie bis nach Melbourne bringen sollte. Die Box hier war etwas größer und komfortabler als die vorherige. Und Tommy fiel es nicht schwer, bei Phar Lap zu bleiben, auch wenn er hin und wieder das Lachen der anderen Stallburschen hörte. Sie vergnügten sich auf dem Flur miteinander beim Kartenspiel, während sie ihre Pferde allein ließen.

Tommy brauchte keinen Gedanken daran zu verschwenden, Phar Lap allein zu lassen. Es reichte schon, dass der junge Mann sich bewegte. Dann riss Phar Lap die Augen auf und fixierte ihn.

Gemeinsam verbrachten sie die Nacht in dem Stallabteil, beide mit wenig Schlaf, denn der sogenannte Hauptverkehrszug hielt in jedem Kaff zwischen Albury und Melbourne. Und jedes Mal wenn der Zug hielt, wackelte es in dem Abteil derartig, dass Phar Lap umzufallen drohte, hätte Tommy ihn nicht festgehalten.

»Hast du keine Angst, dass das Pferd einmal auf dich drauffällt?«, hatte einer der anderen Stallburschen Tommy zu Beginn der Reise gefragt.

Tommy hatte den Kopf geschüttelt und gelächelt. »Nein«, hatte er im Brustton der Überzeugung geantwortet. »Nein, diese Angst habe ich nicht.«

Als sie endlich in Melbourne eintrafen, waren sechsunddreißig Stunden seit ihrer Abfahrt aus Sydney vergangen. Sechsunddreißig Stunden für nicht einmal fünfhundert Meilen, die weder Tommy noch Phar Lap so bald vergessen würden.

10

**»Er war leicht zu reiten.
Jeder konnte ihn reiten.«**
JIM PIKE

Der dreijährige Wallach Phar Lap gilt als einer der Favoriten beim diesjährigen Melbourne Cup. Nach seinen spektakulären Siegen im AJC Derby und dem AJC Craven Plate in Randwick dürfen wir auf seine Leistungen in Flemington beim bevorstehenden VRC Victoria Derby und natürlich beim Melbourne Cup äußerst gespannt sein.

Tommy überflog die Schlagzeile des nächsten Artikels, *Verkaufslawine rollt über Wall Street*, und schlug anschließend mit einem lauten Schnaufen die Zeitung zu. Wie gerne hätte er dem Verfasser dieses Artikels vorbehaltlos zugestimmt, doch ein Blick in Bobbys trübe Augen belehrte ihn eines Besseren. An der Unterbringung hier in Caulfield konnte es nicht liegen. Mit dem hübschen, kleinen Stall, den Telford für die Dauer ihres Aufenthaltes ausgesucht hatte, konnten sie zufrieden sein. Doch seit der kräftezehrenden Zugfahrt war Phar Lap in einem miserablen Gesundheitszustand.

»Influenza«, diagnostizierte der Tierarzt und an Training war nicht zu denken. »Er braucht Ruhe!«

»Ruhe?« Harry Telford raufte sich die Haare. »Sie machen wohl Witze! In einer Woche findet das Victoria Derby statt und drei Tage später der Melbourne Cup. Wir haben ihn doch nicht den weiten Weg hierhergebracht, damit er sich jetzt hier ausruht!«

Tommy biss sich auf die Unterlippe, um seinen Boss nicht daran zu erinnern, dass nicht *sie* Phar Lap nach Melbourne gebracht hatten, sondern *er*. Immerhin war Telford früher nach Melbourne gekommen als ursprünglich vorgesehen, nachdem Tommy ihm von Phar Laps Erkrankung berichtet hatte.

Der Tierarzt zuckte mit den Schultern. »Ich kann es nicht ändern«, sagte er. »Wenn Sie ihn in dem Zustand trainieren, bringen Sie ihn um. Auf jeden Fall wird er dadurch nicht an Konstitution gewinnen.«

Harry Telford schnaufte wütend und hörte sich in diesem Augenblick erschreckend an wie Phar Lap. »Also gut«, brummte er. »Ich gebe ihm zwei Tage. Danach beginnen wir mit dem Training.«

Tommy zog die fachliche Kompetenz des Tierarztes nicht in Zweifel, doch er sah, dass sich Phar Lap langweilte und anfing Marotten zu entwickeln. Natürlich war nicht daran zu denken, den »Roten Blitz« in seinem Zustand zu reiten oder gar zu trainieren, aber ein bisschen Abwechslung konnte nicht schaden und so betrat Tommy am nächsten Morgen Phar Laps Stall, zog ihm das Führhalfter über und ging mit ihm spazieren.

Es dauerte nicht lange, bis Tommy merkte, dass er eine gute Idee gehabt hatte. Phar Lap, der in den vergangenen Tagen einen stierenden Blick entwickelt hatte, sah sich aufmerksam um und blieb hier und da stehen, um ein wenig Gras zu pflücken. Seine Hufe klapperten auf dem Asphalt, und wenn das merkwürdige Paar auf den leeren Straßen jemandem begegnete, dann wurde es freundlich begrüßt oder zumindest angelächelt.

Phar Lap folgte Tommy wie ein gehorsames Hündchen. Der imposante Fuchs überragte den Menschen, der ihn führte, dabei um einiges. Mit seinem Stockmaß von einem Meter dreiundsiebzig war er exakt so groß wie Tommy – allerdings ragte sein massiver Kopf mit den ausgeprägten Ganaschen über den Stalljungen hinaus.

Eine Gruppe junger Männer in Arbeitskleidung, die ihre Köpfe gemeinschaftlich über eine aufgeschlagene Zeitung beugten, weckte Phar Laps Interesse. Er blieb stehen und sah zu ihnen hinüber. Als die Männer merkten, dass sie von einem Pferd beobachtet wurden, begannen sie zu lachen und winkten Tommy und Phar Lap zu sich heran. Der »Rote Blitz« ließ sich nicht lange bitten. Er hatte längst bemerkt, dass einer der Männer einen Apfel in seiner Hand hielt, und hegte wohl Hoffnungen.

»Das ist aber ein ziemlich großer Hund«, sagte einer der Burschen, als Tommy und Phar Lap neben ihm standen.

Phar Lap fixierte das Obst in der Hand des anderen.

»Und ein verfressener dazu«, bemerkte der Mann mit dem Apfel.

»Der bettelt wie der Hund meiner kleinen Schwester«, sagte der Dritte und lachte.

»Nun gib ihm schon den Apfel«, sagte der Vierte.

Der Mann mit dem Apfel blickte von seiner Zwischenmahlzeit zu dem Pferd und zurück. Dann seufzte er und reichte das Obst Phar Lap, der es mit zwei Bissen hinunterschlang.

Tommys Aufmerksamkeit war in der Zwischenzeit von einer Schlagzeile in der Tagespresse gefesselt worden.

Tornado fegt über die Börse, stand dort.

»An der Börse ist wohl der Teufel los?«, fragte er.

»Das kannst du laut sagen!«, antwortete einer der vier und die anderen nickten stumm. »Hier steht, dass sogar die Besuchergalerie geräumt werden musste. Wegen Tumulten.«

»Ich wusste gar nicht, dass es so etwas gibt – eine Besuchergalerie.«

»Ja, wir kleinen Leute können wohl von Glück sagen, dass wir kein Geld besitzen, das wir in Aktien anlegen konnten.«

»Hier steht«, fuhr der fort, der die Zeitung in den Händen hielt, »*Vor der Börse wartete gestern den ganzen Tag eine Menschenmenge auf Nachrichten und Erklärungen. Für Verkaufsaufträge war es sowieso schon zu spät. Damit trotz des Chaos möglichst viele Aufträge bearbeitet werden konnten, beschloss der Börsenvorstand die Handelszeit ausnahmsweise bis 15.00 Uhr zu verlängern. Es gab sogar Überlegungen, die NYSE für drei Tage zu schließen, um weitere Panikverkäufe zu verhindern.*«

»Ein verdammter Mist ist das«, schimpfte der dritte der Männer. »Die Wirtschaft liegt brach und die Leidtragenden sind wieder wir, die einfachen Arbeiter. Wo du hinguckst, sind die Menschen arbeitslos.«

»Wie sieht's aus?«, wandte sich der mit der Zeitung an Tommy. »Mit Pferden lässt sich doch bestimmt noch Geld machen, was?«

Tommy war sich unsicher, was er darauf erwidern sollte. Er hielt ein Pferd an der Leine, das in den vergangenen zwei Monaten über 10000 Australische Pfund an Preisgeldern gewonnen hatte. Nicht nur für einfache Leute war das ein Vermögen. Und manch einer konnte mit der Aussicht auf so einen Geldregen auf dumme Gedanken kommen.

»Wenn man aufs richtige Pferd setzt, wohl schon«, sagte er ausweichend.

»Aber der da ist nicht so ein Pferd, oder?«

Phar Lap schien zu spüren, dass sich das Gespräch um ihn drehte, und spitzte die Ohren.

Tommy sah in die Gesichter der vier. Wenn er sich nicht irrte, waren das anständige Jungs. »Wenn ihr ein wenig Kleingeld für 'ne Wette übrig habt, dann setzt beim Victoria Derby auf Phar Lap«, sagte er.

Als der »Rote Blitz« seinen Namen hörte, wandte er sich zu Tommy um und schnaubte.

»Der ›Rote Blitz‹?«

»Du machst Witze!«

»*Das* ist Phar Lap?«

In den Gesichtern der vier jungen Männer spiegelte sich Überraschung und Anerkennung wider. »Hey, wenn ich das gewusst hätte, dann hätte ich einen ganzen Sack voll Äpfel mitgebracht! Also ich setze auf jeden Fall auf ihn.«

Die anderen nickten zustimmend und Tommy verabschiedete sich mit dem Gefühl, für eine deutliche Stimmungssteigerung gesorgt zu haben.

PHAR LAP SIEGT BEIM VICTORIA DERBY!

Angeblich litt das Wunderpferd noch an den Folgen einer Erkältung. Doch davon war beim Victoria Derby nichts zu sehen. 60000 Zuschauer wurden Zeugen, wie Phar Lap unter Jockey Jim Pike seine Konkurrenten erneut auf die Plätze verwies. Der große Fuchs beendete das Rennen in der sensationellen Zeit von zwei Minuten und einunddreißig Sekunden vor Carradale und Taisho und strafte damit die Gerüchte über seine Erkrankung Lügen. Wir dürfen auf den Auftritt dieses sagenhaften Pferdes beim Melbourne Cup gespannt sein.

»Bobby Lewis«, antwortete Harry Telford auf Tommys Frage. »Bobby Lewis wird Phar Lap beim Cup reiten.«

»Lewis? Hmm … Schade, dass Jim Pike ihn nicht reiten kann.«

Der Trainer warf dem Stallburschen von der Seite einen warnenden Blick zu. Fang nicht schon wieder an meine Entscheidungen zu hinterfragen, hieß das. »Pike ist nun einmal zu schwer«, sagte er. »Und außerdem: Was spricht gegen Bobby Lewis? Er ist einer der besten Leichtgewichtjockeys, die wir zurzeit haben!«

Tommy tat sich schwer mit einer Antwort. Er wusste selbst nicht genau, warum ihm der Gedanke, dass Bobby

Lewis Phar Lap ritt, nicht gefiel. Lewis war ohne Zweifel ein erfahrener Jockey. Und trotzdem hatte er ein ungutes Gefühl.

»Ich weiß nicht, ob Phar Lap Bobby Lewis mag«, antwortete er schließlich.

Harry Telford lachte kurz auf. »Du machst immer noch den gleichen Fehler, Junge«, tadelte er Tommy. »Du denkst, Pferde seien wie Menschen.« Er lachte noch einmal. »Als ob es darauf ankommt, dass Phar Lap seinen Reiter mag!« Er schüttelte den Kopf, als hätte er einen guten Witz gehört, bevor er seine Taschenuhr hervorzog und mit einem Blick darauf fortfuhr: »Wir haben noch etwas Zeit, bis die Sonne untergeht. Mach Phar Lap bitte fürs Training fertig.«

Tommy öffnete bereits den Mund, um zu protestieren. Phar Lap war – entgegen den Behauptungen in der Zeitung – tatsächlich noch von der gerade überstandenen Erkältung geschwächt. Gestern erst hatte er ein anstrengendes Rennen bestritten und mit seinem Sieg vier jungen Männern eine kleine Gehaltsaufbesserung beschert. Tommy hätte seinem Freund gerne eine dreitägige Trainingspause bis zum Melbourne Cup gegönnt. Wenn es nach ihm gegangen wäre, hätte Phar Lap abgesehen von einigen ausgedehnten Spaziergängen seine Ruhe gehabt. Aber ein Blick auf den Gesichtsausdruck seines Arbeitgebers ließ ihn den Mund wieder schließen.

Der erste Dienstag im November begann mit einem unangenehmen Nieselregen, vor dem sich die Zuschauer mit Regenschirmen schützten, und einem kalten Wind, gegen den es keinen Schutz zu geben schien. Dennoch trotzten rund 100000 Zuschauer den widrigen Umständen an diesem Tag und fieberten gespannt dem Rennereignis des Jahres entgegen.

Als Tommy mit Phar Lap im Transporter auf das Rennbahngelände fuhr, konnte er außerhalb des abgesperrten Bereichs bereits zig Zuschauer sehen, die sich auf Scotsman's Hill und anderen umliegenden Erhöhungen versammelt hatten, um von dort das spektakuläre Rennen zu verfolgen. Kopfschüttelnd wunderte sich Tommy darüber, dass so viele Menschen an dem Ereignis Anteil nahmen. Aber dann erinnerte er sich an seine Begegnung mit den vier jungen Arbeitern und an ihr Interesse an Pferdewetten. Vielleicht war in dieser Zeit, in der viele nicht einmal mehr genug zum Leben besaßen, die Aussicht auf leicht verdientes Geld besonders reizvoll? Wie viele unter den Zuschauern konnten beim Anblick von Phar Lap, Nightmarch, Taisho und den anderen Pferden für einen kurzen Moment ihr eigenes Schicksal vergessen und von einer besseren Zukunft träumen? Und wer wollte ihnen das verübeln?

Tommy jedenfalls nicht. Obwohl er augenblicklich mit seiner Situation mehr als zufrieden war. Er befand sich mitten in seinem persönlichen Traum von einer besseren Zukunft, als er Phar Lap unter den begeisterten Zurufen des Publikums in den Führring brachte.

Phar Lap dagegen machte keinen Hehl daraus, dass er sich durchaus Besseres vorstellen konnte, als schon wieder ein Rennen zu bestreiten. Schon beim Aufzäumen hatte er unwillig mit dem Kopf geschlagen, und als Bobby Lewis ihm nun den Sattel auflegte, bäumte sich der Fuchs auf und versuchte sich Sattel und Reiter auf jede erdenkliche Weise zu entziehen. Er war ganz offensichtlich nicht von seinem Reiter begeistert und Bobby Lewis hatte Mühe, das Pferd unter Kontrolle zu bringen.

Tommy erinnerte sich in diesem Augenblick wieder an seine Bedenken gegen Lewis, die er Telford gegenüber zum Ausdruck gebracht hatte. Er hatte geahnt, dass es zwischen Lewis und Bobby nicht gerade Liebe auf den ersten Blick sein würde.

Nun wurden seine Ahnungen bestätigt.

Endlich gelang es dem Jockey dank seiner jahrelangen Erfahrung, sich auf den Rücken des Fuchses zu schwingen und Phar Lap zur Startlinie zu dirigieren, wo die Pferde Aufstellung nahmen.

Phar Lap tänzelte nervös und hob immer wieder ruckartig den Kopf. Als die Startbarriere endlich mit einem zurrenden Geräusch hochgezogen wurde, preschte Phar Lap davon. Es schien, als versuchte er seinem Reiter zu entkommen, doch der saß fest im Sattel und trieb den großen Fuchs weiter an.

»Phar Lap hatte einen hervorragenden Start«, tönte es aus den Lautsprechern. »Er führt das Feld der diesjährigen Melbourne-Cup-Teilnehmer vom Start weg an.«

Tommy, der bereits seinen Platz unter den Zuschauern eingenommen hatte, runzelte die Stirn. Schnelle Starts gehörten bislang nicht zu Phar Laps Domäne. Was hatte das bloß zu bedeuten?

Währenddessen fühlte sich Bobby Lewis auf Phar Laps Rücken zunehmend unwohl. Der Fuchs hüpfte und sprang wie ein Känguru und kämpfte die ganze Zeit gegen seinen Reiter an. Lewis versuchte jetzt Phar Lap zurückzuhalten. Ihm war bewusst, dass es unmöglich sein würde, dieses Rennen, das über zwei Meilen ging, vom ersten bis zum letzten Augenblick an zu dominieren. Phar Lap musste seine Kräfte für den Endspurt schonen. Doch der Wallach dachte gar nicht daran. Sosehr Lewis die Zügel auch anzog, Phar Lap galoppierte weiter und allmählich setzte sich in dem Jockey der Gedanke fest, dass ihn niemand würde einholen können. Der »Rote Blitz« schien mit ihm davonzufliegen. Ob er das nun wollte oder nicht.

Phar Laps Herz raste. Er konnte gar nicht anders, als zu rennen, um diesen Mann auf seinem Rücken so schnell wie möglich loszuwerden. Er mochte ihn nicht. Es war nicht der Mann, der ihn zuletzt geritten hatte, der, der ihn Bobby nannte wie sein Freund. Dieser Mann hier war anders. Er erinnerte ihn auf unbestimmte Art an den Mann, der ihn die Sandhügel hinaufgehetzt hatte, der ihm wehtat, wenn Phar Lap nicht schnell genug war. Phar Lap wollte nicht, dass man ihm wehtat. Dass man ihn schlug. Also rannte er. Er rannte so schnell, wie er nur konnte. Und dennoch tat der Mann auf seinem Rücken ihm weh. Der »Rote Blitz« spürte bereits seine Mundwinkel brennen, so tief schnitt das Gebiss in das empfindliche Fleisch.

Etliche Meilen entfernt saß zur gleichen Zeit Cashy Martin vor dem Radioempfänger und kaute nervös auf seinen

Fingernägeln. Zwischendurch krächzte der Empfänger und Cashy konnte nichts verstehen. Doch dann ertönte wieder die Stimme des Kommentators so laut und deutlich, als stünde der junge Jockey unmittelbar neben ihm.

»Phar Lap führt immer noch. Doch der Abstand zum Feld seiner Verfolger verringert sich zusehends. Irgendetwas scheint mit dem Fuchs nicht zu stimmen. Er schlägt mit dem Kopf und ist unruhig …«

Cashy vergaß vor Schreck zu atmen. Was war bloß mit Phar Lap los? Wieso bekam dieser verdammte Lewis das Pferd nicht in den Griff? Oder wollte er es vielleicht gar nicht? Warum nur hatte der Boss nicht einen von ihnen für das Rennen geordert? Warum diesen Jockey, der eigentlich zu einem anderen Stall gehörte? »Da geht doch was nicht mit rechten Dingen zu«, murmelte er kopfschüttelnd vor sich hin. »Das muss eine Verschwörung sein.«

»Phar Lap bricht ein«, ertönte die Stimme aus dem Lautsprecher. »Jetzt zieht Nightmarch an dem Fuchs vorbei. Phar Lap nur noch an zweiter Position. Doch da kommt schon Paquito …«

Tommy stützte den Kopf in seine Hände. Er hatte es gewusst. Bobby hatte gekämpft. Er hatte gegen seinen Reiter angekämpft und dabei so viel Kraft verloren, dass es nun nicht mehr zum Sieg reichte.

»… Paquito vor Phar Lap und so gehen sie auf die Schlussgerade. Nightmarch führt. Dicht gefolgt von Paquito. Wird Phar Lap seine dritte Position noch ins Ziel retten können?«

Tommy wandte sich bereits ab und bahnte sich einen Weg durch die enttäuscht wirkende Menschenmenge, als der Rennbahnsprecher das Ergebnis durchgab. Am Ausgang der Rennstrecke wollte er sein Pferd und dessen Reiter, die außer dem Namen nichts miteinander gemein hatten, in Empfang nehmen.

Doch als er dort ankam, sah er, wie sich Lewis bereits aus dem Sattel eines völlig erschöpften Phar Lap gleiten ließ. Neben ihm stand Eric Connolly, der Trainer des Siegers Nightmarch, und klopfte Bobby Lewis freundschaftlich auf die Schulter, kaum dass dieser Boden unter den Füßen hatte. Und Bobby Lewis lächelte.

Tommy hielt überrascht inne. Dass Lewis und Connolly Freunde waren, war alles andere als ein Geheimnis. Aber der Gedanke, der ihm in diesem Augenblick durch den Kopf schoss, ließ ihn Phar Laps vermasseltes Rennen unter einem ganz anderen Licht sehen. Und er sollte mit dieser Sichtweise nicht allein bleiben!

11

»Dieses Pferd hat ein wundervolles Herz. Ein großes Herz!«
DR. STUART McKAY, VETERINÄR

Tommy glaubte zu einem Mord fähig zu sein, wenn Telford Bobby auch nur noch zu einem einzigen weiteren Rennen meldete. Aber zum Glück war die Saison nach dem Melbourne Cup zu Ende. Sie hatte außer Totengräberstimmung einen völlig desolaten Phar Lap zurückgelassen.

Tommy pflegte Bobbys zerschundenes Maul mit heilenden Tinkturen und wünschte Lewis zum Teufel, wenn ihn keiner hören konnte. Der Jockey war so hart mit dem Pferd umgegangen, dass es seit drei Tagen nichts fressen wollte. Tiefe Schnitte in den Mundwinkeln zeugten davon, mit welchem Einsatz Lewis Phar Lap zu lenken versucht hatte. In welche Richtung auch immer.

Die Gerüchte, es sei bei dem Rennen nicht mit rechten Dingen zugegangen, hielten sich hartnäckig. Es gab einige, die es, gelinde gesagt, verwunderlich fanden, dass Phar Lap, der das Derby drei Tage zuvor so überragend gewonnen hatte, beim Melbourne Cup eine derart schlechte Vorstellung ablieferte.

Immer noch schnaubte Tommy vor Wut, wenn er an den Zeitungsartikel zurückdachte, der einen Tag nach dem

Rennen erschienen war und in dem es hieß, Phar Lap sei zwar ein guter Derbysieger, aber nichts könne darüber hinwegtäuschen, dass ihm nun einmal das nötige Quäntchen Temperament für die ganz großen Rennen fehle.

Der Reporter einer anderen Zeitung schrieb: *Phar Lap rannte, als wäre er vom Teufel besessen. Er kämpfte wie ein Dämon. Deshalb waren seine Batterien zu schnell leer und er wurde müde.*

Immer noch hatte Tommy das Bild vor Augen, wie sich Lewis aus dem Sattel gleiten ließ und die freundschaftlichen Huldigungen von Connolly in Empfang nahm, der doch eigentlich – zumindest bei diesem Rennen – sein Gegner sein sollte. Hatte es wirklich ausschließlich an Phar Lap gelegen, dass er bei seiner ersten Teilnahme am Melbourne Cup nur Dritter geworden war?

Doch Tommy hatte kurz vor der Frühjahrspause so viel zu tun, dass die Gedanken an das verpatzte Rennen nach und nach in den Hintergrund gerieten und von anderen, dringlicheren Sorgen beiseitegeschoben wurden.

Nachdem er einen Brief an Emma zum Postamt gebracht hatte, war er auf dem Rückweg zum Stall an einer Menschentraube vorbeigekommen. Tommy konnte zunächst nichts sehen und es interessierte ihn auch nicht sonderlich, warum sich diese Menschen hier versammelt hatten. Er versuchte sich einen Weg durch die Menge zu bahnen, als er plötzlich einige Worte aufschnappte, die ihn aufhorchen ließen.

»Der ›Rote Blitz‹ …«

Tommy stockte und wandte den Kopf in die Richtung,

aus der die Stimme gekommen war. Für einen guten Jockey war er eindeutig zu groß, aber deswegen überragte er keineswegs die Mehrheit seiner Mitmenschen. Er musste sich nach vorn kämpfen, um einen Blick auf die gebeugte alte Frau zu werfen, die dort – umringt von Alt und Jung – stand und mit einer Bibel in der Hand die Aufmerksamkeit der Zuhörer nur durch die Kraft ihrer Worte auf sich zog.

»Der ›Rote Blitz‹ ist ein Werkzeug des Teufels! Es ist der Böse selbst, der euch durch ihn in Versuchung führen will! Die Schattenseite, die über euch Macht erlangen will, indem sie euch zum Glücksspiel verleitet und euch dazu bringt, sich von Gott abzuwenden.«

Tommy blickte nach links und nach rechts. Die meisten der Umstehenden lachten, doch er konnte auch einige ernste Gesichter in der Menge ausmachen.

»Sagt uns Gott nicht: ›Du sollst nicht das Haus deines Nächsten begehren. Du sollst nicht begehren die Frau deines Nächsten noch seinen Knecht, noch seine Magd, weder sein Rind noch seinen Esel, noch irgendetwas, was deinem Nächsten gehört.‹ Doch was ist die Habgier, die uns veranlasst Wetten abzuschließen, anderes als der Neid auf die, die augenscheinlich mehr haben als wir?«

Neben Tommy stand ein älterer Herr, der zu diesen Worten heftig nickte.

»In Zeiten wie diesen hat der Teufel leichtes Spiel mit den Seelen der Menschen. Darum hört auf euer Herz. Gott warnt uns vor dem Laster der Spielsucht …«

Tommy hatte genug gehört. Er wandte sich um und bahnte sich seinen Weg durch die Menschenmenge. Mit gesenktem Kopf kehrte er in den Stall zurück und es dauerte Tage, bis er die dunklen Gedanken, die wie böse Geister in seinem Kopf herumspukten, wieder losgeworden war.

Phar Lap galoppierte übermütig über die Weide. Tagelang hatte er nichts gefressen. Der Schmerz war zu groß gewesen. Doch nun genoss er es wieder, wenn sein Freund ihm Äpfel, Möhren und Zucker zusteckte und mit ihm ausgedehnte Spaziergänge unternahm. Er fühlte sich kraftvoll. Unbesiegbar. Und genauso sah er auch aus. Aus dem schmächtigen, hässlichen Pferd, das vor etwa zwei Jahren nur an einem Ledergurt baumelnd zum ersten Mal über dem Kopf des Stalljungen schwebte, war ein ungewöhnlich großer und stattlicher Fuchs geworden. Sein seidig schimmerndes Fell ließ über so manche Disharmonie seines Körperbaus hinwegsehen. Das Spiel seiner Muskeln an der kräftigen Brust stand in einem merkwürdigen Gegensatz zur Sanftmut in den ausdrucksstarken braunen Augen des Riesen, die, insbesondere wenn sie Tommy ansahen, viel über seine Warmherzigkeit und sein Liebesbedürfnis verrieten.

Underbank, die Stallungen von Mr Sol Green in Bacchus Marsh, glich einem Fünfsternehotel für Pferde. Und Phar Lap wurde hier zudem behandelt wie der Ehrengast des Hauses.

Tommy wusste nicht, ob er sich das nur einbildete, aber als der sechswöchige Aufenthalt schließlich zu Ende ging, hatte er das Gefühl, Phar Lap brannte ebenso wie er selbst darauf, auf den Rennbahnen des fünften Kontinents allen zu zeigen, was wirklich in ihm steckte. Voller Stolz ruhte der Blick des Stalljungen auf dem Pferd, das zum letzten Mal in diesem Urlaub in kraftvollem Galopp über die Wiese preschte. Phar Lap – ein Werkzeug des Teufels? Tommy schüttelte bei der Erinnerung an die alte Frau, die es geschafft hatte, etwa zwei Dutzend Zuhörer um sich zu versammeln, den Kopf. Immer noch beschlich ihn ein ungutes Gefühl, wenn er an dieses Erlebnis zurückdachte, und er hatte Angst vor dem, was vielleicht noch kommen würde.

»Was hast du mit dem Pferd gemacht? Es ist fett wie eine Kuh!«

»Er ist in allerbester Verfassung, Boss!« Obwohl Tommy es inzwischen hätte wissen müssen, war er jedes Mal aufs Neue überrascht, wie unterschiedlich seine und Harry Telfords Vorstellungen von einem gesunden Pferd waren.

»Hast du ihm in den sechs Wochen noch etwas anderes gegeben als Zucker?« Telfords Augen sprühten vor Zorn. »So schafft er ja noch nicht mal hundert Fuß, ohne nach Luft zu schnappen!«

»Er besitzt die beste Kondition, die er je hatte«, widersprach Tommy. »Sie werden schon sehen! In dieser Saison wird er jeden Gegner schlagen.«

»Du hast wirklich keine Ahnung von Pferden, Junge. Wenn man sie zu sehr verwöhnt, werden sie nicht nur fett, sondern auch faul. Aber wir werden ihm die Faulheit schon wieder austreiben. Mach dir da mal keine Sorgen.«

Und damit wusste Tommy, dass die Verschnaufpause für ihn und Phar Lap vorbei war.

Harry Telford ließ keine Zeit verstreichen – das erste Rennen stand kurz bevor – und beraumte den Beginn des Trainings für den kommenden Morgen an.

Tommys einziger Trost bestand darin, dass sein Freund Cashy Martin den »Roten Blitz« im Training reiten sollte.

Cashy hatte während Tommys Aufenthalt in Bacchus Marsh seinen ersten Rennsieg errungen und das hatte seinem Selbstbewusstsein einen enormen Schub gegeben.

Tommy musste bei dem Gedanken daran, wie er Cashy und die anderen im Stall überrascht hatte, lächeln. Der junge Jockey hatte seinen Kollegen zum wiederholten Male den Rennverlauf geschildert, der bei jeder neuen Version ein wenig spektakulärer wurde.

»Oh, Mann, das hättet ihr sehen sollen! Ich also mit La Gloria auf der Innenbahn. Die Strecke ist mörderisch, sage ich euch. Eng und gewunden. Nichts für schwache Nerven.«

Die anderen Jockeys, die Cashy umringten, nickten zustimmend. Sie alle hatten bereits von Gosford gehört. Und niemand war wirklich scharf darauf, dort zu reiten. Aber sie alle waren jung und standen am Anfang ihrer Karriere. Da sagte man nicht: »O nein, Sir, lieber nicht. Das ist mir zu gefährlich«, wenn man gefragt wurde. Denn wenn man das sagte, dann konnte man ganz sicher sein, dass man so bald nicht mehr gebeten wurde ein Rennen zu reiten. Nein, wer als Jockey seinen Lebensunterhalt verdienen wollte und vielleicht irgendwann mal beim Caulfield Cup oder gar beim Melbourne Cup mitmischen wollte, der sagte natürlich mit Begeisterung »Ja!«, wenn er gefragt wurde, ob er ein Pferd in Gosford reiten wollte. Und Cashy hatte »Ja!« gesagt. Und er hatte sogar gewonnen! Ein Ereignis, das ihn in den Augen der anderen vielleicht nicht gleich zu einem Superstar, aber zumindest zu einem ernst zu nehmenden Jockey machte. Etwas, das sich jeder von ihnen wünschte.

»Ich also mit La Gloria vorneweg«, erzählte Cashy weiter und seine Augen strahlten. »Hinter mir dieser Angeber von Pete, aber ich habe mir gesagt, jetzt oder nie, und habe Gloria angetrieben alles zu geben. Sie ist ein feines Mädchen.« Cashy lächelte versonnen bei der Erinnerung an die Stute, die ihm seinen ersten Sieg beschert hatte. »Pete und die anderen mussten zusehen, wie ich ihnen davonlief!« Cashy lachte. »Das war herrlich, kann ich euch sagen!«

Die Sonne stand noch tief, als sich Tommy, Mr Telford, Cashy, Phar Lap und sein Trainingsgegner am nächsten Morgen auf der Rennbahn trafen.

»Treib ihn richtig an, Junge, er muss wissen, dass du es bist, der ihm die Gangart vorgibt.« Telford klopfte Cashy aufmunternd auf die Schultern, während sich der mittlerweile Sechzehnjährige auf Phar Laps Rücken hievte.

Cashy erwiderte nichts, aber er kniepte Tommy zu. Er hatte nicht vergessen, was sein Freund ihm kurz zuvor in Phar Laps Box mit auf den Weg gegeben hatte. »Denk dran«, hatte Tommy gesagt, »dass du ihn sehen lässt, gegen wen er läuft. Er muss dem anderen Pferd in die Augen blicken können. Also halt ihn erst zurück.«

Mr Telford gab das Startzeichen. Phar Lap setzte sich schwerfällig in Bewegung und der Trainer musterte Tommy vorwurfsvoll. Doch Tommy sah stur geradeaus und tat so, als bemerkte er die Blicke nicht.

Cashy hielt Phar Lap zurück, wie Tommy es ihm geraten hatte. Er ließ das andere Pferd vorlaufen, und erst als er spürte, dass Phar Lap bereit war, gab er die Zügel frei. Es war wie eine Explosion. Phar Lap galoppierte mit lang gestrecktem Hals und überholte seinen Gegner mit einer Leichtigkeit, die Cashy eine Gänsehaut über den Rücken laufen ließ. Es schien, als könnte Phar Lap seine Geschwindigkeit jederzeit und ohne Limit erhöhen.

»Na, wie läuft es?« Jim Pike stellte sich zwischen Tommy und Mr Telford und sah auf die Rennbahn hinaus, wo Phar Lap soeben seine zweite Runde drehte.

»Hallo, Jim«, grüßte Mr Telford und blickte auf die Stoppuhr in seiner Hand. »So weit ganz okay. Wir müssen allerdings noch ein wenig an seinem Start arbeiten. Die erste Runde war mäßig, aber die zweite war gut.«

Jim Pike sah Tommy prüfend an. Tommy hielt dem Blick eine Weile stand, dann sah er auf den Boden. Jim Pike hatte ihn durchschaut. Und der Jockey wusste, dass Tommy Recht hatte.

»Nimm ihn hart ran.« Telford blickte zu Jim Pike hoch, der bereits in seinem Rennoutfit, weiße Hose, weißes Hemd mit schwarzen Streifen an den Ärmeln, rote Weste und rote Kappe, im Sattel saß.

»Was sagst du, Tommy?« Pike blickte dem Stalljungen in

die Augen, der unmittelbar neben seinem Boss stand und Phar Lap am Halfter festhielt.

Tommy blickte kurz zu Mr Telford hinüber, bevor er antwortete: »Er muss seinen Gegnern in die Augen sehen, Mr Pike. Er muss wissen, gegen wen er läuft. Erst dann wird er kämpfen. Wenn Sie ihn gleich zu Beginn an die Spitze des Feldes bringen, wird er nach der Hälfte einbrechen.«

Telford schnappte nach Luft, während Jim Pike nickte. »Übrigens«, sagte der Jockey, bevor er Phar Lap antrieb. »Meine Freunde nennen mich Jim. Oder einfach Piky.«

Tommy konnte ein Lächeln nicht unterdrücken und er sah zu Boden, um Telfords strafenden Blicken zu entgehen, während Pike mit Phar Lap auf die Startlinie zuritt. Doch den Worten seines Arbeitgebers konnte er dadurch nicht entkommen. »Willst du meinen Job machen?«

»Nein, Sir«, antwortete Tommy entschuldigend, wohl wissend, dass dies eine Lüge war.

»Dann behalt deine Weisheiten in Zukunft für dich.«

Seit dem Frühjahr hat sich Phar Lap in einen wesentlich imposanteren Pferdetyp verwandelt. Obwohl er nicht gerade eine Schönheit ist, beeindruckt er das Auge des Betrachters mit seiner Größe, seiner unzweifelhaften physischen Fitness und seinem unübersehbaren Siegeswillen.

»Hast du den Artikel im *Referee* gelesen?«

Tommy nickte.

»Die Quoten liegen bei sieben zu vier.«

»Kein Wunder. Jeder, der nur ein Viertelpfund aufbringen kann, wettet auf Phar Lap. Das ist immer noch besser, als die eigenen Kinder zum Klauen zu schicken oder Schlimmeres.«

Cashy wackelte zustimmend mit dem Kopf. Allein in der letzten Woche hatten drei Bekannte seiner Familie ihre Arbeitsstelle verloren. Und einer von ihnen hatte sich daraufhin erhängt und seine Frau mit den drei Kindern allein zurückgelassen. Die Zeiten waren wirklich alles andere als rosig. Wer jetzt noch irgendeinen Job hatte, wie schlecht bezahlt auch immer, war zu beneiden. »Was macht der Boss eigentlich mit all dem Geld, das er jetzt verdient? Es müssen in den letzten Wochen locker 10000 Pfund an Preisgeldern zusammengekommen sein, oder?«

Tommy zog den Sattelgurt unter Phar Laps Bauch fest und ächzte dabei. »Er sucht nach einem Stück Land, auf dem er seinen eigenen Rennstall aufbauen kann.«

»Ein eigener Rennstall ...« Cashys Stimme klang verträumt.

»Wenn er Phar Lap allerdings weiter so überfordert, dann ist bald Schluss mit dem Gewinnen.« Tommy überprüfte den festen Sitz des Sattels.

»Wie meinst du das?«

»Es ist hart genug, ein Pferd jede Woche mindestens ein Rennen laufen zu lassen, aber es dazwischen auch noch bis zur völligen Erschöpfung zu trainieren ist Wahnsinn!« Er bückte sich, hob einen Vorderlauf an und betrachtete sorgenvoll Phar Laps Huf.

»Macht der Huf wieder Probleme?«, fragte Cashy und erinnerte sich, dass Phar Lap häufiger damit Schwierigkeiten hatte.

Tommy zuckte die Achseln. »Nicht mehr und nicht weniger als sonst«, antwortete er. »Was er bräuchte, wäre ein wenig Ruhe. Aber genau das ist es, was Telford ihm nicht zugesteht.« Er erhob sich wieder und seufzte. »Wir müssen sehen, was die Zukunft uns bringt.«

Harry Telford sah erwartungsvoll in die Zukunft. Endlich wurde ihm die Hochachtung der Kollegen und Rennstallbesitzer zuteil, auf die er jahrelang vergeblich gewartet hatte. Er war nun wer. Und während um ihn herum alles in Schutt und Asche versank, stieg er wie ein Phönix aus der Asche empor. Geldsorgen hatten nun die anderen, während er sich nach einem geeigneten Besitz umsah, auf dem er endlich seinen Lebenstraum vom eigenen Rennstall verwirklichen wollte. Phar Lap sollte erst der Anfang einer ganzen Reihe von Champions sein, die aus seiner Schule kamen.

Mit hoch erhobenem Haupt bahnte er sich beim AJC Plate in Randwick seinen Weg durch die Zuschauer und genoss die neugierigen und zum Teil neidischen Blicke der anderen. Sie gaben ihm eine ungeheure Befriedigung.

»Da ist er«, zischte jemand hinter ihm. Es hörte sich nicht freundlich an. »Er wird uns das Pferderennen noch kaputt machen mit seinem angeblichen Wunderpferd.«

»Er ist doch schon dabei«, sagte eine andere Stimme. »Nachdem Kikaides wieder gestrichen wurde, sind gerade mal drei Pferde für den Start gemeldet. Genauso wie bei den Rennen zuvor. Keiner will sein Pferd gegen Phar Lap antreten lassen, um zuzusehen, wie es verliert. Und das ist ja wohl mehr als verständlich!«

Telford drehte sich um. Doch er konnte nicht erkennen, wer die Sprecher waren. Sobald er jemandem ins Gesicht sah, wandte sich derjenige schnell ab.

Emma drehte sich suchend nach Tommy um, als er auch schon lächelnd auf sie zukam. Jedes Mal wenn er sie so sah, fühlte sich sein Herz leicht und beschwingt an. Er konnte sein Glück, diese schöne Frau für sich gewonnen zu haben, manchmal kaum fassen. Auch wenn die Trennung, sobald er mit Phar Lap zu Rennen nach Melbourne musste, beiden schwerfiel, so wussten sie doch, dass dieser Zustand immer nur vorübergehend war.

Emma stand dicht am Zaun, der die Rennstrecke von den Zuschauern abgrenzte. Das Gedränge auf den preiswerten Stehplätzen war überwältigend. Halb Sydney schien sich an der Rennbahn versammelt zu haben.

»Sieh mal«, flüsterte Emma, kaum dass Tommy neben ihr war. »Fast jeder hält einen Wettschein in Händen. Und auf den meisten steht *Phar Lap.*«

Tommy nickte. »Ja, allerdings haben einige auch auf Nightmarch gesetzt.«

»Und was glaubst du? Wird Phar Lap gewinnen?«

Tommy lächelte. »Natürlich wird er das. Er ist um Klassen besser als jedes andere Pferd zurzeit. Du solltest ihn dir nach dem Rennen einmal ansehen: Er schwitzt nicht einmal. Er läuft anderthalb oder zwei Meilen in einem Rennen und ist danach trocken unter dem Sattel.«

»Aber im Melbourne Cup hat er gegen Nightmarch verloren«, sagte Emma.

Tommy verzog das Gesicht bei der Erinnerung an dieses Rennen. Immer noch hatte er das Gefühl, dass damals irgendetwas nicht mit rechten Dingen zugegangen war. Aber er würde es niemals beweisen können. »Das ist richtig«, sagte er. »Aber diesmal wird es anders laufen.«

12

»Phar Lap first – daylight second.«
VOLKSMUND UM 1930

»Die drei Pferde sind gestartet.«

Tommy sah sich um. Die Zuschauer blickten gebannt auf die Rennstrecke, obwohl dort noch kein Pferd zu erkennen war. Nur das Donnern der Hufe drang bereits herüber und ließ die Erde erbeben.

»Phar Lap hatte einen schnellen Start. Sensationell, was dieser Dreijährige mit einem Gewicht von hundert Pfund auf seinem Rücken leistet. Er bricht alle Rekorde. Und sehen Sie sich das an, meine Damen und Herren, welch eine Geschwindigkeit bei einem derartigen Rennen! Phar Lap scheint bereits jetzt uneinholbar.«

Tommy lächelte zufrieden, als Bobby in diesem Augenblick an der Zuschauertribüne vorbeiraste.

»Und so gehen die Pferde jetzt auf die Zielgerade. Phar Lap mit mehr als zehn Längen Vorsprung vor seinen Verfolgern. Er braucht sich nicht mehr zu beeilen. Und sehen Sie, der große Fuchs *spaziert* in diesem Augenblick über die Ziellinie!«

Der Lärm war ohrenbetäubend, als Phar Lap die Ziellinie durchbrach, und es schien, als würde eine Ewigkeit vergehen, bis Nightmarch als Zweiter ins Ziel kam, gefolgt von Donald, dem dritten und letzten Pferd des Rennens.

»Phar Lap gewinnt mit zehn Längen Vorsprung vor seinem Verfolger Nightmarch«, ertönte die Stimme des Kommentators über die Lautsprecher. Er klang regelrecht erschöpft. »Und der große Fuchs hat den Streckenrekord dabei um mehr als sechs Sekunden unterboten! Das ist phänomenal!«

Die Zuschauer tobten und gratulierten sich gegenseitig.

Auch Tommy strahlte. Er umarmte Emma und küsste sie. »Na, was habe ich dir gesagt? Phar Lap ist unschlagbar.« Er beugte sich vor und flüsterte ihr ins Ohr: »Und du bist es auch.«

Alle hatten gesehen, dass Phar Lap ein sensationelles Rennen abgeliefert und seine Kontrahenten regelrecht deklassiert hatte. Aber einer wusste noch besser als die anderen, welch sagenhafte Leistung das Pferd dabei erbracht hatte.

Harry Telford saß über einem Stück Papier und betrachtete immer wieder staunend die Zahlen, die er sich mit einem kurzen Bleistiftstummel darauf notiert hatte. Phar Lap hatte nicht nur den Streckenrekord um sechseinhalb Sekunden unterboten. Er war auch die erste halbe Meile in nur neunundvierzig Sekunden gelaufen! Und das bei einem Rennen, das über zwei und eine viertel Meile ging!

Die ersten anderthalb Meilen hatte der Fuchs in zwei Minuten und achtundzwanzigeinhalb Sekunden bewältigt – und war damit fast drei Sekunden schneller als beim AJC Derby, das er vor sieben Monaten mit Leichtigkeit gewonnen und dabei einen neuen Rekord aufgestellt hatte.

Für die ersten zwei Meilen hatte er drei Minuten und zwanzigeinhalb Sekunden gebraucht. Mit dieser Zeit hätte er nicht nur jeden Sydney Cup gewonnen, der jemals ausgetragen worden war, sondern ebenso jeden einzelnen verdammten Melbourne Cup seit 1861, dem Jahr, in dem der Melbourne Cup zum ersten Mal stattfand!

Harry Telford brach angesichts dieser Rechnungen der Schweiß aus. Was Phar Lap bei diesem Rennen geleistet hatte, war unvorstellbar. Niemals zuvor in der Geschichte des Rennsports hatte es ein Pferd gegeben, das schneller gewesen war als Phar Lap.

Der Mann mit den grau melierten Haaren blickte nachdenklich aus dem Fenster, während er sich den Rennverlauf noch einmal in Erinnerung rief. Nach den ersten zwei Meilen war klar gewesen, dass Phar Lap uneinholbar war, und Billy Elliott, Phar Laps Jockey, hatte das Pferd langsamer laufen lassen, während Nightmarch und Donald, die Verfolger, von ihren Reitern unbarmherzig weiter angetrieben wurden. Harry Telford schüttelte unwillkürlich den Kopf, während er noch einmal an das Bild zurückdachte, wie Phar Lap entspannt über die Ziellinie getrabt war. »Phar Lap spaziert über die Ziellinie«, hatte der Kommentator gesagt und mit dieser Beschreibung den Nagel auf den Kopf getroffen.

Überhaupt hatte Phar Lap nach dem Rennen einen alles andere als angestrengten Eindruck gemacht. Als wäre er trotz dieser bemerkenswerten Darbietung nicht einmal an den Rand seiner Leistungsfähigkeit gekommen!

Harry Telford wurde von einem Zittern erfasst, als

ihm in diesem Augenblick erst so richtig klar wurde, was für ein Ausnahmepferd Phar Lap war. Und zum allerersten Mal regten sich in ihm leise Zweifel, ob wirklich seine Trainingsmethoden und sein Pferdeverstand allein dafür verantwortlich gemacht werden konnten, dass dieses Pferd allen anderen davonlief. Vielleicht war es doch schlicht und ergreifend Zufall, dass er dieses ungewöhnliche Pferd auf einer Jährlingsauktion in Neuseeland für sage und schreibe hundertsechzig Pfund hatte ersteigern können?

Aber nein, Telford schlug mit der flachen Hand auf den Tisch und erhob sich. Wer außer ihm hätte diesem hässlichen und nichtssagenden Pferd überhaupt eine Chance gegeben? Wer, wenn nicht er, hätte es trainiert und sich nicht von den anderen ins Bockshorn jagen lassen, als die schnellen Erfolge ausblieben? Phar Laps Aufstieg beruhte einzig und allein auf seinem, Harry Telfords, Pferdeverstand. Und auf sonst nichts! *Er* hatte das Pferd zu dem gemacht, was es jetzt war. Er und sonst niemand.

Während Harry Telford das Rennen seines Schützlings genau analysierte, saß Cashy Martin mit Schere, Kleber, Papier und Zeitungen ausgestattet in seinem Zimmer im Haus seiner Mutter und tat das Gleiche auf seine Weise: Er schnitt jede einzelne Schlagzeile aus den verschiedenen Tageszeitungen, die sich mit Phar Laps letztem Rennen befassten. *Das beste Pferd aller Zeiten*, schrieb die *Truth. Phar Lap – der sensationellste Galopper, den es jemals gab!*, titelte *The Referee. Ein außergewöhnlicher Sieg*, war in *The*

Australasian zu lesen und *Phar Lap schreibt Renngeschichte* stand in *The Sydney Mail* über dem Bericht über das Rennen.

Cashy meinte vor Stolz zu platzen. Er hatte Phar Laps Geschichte vom ersten Tag an mitverfolgt und er empfand es als Genugtuung, jetzt mit anzusehen, dass er recht daran getan hatte, an dieses Pferd zu glauben, als alle anderen noch über den »Roten Blitz« lachten. Dennoch ärgerte es den jungen Mann, wenn er daran zurückdachte, auf welche Weise Phar Lap den Melbourne Cup gegen Nightmarch verloren hatte.

Seit Tommy ihm erzählt hatte, wie sich Lewis von Connolly nach dem Rennen aus dem Sattel helfen ließ, war sich der Jockey sicher, dass Nightmarchs Sieg erkauft gewesen war. Aber alles, was er brauchte, war etwas Geduld. Noch ein gutes halbes Jahr und Phar Lap würde allen zeigen, dass er ebenfalls das bedeutendste Rennen des australischen Pferdesports dominieren konnte. Und er, Cashy, würde dabei sein und ihn anfeuern. »Und wenn es das Letzte sein wird, was ich in meinem Leben tue«, schwor er sich und ahnte nicht im Geringsten, wie orakelhaft dieser innige Wunsch war.

An diesem Morgen herrschte im Stall Hochbetrieb. Seit Phar Laps spektakulären neun Siegen in Folge kreuzten immer wieder Reporter auf, die Fragen stellten, ihre gigantischen Fotoapparate aufbauten, mit ihrem lauten und grellen Blitzlicht die Pferde erschreckten und die Stallburschen von der Arbeit abhielten.

Phar Lap schien das alles nicht zu stören. Solange Tommy an seiner Seite war, konnte ihn nichts aus der Ruhe bringen. Im Gegenteil. Manchmal konnte sich Tommy nicht des Eindrucks erwehren, dass Phar Lap den Rummel irgendwie genoss. Das Pferd schien zu wissen, dass die Aufmerksamkeit dieser Menschen einzig und allein ihm galt und er etwas Besonderes war.

An diesem Morgen hatte Tommy bereits zwei Journalisten Auskunft über Bobbys geplanten Tagesablauf erteilt, der von dem bevorstehenden Umzug nach Sol Greens Underbank in Bacchus Marsh geprägt war. Dort sollte sich das Wunderpferd – wie Phar Lap mittlerweile von allen genannt wurde – nach der Saison erholen. Als sich der zweite Reporter gerade verabschiedet hatte, lief Tommy Jim Pike über den Weg, der von der anderen Seite des Stallflurs auf Phar Laps Box zukam.

»Hi, Piky«, grüßte Tommy den älteren Jockey, den er mittlerweile als Freund betrachtete. »Kommst du, um Bobby zu reiten?«

Jim Pike schüttelte den Kopf. »Nein«, sagte er. »Ich wollte mich nur von ihm verabschieden.«

Tommy zog überrascht die Augenbrauen hoch. Er hatte Jim Pike mittlerweile als liebenswerten, offenen und ehrlichen Menschen kennengelernt, dessen Interesse an Pferden nicht nur beruflich bedingt war. Dennoch konnte ihn der Mann immer wieder überraschen. »Und ich dachte, du wolltest ihn noch einmal im Training reiten, bevor wir aufbrechen.«

Pike lächelte und kraulte dabei Phar Laps Hals, der sich

diese Liebkosung von dem Jockey ausgesprochen gern gefallen ließ. Abgesehen von Tommy mochte der große Fuchs Jim Pike wohl von allen Menschen am liebsten, denn er strahlte ebenso wie sein Stallbursche absolute Ruhe aus und nur bei diesen zwei Männern fühlte sich das Pferd vollkommen sicher und geborgen. Diese beiden, das wusste Phar Lap, würden ihm unter keinen Umständen Schmerzen zufügen.

»Ich finde«, sagte Jim, ohne den Blick von Phar Laps braunen Augen abzuwenden, »er hat mich bereits weit genug getragen. Im Training kann er ruhig von einem leichteren Reiter geritten werden, als ich es bin. Das wird seinen Beinen nur guttun.« Er klopfte Phar Lap zum Abschluss zweimal sanft auf den Hals und wandte sich anschließend zu Tommy um. »Hier«, murmelte er und steckte dem jungen Mann eine Zehnpfundnote in die schmutzige Hemdtasche. »Tu dir selbst auch mal was Gutes.«

»Jimmy«, sagte Tommy verlegen, nahm das Geld aus der Tasche und suchte nach den richtigen Worten des Dankes. »Das … das … kann ich nicht annehmen.«

»Stell dich nicht so an«, meinte Jim Pike nur und hob bereits die Hand zum Abschiedsgruß. »Pass gut auf unseren Freund hier auf. Wenn ich ihn in drei Monaten wiedersehe, haben wir einiges zusammen vor!«

Tommy hielt immer noch den Geldschein in den Händen, als bereits der nächste Besucher auf ihn zukam. »Sind Sie Tommy Woodcock?« Der Mann im feinen Zwirn hatte ein offenherziges Lächeln, das Tommy sofort für ihn einnahm.

Er steckte das Geld zurück in seine Hemdtasche und sah dem Fremden entgegen. »Ja, der bin ich«, sagte er und wunderte sich darüber, welch feine Kleidung sich dieser Journalist leisten konnte. Er musste von einer der großen Tageszeitungen kommen.

»Mein Name ist Stuart McKay.« Der Fremde streckte Tommy die Hand entgegen. »Ich bin Tierarzt und wollte mir einmal Ihr Pferd ansehen, von dem man so viel hört und liest.«

»Dr. Stuart McKay?« Tommy konnte seine Überraschung kaum verbergen. »Etwa der Herzspezialist?«

Der freundliche Mann nickte. »Ja, auf Herzensangelegenheiten habe ich mich spezialisiert, das stimmt.« Er lächelte und sah dabei plötzlich zehn Jahre jünger aus.

Tommy blieb vor Staunen der Mund offen stehen. Jetzt hatte Bobby es schon so weit gebracht, dass die berühmtesten Tierärzte Australiens ihn aufsuchten, um Untersuchungen an ihm durchzuführen! Wo sollte das alles noch enden?

Telford ließ seinen Blick schweifen. Er konnte die Anlage bereits vor seinem inneren Auge sehen. Hier würde das Wohnhaus in neuem Glanz erstrahlen, dort drüben sollten die Stallungen stehen, mit den Räumen für die Stallburschen im Dachgebälk, und dahinter die Rennbahn. Endlich war er am Ziel seiner Träume angelangt und die ersten Jährlinge, die er erworben hatte und aus denen er Champions machen würde, wurden bereits in wenigen Tagen erwartet. Es würde niemanden geben, der das Wort Braeside nicht mit Ehrfurcht ausspräche, wenn er mit seiner Arbeit erst einmal angefangen hatte.

Doch zuvor gab es noch eine Menge zu tun, und sobald Phar Lap, der all dies durch seine Siege finanzierte, aus seinem Urlaub zurückkehrte, würde er hier ein neues Zuhause vorfinden.

»Ich könnte drei Phar Laps gebrauchen«, murmelte Harry Telford vor sich hin, während er sich auf dem Absatz drehte und begutachtete, was die Arbeiter noch alles zu tun hatten, bis sein eigener Rennstall so aussah, wie er sich das wünschte. Von der Investition in die Jährlinge einmal ganz zu schweigen. Mit Unbehagen dachte Telford daran, dass irgendwann auch der Tag kommen würde, an dem er Davis mehr als die vereinbarten dreißig Prozent von Phar Laps Siegesprämien abtreten musste. Ihre Vereinbarung war auf den Zeitraum von drei Jahren beschränkt. Danach gehörte Phar Lap wieder zu hundert Prozent Mr Davis. Doch nach all dem, was Telford für das Pferd und Davis getan hatte, war der Eigentümer moralisch verpflichtet dem Trainer ein faires Angebot zur Beteiligung zu machen. Und überhaupt: Bis dahin würde er, Telford, bereits die ersten Früchte seiner jetzigen Arbeit ernten können und Phar Lap war dann nur noch einer unter vielen Champions, die sein Brandzeichen trugen.

Nein, von jetzt an konnte es eigentlich nur noch bergauf gehen. Da war sich Harry Telford ganz sicher.

13

»Es war sicherer, sein Geld auf Phar Lap zu setzen, als es der Bank zu überlassen.«
GEOFF ARMSTRONG/PETER THOMPSON, PHAR LAP

»Ist mit Bobby alles in Ordnung?« Tommy rannte auf Jim Pike zu, der sich soeben aus dem Sattel gleiten ließ. Sein Gesichtsausdruck spiegelte deutlich die Sorge um das Wohlbefinden des Pferdes wider. Er war regelrecht blass.

»Natürlich ist mit ihm alles in Ordnung. Warum sollte es nicht so sein?« Pike war nach diesem Rennen noch ein wenig außer Atem, während Phar Lap einen recht entspannten Eindruck machte.

»Aber er hat mit nur einer halben Länge Vorsprung vor Nightmarch gewonnen! Ich dachte, er hätte vielleicht gelahmt und du hättest ihn zurückhalten müssen. Stimmt etwas mit seinem Huf nicht? Hat er wieder Schmerzen?«

Jim Pike konnte nicht anders. Er musste lachen. »›Nur mit einer halben Länge Vorsprung!‹ Du solltest dich mal reden hören! Auf jeden Fall hat er gewonnen. Was spielt es da für eine Rolle, mit wie vielen Längen?«

»Aber warum so knapp?«, drängte Tommy. »Bis jetzt hat er jedes Rennen dieser Saison mit mindestens drei Längen Vorsprung gewonnen! Was war heute los? Ist er erschöpft?«

Jim schüttelte den Kopf und öffnete gerade den Mund,

um zu antworten, als der erste Reporter mit gezücktem Stift und Schreibblock auf den Jockey zukam.

»Mr Pike! Was war heute mit Phar Lap los? Ist das Wunderpferd am Ende?«

Jim, der soeben noch fröhlich versucht hatte Tommy von seinen Sorgen um Phar Lap zu befreien, machte plötzlich ein sehr ernstes Gesicht. »Tja«, seufzte er, während sich drei weitere Reporter um ihn scharten, um die ersten Worte des Rennreiters nach diesem AJC Spring Stakes auf Papier zu bannen und sie der Weltöffentlichkeit zukommen zu lassen. Pike schüttelte sorgenvoll den Kopf. »Ich kann es Ihnen auch nicht sagen, meine Herren.« Er zuckte die Schultern. »Zuerst lief alles wie immer, aber dann schien Phar Lap die Luft auszugehen ...« Er warf Tommy einen mahnenden Blick zu.

Der Stallbursche stand mit offenem Mund da. Hatte Piky ihn nicht gerade noch ausgelacht, als er sich Sorgen um Bobby gemacht hatte? Und jetzt erzählte er den Reportern, Phar Lap sei die Luft ausgegangen?

»Vielleicht ist er ja nur erschöpft und braucht ein wenig Ruhe ...«, fuhr der Jockey fort.

»Erschöpft, sagen Sie?« Einer der Journalisten schob sich seinen breitkrempigen Hut aus der Stirn. »Aber ist der ›Rote Blitz‹ nicht bereits für das AJC Craven Plate, das in vier Tagen stattfindet, gemeldet?«

»Wäre es da nicht besser, ihn aus dem Rennen zu nehmen und ihm ein paar Tage Ruhe zu gönnen?«, setzte sein Kollege hinterher.

»Aber die Saison läuft doch gerade erst einen guten Monat. Wie soll das Pferd denn da schon erschöpft sein? Das war doch heute erst das vierte Rennen!«

Die Reporter schienen fast vergessen zu haben, dass sie gerade ein Interview führten, und diskutierten angeregt untereinander, während sich Jim und Tommy schweigend ansahen.

»Und was ist mit dem Caulfield Cup und vor allem dem Melbourne Cup, der in genau einem Monat stattfindet? Wird Phar Lap da laufen?« Die Aufmerksamkeit der vier Männer richtete sich wieder auf den Jockey.

Jim Pike zuckte erneut mit den Achseln. »Das dürfen Sie mich nicht fragen, meine Herren, ich bin schließlich nur der Jockey, nicht der Trainer dieses Pferdes.«

»Aber wie sehen Sie seine Chancen, wenn es um die Kondition des ›Roten Blitzes‹ so schlecht bestellt ist?«

Jim Pike zog die Mundwinkel nach unten und legte die Stirn in tiefe Falten. Und Tommy stellte fest, dass diese Mimik mehr Besorgnis zum Ausdruck brachte, als Worte es gekonnt hätten. »Und nun entschuldigen Sie mich bitte, meine Herren, wir müssen uns um das Pferd kümmern.« Pike drückte Tommy Phar Laps Zügel in die Hand und durchbrach den Kreis der Journalisten, die ihm ausnahmslos mit bekümmerten Gesichtern hinterherblickten.

Tommy legte den Stapel Zeitungen zur Seite und widerstand mühsam dem Drang, nach Bobby zu sehen. Er hatte sich gestern nach dem Rennen und heute früh ausgiebig davon überzeugt, dass mit dem Pferd alles in Ordnung war. Phar Lap war gesund und in bester Verfassung. Daran bestand kein Zweifel. Auch wenn in den Zeitungsartikeln etwas ganz und gar anderes behauptet wurde. Einstimmig war da von Erschöpfung, Krankheit und Überforderung des Wunderpferdes die Rede. Unterschiedlich beurteilten die Journalisten lediglich die Gründe für Phar Laps schlechten Zustand. Während die einen Harry Telford die Schuld gaben, der das Pferd zu hart trainiere und ihm nicht genügend Pausen gönne, behaupteten die anderen, Phar Lap sei wohl doch niemals das Ausnahmepferd gewesen, für das es alle gehalten hätten. Er habe lediglich einige glückliche Momente erlebt, aber sei nicht in der Lage, kontinuierlich gute Leistungen zu erbringen.

Tommy schloss die Augen und massierte sich mit den Fingern seiner rechten Hand die Stirn. Er erschrak, als er plötzlich eine Stimme hörte.

»Na, wie stehen die Quoten?« Es war Jim Pike, der vor ihm stand.

Tommy grinste. »Auf jeden Fall deutlich besser als gestern«, sagte er.

»Dann lohnt es sich also wieder, auf Phar Lap zu setzen?«

»Es lohnt sich immer, auf das richtige Pferd zu setzen«, antwortete Tommy. »Nightmarch gilt als Favorit für das AJC Craven Plate.«

»O ja«, sagte der Jockey. »Nightmarch ist ein verdammt gutes Pferd. Wenn es Phar Lap nicht gäbe …« Er ließ offen, was wäre, wenn es Phar Lap nicht gäbe.

Der Stallbursche wusste auch so, was sein Freund meinte.

»Er lässt ihn tatsächlich starten?«

»Ist das nicht unverantwortlich?«

Tommy versuchte den Ansturm der Fragen zu ignorieren, während er Bobby für das Rennen fertig machte und noch einmal ausgiebig den Vorderhuf des Pferdes überprüfte. Dieser Huf war eindeutig Phar Laps Schwachstelle. Seine Achillesferse. Doch er war in einem guten Zustand.

Tommy war froh, als in diesem Augenblick Harry Telford aufkreuzte und sich die Zeitungsreporter auf ihn stürzten wie Motten auf ein Licht. Sollte sein Boss sich doch die Antworten aus den Fingern saugen.

Er ließ seinen Blick schweifen und entdeckte den Trainer von Nightmarch, Phar Laps einzigem Konkurrenten. Er war ebenfalls von einer Horde Journalisten umringt. Zwar konnte Tommy kein Wort verstehen, doch er sah den zuversichtlichen Gesichtsausdruck des Mannes und wandte sich mit einem schlechten Gewissen ab. Wie bitter würde die Enttäuschung für ihn sein, wenn der Ausgang des Rennens feststand.

»Phar Lap siegt mit sieben Längen Vorsprung vor Nightmarch in zwei Minuten und drei Sekunden und stellt damit einen neuen australischen Rekord auf«, verkündete der Kommentator, als wäre dies das Selbstverständlichste der Welt. »Es gibt anscheinend nichts, was dieses Pferd aufhalten kann.«

Obwohl Tommy nichts anderes erwartet hatte, freute er sich über das Ergebnis. Seine Freude wurde aber getrübt, als er Nightmarchs Trainer auf sich zukommen sah.

»Glückwunsch, Tommy«, sagte der Mann, aber tiefe Bitterkeit lag in seiner Miene.

»Danke, Mr McAulay.« Tommy knetete verunsichert das Tuch in seinen Händen, mit dem er Bobby trocken rieb. Obwohl der Fuchs wie immer kaum geschwitzt hatte.

»Weißt du, ob Telford Phar Lap im Caulfield Cup laufen lässt?«

Tommy konnte einen Hoffnungsschimmer in den Augen des Neuseeländers sehen, aber er wusste auch, dass seine Antwort diese Hoffnung zerstören würde: »Soweit ich weiß, schon«, sagte er.

Der Mann schüttelte den Kopf. »Verdammt!«, fluchte er. »Ich habe die Nase voll davon, immer nur Zweiter zu werden. Dabei bin ich mit Nightmarch extra wegen des Cups aus Neuseeland angereist. Aber wenn die Sache so aussieht, dann versuche ich mein Glück lieber im Wellington Cup. Das ist vielleicht kein so bedeutendes Rennen, aber dafür haben wir wenigstens mal wieder Aussichten auf einen Sieg.« Er tippte sich zum Gruß an die Krempe seines Hutes und drehte sich auf dem Absatz um. Tommy konnte den Mann weiterhin leise vor sich hin fluchen hören, während er sich entfernte.

Tommy blieb mit zwiespältigen Gefühlen zurück. Natürlich freute er sich über Phar Laps absolute Überlegenheit. Andererseits tat ihm der Mann leid. Und die Wut, die er bei ihm gespürt hatte, machte ihm auch ein wenig Angst. Wie viele Rennpferdbesitzer und -trainer gab es noch, die Phar Lap so eindeutig zum Teufel wünschten? Oder wenigstens dahin, wo der Pfeffer wächst?

14

»Phar Lap ist nicht nur ein Rennpferd –
er ist ein Geschäft,
und zwar ein sehr profitables und wichtiges …«
ANDREW BARTON PATERSON, IN: THE SYDNEY MAIL

»Wenn Nightmarch nicht im Caulfield Cup startet, dann bleibt als ernst zu nehmender Gegner für Phar Lap in diesem Rennen lediglich Amounis übrig.«

»Es gibt für Phar Lap überhaupt keinen ernst zu nehmenden Gegner. Er wird auch gegen Amounis im Caulfield Cup gewinnen«, widersprach Harry Telford dem Eigentümer des Wunderpferdes. »Ebenso wie er im Melbourne Cup gegen ihn gewinnen wird«, fügte der Trainer hinzu und in seiner Stimme schwang eine gehörige Portion Stolz mit.

»Das ist richtig«, bestätigte Mr Davis. »Und was bedeutet das für die Wettquoten?«

Telford schnaubte. »Ganz Australien weiß, dass Phar Lap nicht zu besiegen ist. Was glauben Sie, wie da die Quoten ausfallen?«

Mr Davis lehnte sich in seinem Stuhl zurück. »Nun, wenn ich Buchmacher wäre, dann würden die Quoten für einen Doppelsieg Phar Laps außerordentlich gering ausfallen. Außerordentlich.«

»Eben«, sagte Telford und sah sein Gegenüber misstrauisch an. Worauf wollte David bloß hinaus? Er stellte hier Rechenaufgaben auf, die jeder Erstklässler in Australien bewältigen konnte.

»Wenn ich aber nun darauf wetten wollte, dass Amounis im Caulfield Cup gewinnt und Phar Lap im Melbourne Cup …«

»… dann sähen die Quoten zwar besser aus, aber Sie hätten nichts davon, denn so wird es nicht kommen«, unterbrach Telford.

Mr Davis legte die Fingerspitzen aneinander und schwieg. »Sagen Sie mal, Harry«, begann er nach einer Pause, »verschlingt Ihr Unternehmen in Braeside nicht Unsummen? Ich meine, der Umbau des Hauses und der Stallungen, die vielen Jährlinge … Wie viele haben Sie eigentlich jetzt?«

»Etwa dreißig«, knurrte Telford, der ungern darüber nachdachte, dass er die finanzielle Belastung deutlich unterschätzt hatte.

»Und reicht das, was Phar Lap an Siegesprämien nach Hause bringt, damit Sie all Ihren Verpflichtungen nachkommen können?«

Jetzt war es Telford, der schwieg.

»Oder käme Ihnen ein satter Wettgewinn zusätzlich nicht ganz gelegen?«

Telford schwieg immer noch, während er sich im Stillen fragte, ob er Davis' Andeutungen tatsächlich richtig verstanden hatte.

Als jemand in diesem Augenblick zaghaft gegen die Tür klopfte, zuckten Davis und Telford zusammen wie zwei

Schuljungen, die erwischt worden waren, wie sie gerade einen Streich ausheckten.

»Ja?«, sagte Mr Davis und die Tür wurde geöffnet.

Tommy streckte den Kopf herein. Er fühlte sich unbehaglich, als er die Blicke der beiden Männer sah, die ihn musterten wie einen Einbrecher. »Ich habe Bobby versorgt, Sir«, wandte er sich an Harry Telford. »Und …«

»Du sollst ihn Phar Lap nennen«, ermahnte der Trainer, ohne seinen Stallburschen anzusehen. »Der Name des Pferdes ist Phar Lap.«

»Ja, Sir«, antwortete Tommy. »Ich habe Bo… ich meine, Phar Lap versorgt und wollte fragen, ob Sie mich heute Abend noch brauchen.«

Harry Telford antwortete nicht gleich. Und David Davis sprach in die Stille: »Gehst du mit deinem Mädchen aus, Tommy?«

Tommy wurde ein wenig rot. »Ja, Sir«, antwortete er. »Sie heißt Emma, und da wir ja morgen Richtung Melbourne aufbrechen, dachte ich, ich könnte sie heute vielleicht noch einmal sehen.«

Telford nickte. »Ist gut, Tommy, wenn du alles für die Reise vorbereitet hast, kannst du gehen.«

»Danke, Sir«, sagte Tommy. »Einen schönen Abend noch«, grüßte er und schloss die Tür hinter sich. Kaum war sie ins Schloss gefallen, atmete er erleichtert aus. Er wusste nicht, was in diesem Raum gerade geschehen war, aber die Luft darin war zum Zerreißen gespannt gewesen. Er klopfte sich auf die Hemdtasche und ertastete dort den Geldschein, den Piky ihm zugesteckt hatte. Emma würde

Augen machen, wenn er sie ins Lichtspieltheater einlud! Hatte er ihr eigentlich schon erzählt, dass die erste Kinematografie Sydneys genauso alt war wie er?

Tommy hoffte, dass sich dieser Abend mit Emma harmonischer gestalten würde als der letzte, an dem Emma sich wieder einmal darüber beschwert hatte, dass er kaum Zeit für sie erübrigen konnte und sie sich so gut wie nie sahen. Aber was sollte er daran schon groß ändern? Er war Phar Laps Stallbursche. Also musste er natürlich dort sein, wo das Pferd war: auf Braeside in der Nähe von Melbourne – etwa fünfhundert Meilen von Sydney und damit auch von Emma entfernt! Es wurde wohl Zeit, dass sie einen Termin für die Hochzeit fanden, damit Emma endlich zu ihm kommen konnte. Aber wovon sollte er das bezahlen? Er war ja schon froh, wenn Piky ihm hin und wieder mal ein paar Pfund zusteckte!

Phar Lap war unruhig. Er schlug mit dem Kopf und wieherte. Er rief nach Tommy. Doch nichts, keine Antwort. Er wieherte noch einmal. Lauter diesmal. Doch wieder wurde sein Ruf nicht erhört.

Der Fuchs schnaubte, seine Augen wanderten unruhig in der Box hin und her. Er hatte heute beobachtet, wie Tommy seine Reiseutensilien in den Händen gehalten hatte. Und Phar Lap wusste, wenn Tommy Decke und Bandagen hervorholte, dann stand eine Reise bevor. Das war nicht weiter schlimm. Phar Lap war es egal, in welchem Stall er stand oder auf welcher Rennbahn er lief. Solange Tommy dabei war.

Aber Tommy war nicht da!

Wieder rief Phar Lap nach seinem Stallburschen. Und wieder erhielt er keine Antwort. Langsam wurde Phar Lap panisch.

Tommy war erschöpft. Sie hatten einen Film mit Buster Keaton gesehen. *Steamboat Bill Junior.* Und natürlich hatte Emma das Gespräch anschließend wieder auf die eine Frage gelenkt: wann die räumliche Trennung denn endlich ein Ende habe. Danach hatte er sich nur noch nach seinem Bett gesehnt. Es war wirklich ein verdammt langer Tag für einen jungen Mann, der jeden Morgen um halb vier aufstand. Und er mochte gar nicht daran denken, welche Anstrengungen ihn bei der morgigen Zugfahrt mit Phar Lap erwarteten.

Doch kaum hatte er die Stallungen betreten, als auch schon Luang auf ihn zustürzte und ihn aufforderte mit ihm gemeinsam nach Phar Lap zu sehen. Der Fuchs randalierte seit geraumer Zeit in seiner Box und war durch nichts und niemanden zu beruhigen.

Sobald Tommy das Stallabteil betrat, wurde der »Rote Blitz« friedlich. Das Pferd legte seinen massigen Kopf auf Tommys Schulter, rieb sich an seinem Hals und stieß einen nahezu menschlichen Seufzer der Erleichterung aus.

Luang, der sich das Schauspiel aus sicherem Abstand ansah – er hatte zuvor versucht Phar Lap zu beruhigen und war nur knapp mit dem Leben davongekommen, wie er zumindest behauptete –, konnte kaum an sich halten vor Lachen. Tommy schien unter dem riesigen Pferd fast zu verschwinden und dennoch war er derjenige, der bei diesem ungleichen Paar der »Stärkere« war.

Nicht nur Luang rätselte, was es eigentlich war, das Tommy zu Phar Laps bestem Freund machte. Fast jeder im Stall hätte nur zu gern Tommys Geheimnis gekannt. Aber er kannte es ja selbst nicht. Wie sollte er es den anderen dann verraten?

Als der Wecker am nächsten Morgen um halb vier schellte, glaubte Tommy zunächst an einen Irrtum. Er fühlte sich wie gerädert. Doch es nutzte nichts. Er musste aufstehen und Phar Lap für die bevorstehende Fahrt fertig machen.

Mr Telford hatte für Phar Lap und Tommy auf halber Strecke in Albury einen Zwischenaufenthalt arrangiert. Aber auch bis dahin würden sie eine lange Bahnreise zu bewältigen haben und Tommy hoffte inständig, dass man ihnen diesmal ein einigermaßen anständiges Stallabteil zuwies.

Selbst das bessere Stallabteil änderte allerdings nichts daran, dass beide bei der Ankunft in Albury erschöpft waren. Phar Lap jedoch hatte die Zugfahrt eindeutig besser verkraftet als Tommy, dem die lange Nacht und die Auseinandersetzung mit Emma noch in den Knochen steckte. Und so meldete er auch seinem Boss die Ankunft in Albury: Er versicherte dem Trainer, dass mit dem Pferd alles in Ordnung sei und einer Weiterreise am nächsten Tag nichts im Wege stehe, um rechtzeitig zu den Vorbereitungen für den Caulfield Cup in Melbourne einzutreffen.

»Wir haben Zeit, Junge«, erwiderte der Trainer durch

das Fernsprechgerät. »Vielleicht solltet ihr euch eine kleine Pause gönnen und ein paar Tage in Albury bleiben.«

Tommy stutzte. Seit wann war Harry Telford so großzügig ihm und Phar Lap eine Pause zu verschaffen?

»Es ist aber wirklich kein Problem, Sir«, versicherte er seinem Arbeitgeber. »Phar Lap ist fit. Nach einem kleinen Spaziergang morgen früh wird er die letzte Etappe nach Melbourne gut verkraften.«

»Ich sagte, macht eine Pause«, wiederholte Telford und klang auf einmal wieder streng. »Wir sprechen uns in drei Tagen und sehen dann, wie es weitergeht. Hast du verstanden?«

Tommy zog die Augenbrauen hoch, so dass die Dame von der Vermittlungsstelle ihn skeptisch ansah. »Ja, Sir«, antwortete er knapp und lauschte dem Klicken am anderen Ende der Leitung, als Telford die Verbindung nach einem kurzen Abschiedsgruß unterbrach.

Tommy sah stumm auf den Wandfernsprecher und grübelte darüber nach, ob er seinen Boss tatsächlich richtig verstanden hatte, so unwahrscheinlich erschien ihm dieser plötzliche Sinneswandel. Doch die Leitung war stabil gewesen, kein Knacken, kein Rauschen. Er konnte sich einfach nicht verhört haben.

»Alles in Ordnung?« Die junge Telefonistin betrachtete ihn besorgt.

Tommy zuckte zusammen. »Ja, ja, alles in Ordnung«, versicherte er und beeilte sich zurück zu Phar Lap in den Mietstall zu kommen, damit das Pferd in seiner Abwesenheit nicht wieder alles kurz und klein schlug.

Je länger Tommy darüber nachdachte, desto besser gefiel ihm die Aussicht, drei Tage mit Phar Lap so verbringen zu können, wie er es für richtig hielt. Natürlich stand er weiterhin um halb vier Uhr morgens auf und natürlich war er dafür verantwortlich, dass Phar Laps Kondition erhalten blieb, aber niemand redete ihm hinein, wann und wie er seinen Tag gestalten sollte. Und anstatt mit Phar Lap stupide Runden auf der Rennbahn zu drehen, bei denen sich das intelligente Tier nur langweilte, zog er es vor, mit Phar Lap durch die Straßen Alburys zu flanieren.

Phar Lap genoss es sichtlich, mit Tommy spazieren zu gehen. Er war überaus neugierig und Tommy merkte, wie das Pferd alles um sich herum wahrnahm, die Welt mit all seinen Sinnen untersuchte.

Die Straßen in Albury waren leer und in den frühen Morgenstunden, als sie ihren ersten Spaziergang unternahmen, begegneten sie nicht einer Menschenseele.

Frisch belegte Sandwichs und heißer Kaffee, stand auf einem selbst gemalten Pappschild, das an der Außenwand eines kleinen Shops hing. Es war nichts weiter als ein Verkaufsstand mit Zeitschriften, Tabak, Süßwaren und eben Kaffee und Broten.

Tommy merkte plötzlich, dass sein Magen knurrte, und beschloss, auf der Stelle sein Frühstück einzunehmen. »Guten Morgen«, grüßte er den Mann hinter der Theke und ließ seinen Blick über die Auslage schweifen.

»Guten Morgen«, erwiderte der Verkäufer und musterte Phar Lap verwundert, der seinen riesigen Kopf mit vibrierenden Nüstern über Tommys Schulter streckte.

»Ich hätte gerne ein Käsesandwich«, bestellte Tommy, »und eine Zeitung.«

Der Mann reichte ihm das Bestellte, Tommy zahlte und lehnte sich an einen der Stehtische, die vor dem Geschäft aufgebaut waren. Phar Lap bettelte um seinen Anteil und Tommy brach ihm ein Stück vom Weißbrot ab. Während beide kauten, schlug Tommy die Zeitung auf.

PHAR LAP ERKRANKT?

Als Tommy die Schlagzeile las, verschluckte er sich fast.

Wie Harry Telford, der Trainer von Australiens Wunderpferd, auf einer Pressekonferenz mitteilte, geht es Phar Lap nach einer anstrengenden Zugfahrt schlecht. Das Pferd befindet sich gemeinsam mit seinem Stallburschen Treve Woodcock auf dem Weg von Sydney nach Melbourne, wo es am Caulfield Cup und am Melbourne Cup teilnehmen soll. Aufgrund mehrerer Verzögerungen während der Reise, die der Bahnbetreiber zu verschulden habe, sei Phar Lap in schlechter Verfassung in Albury eingetroffen. Deshalb habe Mr Telford beschlossen Phar Lap einige Tage in Albury pausieren zu lassen, um jegliches Risiko einer ernsten Erkrankung zu vermeiden. Der Bahnbetreiber, die Victoria Railway, dementierte jedoch die Meldung, es habe bei der besagten Zugfahrt Schwierigkeiten gegeben. »Es verlief alles planmäßig«, ließ der Pressesprecher des Unternehmens verlauten.

Tommy sah Phar Lap verwundert an. Das Pferd machte nicht im Geringsten einen kranken Eindruck. Ganz im Gegenteil. Mit gespitzten Ohren und schief gelegtem Kopf bettelte es wie ein junger Hund nach einem weiteren Bissen von dem frischen Brot. Als Tommy den »Roten Blitz« nun ansah, scharrte er sogar mit einem Vorderhuf über den Boden.

Wie ein Hund, der Pfötchen gibt, dachte Tommy. Er blickte noch einmal in die aufgeschlagene Zeitung, die vor ihm auf dem Tisch lag. Der Artikel war immer noch da. Er hatte sich nichts davon eingebildet.

Am nächsten Morgen führte Tommys Weg ihn schnurstracks zu dem kleinen Verkaufsshop. Und zwar nicht nur weil das Sandwich am Vortag tatsächlich frisch und lecker gewesen war, sondern vor allem weil er voll Neugier die Tageszeitung erwartete.

Diesmal sah der Verkäufer Phar Lap nicht einmal mehr verwundert an. Er behandelte Tommy wie jeden anderen Kunden, der mit seinem Hund an der Leine einen Morgenspaziergang unternimmt. Tommys Hund war halt nur ein Stückchen größer.

PHAR LAPS TEILNAHME AM CAULFIELD CUP ZWEIFELHAFT!

Auch heute wollte Trainer Harry Telford keine Entwarnung geben. Phar Laps Zustand sei weiterhin kritisch, sagte er. Wenn sich am Gesundheitszustand des Pferdes in den nächsten vierundzwanzig Stunden nichts ändere, müsse in Erwägung gezogen werden, das Pferd von dem Rennen zurückzuziehen.

David Davis, der Besitzer des Pferdes, ließ dagegen verlautbaren, er sehe keinen Grund, Phar Lap aus dem Caulfield Cup zu streichen.
Spekulationen darüber, dass Nightmarchs Absage am Caulfield Cup und seine vorzeitige Rückkehr nach Neuseeland mit Phar Laps Präsenz zu tun habe, wurden vom Trainer des Kiwi, Mr McAulay, verneint.
Währenddessen werden weiterhin die beliebten Doppelwetten auf den Ausgang der beiden wichtigsten Pferderennen Australiens platziert. Nachdem jedoch eine Teilnahme des Favoriten zumindest in Zweifel gezogen werden darf, verzeichnen die Buchmacher ein steigendes Interesse an Amounis, der das Rennen machen könnte, falls Phar Lap tatsächlich vorzeitig ausscheidet.

Tommy schüttelte ungläubig den Kopf. Er sah sich nach links und nach rechts um. Bei dem Medieninteresse an Phar Lap war es erstaunlich, dass man ihn hier so unbehelligt durch die Straßen ziehen ließ. Warum kam keiner der Reporter auf die Idee, sich selbst ein Bild über Phar Laps Zustand zu machen? Es war schließlich kein Geheimnis, dass sich das Pferd in Albury aufhielt. Gestern waren Phar Lap und er ungefähr zehn Meilen quer durch das Städtchen spaziert und niemand hatte ihn auf das Pferd angesprochen! Tommy kratzte sich am Kopf. War er leichtsinnig, wenn er sich mit Phar Lap in der Öffentlichkeit zeigte? Andererseits – er hatte nichts zu verbergen. Was für ein Spiel Telford auch immer spielte, ihn hatte jedenfalls niemand eingeweiht und er hatte auch keine speziellen Verhaltensmaßregeln von seinem Boss erhalten.

Nein. Tommy fasste einen Entschluss. Er würde weiterhin das tun, was ihm und Phar Lap gut bekam. Und das waren nun einmal Spaziergänge.

Am nächsten Tag joggte Tommy zum Verkaufsstand und Phar Laps Hufe klackerten auf dem Pflaster, als er Tommy hinterherlief. Der junge Mann konnte es kaum erwarten, die Zeitung in den Händen zu halten, nachdem sein Boss es anscheinend nicht für nötig befand, ihn auf anderem, persönlicherem Wege von seinen Entscheidungen in Kenntnis zu setzen.

»Wie immer?«, fragte der Mann hinter dem Tresen an diesem dritten Morgen und Tommy begann sich in Albury heimisch zu fühlen. Die Uhren schienen hier langsamer zu laufen als in Sydney oder Melbourne. In den beiden großen Städten – so viel zumindest war Tommy in den letzten Tagen klar geworden – hätte er nicht unerkannt mit Phar Lap durch die Gegend gehen können. Diese Form der Anonymität, die sie hier genossen, barg also durchaus ihre Vorteile.

PHAR LAP AUS DEM CAULFIELD CUP GESTRICHEN!

Nach den Spekulationen über die Teilnahme des Wunderpferdes am Caulfield Cup in den letzten Tagen herrscht nun endlich Klarheit: Phar Lap wird an diesem Rennen nicht teilnehmen. Harry Telford trat noch gestern vor die Presse und begründete seine Entscheidung damit, dass er sich dazu

verpflichtet fühle, das Pferd in möglichst guter Verfassung an seinen Eigentümer zurückzugeben, auch auf die Gefahr hin, dass das Publikum sein Verhalten missbillige. Er wies darauf hin, dass seine Vereinbarung mit Mr Davis in Kürze auslaufe und sie sich darauf verständigt hätten, dass ein Sieg des »Roten Blitzes« beim Melbourne Cup das wichtigere Ziel sei.

Tommy schlug die Zeitung zu. Sein Blick glitt ins Leere. Was hatte das alles bloß zu bedeuten? Nun, vielleicht brachte ihm das für heute vereinbarte Telefonat mit Telford Klarheit. Obwohl Tommy nicht wusste, ob er nicht bereits sehr klar sah!

15

»… der schwarze Wagen wendete auf der James Street und bog in die Etna Street ein. Dann machte es ›peng‹!«
ROBERT PHILPOT, AUGENZEUGE

Harry Telford drehte und wendete das unscheinbare weiße Kuvert, das er aus seinem Briefkasten gezogen hatte, in seinen Händen. Nichts daran war außergewöhnlich und dennoch beschlich den Mann bei seinem Anblick ein ungutes Gefühl, ohne dass er hätte sagen können, woran das lag. Es standen weder Empfänger noch Absender auf dem Umschlag. Aber was bedeutete das schon?

Nichts, außer dass jemand sich offenbar die Mühe gemacht hatte, das Schreiben persönlich in seinen Briefkasten zu werfen.

Bei Nacht und Nebel.

Telford öffnete den Umschlag, zog das Papier heraus und entfaltete es.

ziEHeN sIE Phar Lap vOm Melbourne Cup ZurÜcK. ODer eS gESchleHt ein UnGlüCk!

Der Trainer schüttelte unwillkürlich den Kopf, während seine Augen auf den aus einer Zeitung ausgeschnittenen Lettern verharrten, als wären sie dort festgeklebt. Seit Amounis den Caulfield Cup gewonnen hatte, spielten offenbar alle verrückt. Und nun gab es also einen weiteren armen Irren. Aber er wäre nicht Harry Telford, wenn er sich so einfach ins Bockshorn jagen lassen würde!

Einem ersten Impuls folgend wollte er das Blatt schon zerreißen, als er sich eines Besseren besann und es in die Schublade seines Kommodentischchens legte. Man konnte schließlich nie wissen!

Tommy war gespannt, was ihn erwarten würde, als der Zug die letzten Meter in den Bahnhof von Melbourne einrollte. Er strich Phar Lap beruhigend über die Stirn, als der Waggon ein letztes Mal ruckelte und die Eisenräder mit einem Quietschen zum Stillstand kamen. Wenn die Zeitungsmeldungen ein realistisches Bild wiedergaben, dann war sein Boss mit Phar Laps Rückzug aus dem Caulfield Cup ordentlich ins Kreuzfeuer der öffentlichen Kritik geraten.

Tommy trat auf den engen Flur vor Phar Laps Reiseabteil, zog das Milchglasfenster hinunter und streckte vorsichtig den Kopf durch den schmalen Spalt. Dann prallte er förmlich zurück. Der Bahnsteig quoll über vor Menschen. Hunderte Schaulustiger hatten sich versammelt, um Phar Lap zu begrüßen! Einige schwenkten sogar Fähnchen!

Tommy schüttelte entsetzt den Kopf. In Albury hatten sich nicht einmal die Straßenköter für sie interessiert und hier war die Ankunft des Melbourne-Cup-Favoriten das Topereignis des Tages!

Der Jubel schwoll noch einmal an, als Tommy Phar Lap über die Laderampe auf den Bahnsteig führte. Jeder versuchte so dicht wie möglich an den großen Fuchs heranzukommen, ihn im besten Falle einmal zu berühren! Tommy sah elegant gekleidete Damen, Herren in feinem Zwirn und mindestens ebenso viele ärmlich wirkende Menschen, Opfer der Weltwirtschaftskrise. In seiner Heimatstadt Sydney war jeder Vierte mittlerweile ohne Arbeit. Rund 250000 Menschen. Aber alle, egal ob reich oder arm, wünschten dem Pferd viel Glück.

Uniformierte bahnten für Tommy und Phar Lap einen Weg durch die Menschenmenge, doch trotz der Polizeipräsenz ging es nur langsam voran.

Phar Lap blieb angesichts des Gedränges erstaunlich ruhig. Er hielt sich zwar dicht an Tommys Seite, als benötigte er seinen Schutz, und sah sich aufmerksam um, aber von Nervosität oder gar Panik war er weit entfernt.

Tommy suchte nach Mr Telford, der ihn mit einem Transporter abholen wollte. Aber er konnte ihn nirgends entdecken. Stattdessen sah er etwas, das sein Herz für einen Moment aus dem Takt kommen ließ: ein Schild, das an einer langen Holzstange befestigt war und auf dem stand: *Phar Lap – Gehilfe des Teufels! Rettet eure Seelen, solange ihr es noch könnt!*

Tommy konnte nicht erkennen, wer das Schild in die Höhe hielt. War es die gleiche ältere Frau, die er schon einmal getroffen hatte? Oder gab es noch mehr Verrückte, die Angst um das Seelenheil der Wettlustigen hatten? Eine erschreckende Vorstellung.

Während er darüber nachsann, passte Tommy einen Augenblick nicht auf und stieß mit einem Mann zusammen. Der leichte Ruck an Phar Laps Führhalfter genügte, um das Pferd scheuen zu lassen. Doch schon hatte sich Tommy wieder gefangen und jetzt sah er auch Mr Telford, der vergeblich versuchte sich eine Horde Reporter vom Leib zu halten.

Nur noch wenige Schritte, dann hatten Tommy und sein Pferd das Ende des Bahnsteiges erreicht!

»So machen Sie doch Platz, meine Damen und Herren!«, riefen die Uniformierten ein ums andere Mal. »Bitte treten Sie ein Stück zurück!« Mit sanfter Gewalt schoben sie die Menschen zur Seite und schafften auf diese Weise eine schmale Gasse für Tommy und den »Roten Blitz«, die sich über die gesamte Länge des Bahnsteiges hinzog.

Selbst als sie das Gebäude verließen und auf den Transporter zugingen, den Mr Telford vor dem Bahnhof geparkt hatte, folgte ihnen noch eine Menschentraube.

Tommy stieß ein Dankesgebet aus, als er endlich die Laderampe hinter Phar Lap schließen konnte.

Harry Telford ärgerte sich immer noch über die Unverschämtheiten der Journalisten, als er den Schlüssel ins Schloss seiner Haustür steckte und umdrehte. Mit was für Fragen und Unterstellungen sie ihn heute am Bahnhof wieder bombardiert hatten! Jedenfalls war er froh, dass Phar Lap nun endlich wieder sicher und wohlbehütet in seinem Stall stand. Gleich morgen Nachmittag wollte er mit dem Training beginnen, damit das Pferd für das bevorstehende Melbourne Stakes fit war.

Telford hängte sein Jackett an die Garderobe und legte

den Schlüssel auf den Kommodentisch im Flur. Er wollte sich gerade abwenden, als er aus den Augenwinkeln etwas Weißes am Boden wahrnahm, das dort nicht hingehörte. Er runzelte die Stirn. Form und Farbe des Umschlags kamen ihm auf unangenehme Weise vertraut vor. Jemand musste ihn in seiner Abwesenheit durch den Türschlitz geschoben haben.

Er seufzte und hob ihn auf.

HAbEn sie Keine anGSt, Phar Lap kÖNnte von EineM LAsteR ÜbeRFaHren wErDen?

Telford grunzte missmutig. Allmählich wurde ihm diese Sache wirklich lästig. Er öffnete die Schublade im Kommodentisch unter dem Wandtelefon und legte den zweiten Brief zum ersten. Vielleicht sollte er sich doch damit an die Polizei wenden? Aber er fürchtete, die Staatsmacht könnte ihm unangenehme Fragen zu seinen Wettgewohnheiten stellen, die er im Augenblick äußerst ungern beantworten würde.

Am nächsten Morgen führte Tommy Phar Lap durch ruhige Seitenstraßen Melbournes. Erstens konnte er nicht davon ausgehen, dass sie in der Hauptstadt ebenso unbehelligt blieben wie in Albury – das hatte der gestrige Empfang am Bahnhof eindrucksvoll bewiesen –, und zweitens lag Tommy ohnehin daran, so wenig wie möglich auf den Verkehr Rücksicht nehmen zu müssen. Auf die lieb gewonnenen Spaziergänge wollte er allerdings ebenso wenig verzichten wie Phar Lap. Acht bis zehn Meilen vor dem Frühstück durften es schon sein.

Phar Lap rieb seine Nüstern gerade genüsslich an Tommys Schulter und schnaubte, als der Stallbursche den Motor eines Wagens hinter sich hörte. Es war erst das dritte Fahrzeug, dem sie begegneten, und sie befanden sich bereits auf dem Rückweg zum Stall. Dennoch runzelte Tommy die Stirn. Der Motor wurde lauter, das Fahrzeug kam näher. Verdammt nah für Tommys Geschmack. Im Stillen stieß er wütende Schimpftiraden gegen den rücksichtslosen Fahrer aus. Die Straße war menschenleer, die Fahrbahn breit. Verstand es sich da nicht von selbst, dass man in einem ausreichenden Sicherheitsabstand und nicht ausgerechnet mit kreischendem Motor und Affenzahn an einem Pferd vorbeifuhr? Tommy war der Letzte, der kein Verständnis für die Freude an Geschwindigkeit aufbrachte, aber Rücksichtnahme gegenüber anderen Verkehrsteilnehmern war für ihn mindestens ebenso selbstverständlich!

Der Motor heulte jetzt bedrohlich auf, als der Fahrer noch einmal Gas gab. Instinktiv drängte Tommy Phar Lap zur Seite, ohne sich überhaupt nur nach dem Fahrzeug umzusehen, und streckte den Arm aus, damit der Wagen sie nicht schneiden konnte.

Zum Heulen des Motors kam jetzt noch das Quietschen der Reifen hinzu, als der Fahrer im letzten Moment am Lenkrad riss, um einen Bogen um Tommy zu machen, der sich schützend zwischen Phar Lap und das Fahrzeug stellte.

Tommy schrie vor Schmerz laut auf, als der Kleinlaster mit Wucht seinen Unterarm streifte. Phar Lap zuckte zusammen und schreckte zurück.

Der Fahrer des Transporters trat das Gaspedal bis zum Anschlag durch und verschwand mit quietschenden Reifen hinter der nächsten Ecke.

Zitternd und mit offenem Mund starrte Tommy dem Wagen hinterher, seinen verletzten Arm dicht an den Bauch gepresst und gleichzeitig Beschwörungsformeln für Phar Lap ausstoßend.

»Sind Sie verletzt? Ist alles in Ordnung?« Der Mann mittleren Alters kam quer über die Straße auf Tommy zu und umfasste seine Schulter.

»Ja, ja, es ist alles in Ordnung«, antwortete Tommy. Er konnte sein Handgelenk und die Finger bewegen und war erleichtert, dass zumindest nichts gebrochen zu sein schien. »Konnten Sie das Kennzeichen sehen?«, fragte er den Zeugen. Er selbst hatte in der Aufregung nicht daran gedacht und wäre vor Schmerzen wohl auch kaum dazu in der Lage gewesen.

Der Fremde schüttelte den Kopf und atmete schwer. »Das ist merkwürdig«, sagte er. »Ich habe versucht etwas zu erkennen, aber ich glaube …«, er machte eine Pause, als getraute er sich nicht weiterzusprechen, »… ich glaube, es war unkenntlich gemacht.«

Tommy sah den anderen schweigend an. Bislang hatte er noch gehofft, dass es sich lediglich um eine Unachtsamkeit des geflüchteten Fahrers gehandelt hatte. Nun aber wurde ihm mit einem Mal klar, dass Phar Lap und er tatsächlich

Opfer eines gemeinen Anschlags geworden waren. Aber warum? Wer konnte es auf Phar Laps oder sein Leben abgesehen haben? Wieder kam ihm die alte Frau in den Sinn, die mitten auf der Straße gegen Phar Lap gewettert hatte. Und wieder sah er das Schild auf dem Bahnsteig vor seinem inneren Auge: *Phar Lap – Gehilfe des Teufels. Rettet eure Seelen, solange ihr es noch könnt!*

Cashy sah schon von weitem, dass mit Tommy etwas nicht stimmte, als der mit Phar Lap im Schlepptau durch den imposanten Torbogen von Braeside die Stallungen betrat.

Imposant war nicht nur der Torbogen. Tatsächlich hatte Telford keine Kosten und Mühen bei der Errichtung seines eigenen Stalls gescheut. Und er hatte nicht nur bei der Auswahl der Materialien Sorgfalt walten lassen – er hatte auch die besten Mitarbeiter verpflichtet. Mit vor Stolz geschwellter Brust war Cashy vor seinem Umzug nach Braeside tagelang durch die Straßen Sydneys gewandelt und hatte jedem erzählt, dass er den großen Phar Lap im Training reiten würde. Er, Cashy Martin, und kein anderer! Verschwiegen hatte er bei seinem Bericht, dass seine Mutter ihm zunächst verboten hatte Telford zu begleiten. Mrs Martin wäre es lieber gewesen, ihren erst sechzehnjährigen Sohn noch eine Weile unter ihren eigenen Fittichen zu wissen. Aber schließlich hatte sie sich dem Bitten und Betteln ihres ehrgeizigen Nachwuchses gebeugt.

Jetzt aber, beim Anblick seines Freundes, war Cashy alles andere als feierlich zu Mute. Ihm war klar, dass etwas

Schlimmes geschehen sein musste. »Was ist los, Tommy?«, rief er und eilte auf den Älteren zu. »Was ist passiert?«

Tommy ging gebeugt und sein linker Hosenträger hing herab. Sein Arm schmerzte, als wäre der Lastwagen nicht nur dagegen, sondern vielmehr darüber gefahren. Er war froh Cashy zu sehen und drückte dem Jungen sofort Phar Laps Führleine in die Hand. »Bringst du Phar Lap bitte in seine Box und kümmerst dich um ihn? Ich muss zum Boss.«

»Aber was ist denn passiert?«

»Jemand hat versucht Phar Lap zu töten«, erzählte Tommy und wurde sich erst jetzt, vielleicht wegen Cashys offensichtlicher Fassungslosigkeit, der Ungeheuerlichkeit dieser Tatsache bewusst.

Mr Telford lauschte Tommys Bericht mit versteinerter Miene. Er konnte kaum glauben, was er da von seinem Stallburschen hörte. Oder möglicherweise wollte er auch nicht. Einen Augenblick überkam ihn beinahe so etwas wie ein schlechtes Gewissen. Hätte er Tommy etwa von den Drohbriefen erzählen müssen?

»Ich glaube, wenn ich mich nicht dazwischengestellt hätte, dann …«, Tommy kam es so unfassbar vor, dass er kaum wagte, es auszusprechen, »… dann hätten sie Phar Lap erwischt. Aber mich umzubringen haben sie sich dann doch nicht getraut.«

Mr Telford blickte aus dem Fenster, als er jetzt antwortete: »Ich habe Drohbriefe erhalten. Ich soll Phar Lap aus dem Melbourne Cup nehmen.«

»Oh« war alles, was Tommy dazu sagen konnte.

»Und in einem anderen Brief stand, dass man Phar Lap mit einem Lastwagen überfahren würde.«

»Oh!«

Mr Telford wandte sich zu dem Stallburschen um. Er schüttelte den Kopf und Tommy konnte sehen, dass es seinem Arbeitgeber leidtat. »Ich habe es nicht ernst genommen. Das war ein Fehler.«

Tommy nickte stumm. In der Tat. Das war ein Fehler gewesen, der ihn beinahe das Leben gekostet hätte. Ihn und Phar Lap.

PHAR LAP GEWINNT MELBOURNE STAKES!

Nur vier Tage vor dem Melbourne Cup, dem bedeutendsten Pferderennen Australiens, gewann Phar Lap die Melbourne Stakes in gewohnter Manier mit drei Längen Vorsprung vor Tregilla und strich damit tausend Australische Pfund an Preisgeld ein. Amounis, der Sieger des diesjährigen Caulfield Cups, an dem Phar Lap nicht teilnahm, kam nur auf Platz drei, gefolgt von Carradale auf Platz vier und Donald auf Platz fünf. Die Quoten für Phar Lap lagen bei fünf zu eins und für viele Freunde des Rennsports dürfte dieser Samstag damit ein erfolgreicher Wetttag gewesen sein.

Tommy stand in Phar Laps Box und kämmte seine Mähne und seinen Schweif aus, während er sich mit ihm unterhielt. Der »Große Rote«, wie er mittlerweile von vielen genannt wurde, schien ihm aufmerksam zuzuhören. Auf jeden Fall spitzte er die Ohren, drehte seinen Kopf immer wieder in Tommys Richtung und stupste ihn mit dem Maul an.

Tommy bückte sich gerade, um Phar Laps Hufe auszukratzen, als er hinter sich ein Räuspern hörte.

Es war Harry Telford, der vor der Boxenklappe stand und sich geheimnisvoll umsah, als wollte er ganz sicher sein, dass niemand zuhören konnte. Er winkte Tommy zu sich heran. »Ich habe noch einen Brief bekommen.« Telford flüsterte und strich sich nervös über die Stirn. »In dem steht, Phar Lap soll auf offener Straße erschossen werden.« Einen Augenblick lang zögerte er und überlegte, ob er Tommy auch von den Anrufen erzählen sollte. Doch dann entschied er sich dagegen. Es hatte keinen Sinn, den jungen Mann mit derartigen Dingen zu belasten. Es reichte, wenn er das Nötigste erfuhr.

»Erschossen?« Tommy spürte, wie sich die feinen Haare an seinen Unterarmen aufstellten.

Harry Telford schüttelte den Kopf. »Diese Verbrecher schrecken anscheinend vor nichts zurück. Aber so leicht lasse ich mich nicht einschüchtern. Phar Lap wird im Melbourne Cup laufen. Ob es denen nun passt oder nicht.«

Tommy hatte den Schreck vom letzten Mal noch nicht ganz überwunden. Seit dem Zusammenprall mit dem Lastwagen sah er überall Gespenster. Und die Ankündigung eines neuen Anschlags trieb ihm den Angstschweiß auf die Stirn. »Warum gehen Sie nicht zur Polizei?«

»Ach, die Polizei!«, sagte Telford. »Die stellt nur unangenehme Fragen und unternimmt sonst nichts.«

»Aber was sollen wir dann machen?«

»Du musst besonders gut auf Phar Lap aufpassen. Sobald dir etwas merkwürdig vorkommt, gibst du mir Bescheid.«

Tommy nickte. Falls ich dann noch Gelegenheit dazu habe, dachte er und beschloss, ab sofort nur noch dann mit Phar Lap in die Öffentlichkeit zu gehen, wenn er selbst auf einem Pferd saß. Dann konnten sie notfalls wenigstens schnell flüchten.

»Hören Sie, Sie sind doch krank!« Jim Pike knallte verärgert den Telefonhörer zurück auf die Gabel. Das war nun schon der zweite Anruf dieser Art in der vergangenen Woche und jedes Mal drohte ihm eine männliche Stimme Gewalt an, wenn er Phar Lap im Melbourne Cup reiten würde. Beim ersten Mal hatte Pike noch an einen schlechten Scherz geglaubt, aber jetzt wurde ihm allmählich doch mulmig zu Mute. Dabei ahnte er weder etwas von den Drohbriefen an Harry Telford noch wusste er, dass David Davis ebenso wie er von anonymen Anrufern bedrängt wurde. Vielleicht hätte er sich dann noch größere Sorgen gemacht.

Tommy seinerseits machte sich bereits sehr große Sorgen. Hinter jeder Ecke konnte eine dunkle Gestalt lauern oder in den morgendlichen Nebelfeldern auf eine Chance warten, ihn und Phar Lap zu töten.

Am Sonntag, zwei Tage vor dem großen Rennen, machte sich Tommy frühmorgens um Viertel vor sechs mit Phar

Lap auf den Weg zum Trainingsparcours. Viel lieber wäre er mit Bobby zum Strand geritten. Der Fuchs liebte es, durch die seichten Wellen zu laufen. Tommy ließ ihn dann sogar frei. Er konnte sich stets sicher sein, dass Phar Lap in seiner Nähe blieb. Doch ein solcher Ausflug war zurzeit zu gefährlich. Allein der kurze Weg vom Stall zur Rennbahn, der kaum mehr als eine halbe Meile betrug, bereitete Tommy schon genug Sorgen.

Die Straßen waren in der Morgendämmerung wie leer gefegt. Tommy schnalzte mit der Zunge und die zwei Pferde, der Grauschimmel, den er seit kurzem ritt, und Phar Lap, setzten sich gehorsam in Bewegung.

Sie hatten ihr Ziel beinahe erreicht, als Tommy den schwarzen Wagen am Straßenrand bemerkte. Durch das Heckfenster sah er die Silhouetten zweier Männer, die im Fahrzeug saßen. Als sein Blick auf das Kennzeichen fiel, wusste er, dass es jetzt so weit war: Die Ziffern waren mit weißer Farbe überschmiert und unkenntlich gemacht.

Tommys Herz schlug bis zum Hals, während er an dem Fahrzeug vorbeiritt. Das Seitenfenster war heruntergelassen und er sah den dunklen Trenchcoat und den dazu passenden Hut des Mannes auf dem Beifahrersitz. Doch sein Gesicht, das der Mann hinter einer Zeitung versteckte, die er anscheinend konzentriert studierte, konnte Tommy ebenso wenig erkennen wie die Person auf dem Fahrersitz.

Tommy versuchte sich seine Angst nicht anmerken zu lassen, um Phar Lap nicht zu beunruhigen. Doch der Fuchs kannte ihn gut genug, um zu spüren, dass irgendetwas nicht in Ordnung war. Er tänzelte bereits nervös und drängte zu einer schnelleren Gangart.

Als Tommy hörte, wie hinter ihnen der Motor des Wagens gestartet wurde, suchte er die Umgebung nach einer Möglichkeit ab, sich zu verstecken. Sein Blick fiel auf die elektrische Straßenbahn, die in diesem Augenblick die Straße vor ihnen kreuzte.

»Schnell, Bobby«, zischte Tommy und stieß gleichzeitig dem Grauschimmel die Fersen in die Flanken. Die beiden Pferde verfielen in einen schnellen Trab und sie überquerten die Schienen gerade noch rechtzeitig vor der Bahn. Der Fahrer klingelte empört, doch Tommy war erleichtert. Nun waren sie außerhalb des Blickfeldes der Verfolger, die warten mussten, bis die Straßenbahn passiert hatte. Dennoch ließ Tommy die Pferde weitertraben und verschwand hinter der nächsten Ecke.

Da hörte er bereits wieder den Automotor. Er drückte Phar Lap gegen die Häuserwand und schirmte ihn mit seinem Körper und dem Körper des Grauschimmels ab. Er atmete stoßweise, als der Wagen in diesem Augenblick mit quietschenden Reifen um die Ecke schoss. Beinahe wäre der Fahrer dabei mit einem Milchwagen kollidiert, konnte aber in letzter Sekunde ausweichen.

Tommy hielt die Luft an, als er genau in den Lauf des Gewehres blickte, das aus dem Seitenfenster auf ihn und Phar Lap gerichtet wurde.

Der Mann zielte.

Dann löste sich ein Schuss.

16

**»Wenn einer auch nur
den leisesten Versuch unternommen hätte,
Phar Lap zu verletzen –
die Menge hätte ihn in Stücke gerissen.«**
SAMUEL GRIFFITHS, SPORTREPORTER

Tommy meinte, sein Trommelfell würde bei dem lauten Knall platzen. Phar Lap wieherte und stieg auf die Hinterläufe. Tommy hatte Mühe, ihn am Führhalfter festzuhalten. Auch der Grauschimmel stieg und Tommy rutschte beinahe aus dem Sattel, während der Fahrer des schwarzen Wagens Gas gab und davonraste.

Für die Pferde gab es kein Halten mehr. Sie galoppierten über den harten Asphalt und Tommy ließ sie laufen. Auch er wollte nur weg von hier, weg und in Sicherheit, bevor der Wagen wendete und sie noch einmal zur Zielscheibe wurden.

Er sah nicht den entsetzten Blick des Milchwagenfahrers, der ihnen hinterherschaute, als hätte er den Leibhaftigen persönlich gesehen. In seinem Kopf hämmerte immer wieder der gleiche Gedanke: Er hat auf Phar Laps Beine gezielt. Er hat auf seine Beine gezielt und sie verfehlt, als Phar Lap gestiegen ist. Wenn Phar Lap nicht gestiegen wäre, dann …

Weiter wollte er lieber nicht denken.

In seiner Erinnerung kam es Tommy später so vor, als wäre die Polizei schon im Stall gewesen, als er völlig aufgelöst durch das große Tor in den Innenhof von Braeside preschte. Aber natürlich musste er sich da irren. Es ging nur alles so schnell und er war so verwirrt, dass er die Reihenfolge der Ereignisse durcheinanderwarf.

Tommy zitterte am ganzen Körper. Und nicht nur er. Auch Phar Lap war sichtlich mitgenommen, obwohl ihm Gott sei Dank nichts geschehen war. Von allen Seiten stürzten die anderen Stallburschen, Jockeys und Mr Telford auf ihn zu. Sie hatten den Schuss bis hierher hören können und der Boss hatte bereits die Polizei alarmiert, die kurz nach Tommy mit Sirenengeheul eintraf. Im Gefolge mindestens ein halbes Dutzend Reporter.

ANSCHLAG AUF PHAR LAP!

Augenscheinlich ist der Favorit für den diesjährigen Melbourne Cup heute früh nur knapp einem Anschlag auf sein Leben entkommen. Augenzeugen berichteten, auf das Pferd sei aus einem vorbeifahrenden Wagen mit unkenntlich gemachtem Nummernschild auf offener Straße geschossen worden. Nur der Geistesgegenwart und dem Wagemut seines Stallburschen Treve Woodcock ist es zu verdanken, dass der »Rote Blitz« dabei unverletzt blieb. Der junge Mann schützte das Pferd mit seinem eigenen Leben, als er sich zwischen seinen Schützling und den Gewehrlauf stellte.

Wie erst jetzt bekannt wurde, war dies vermutlich bereits der zweite Mordanschlag auf den »Großen Roten«. Entge-

gen der ersten Vermutung, dass es sich um einen Betrunkenen handelte oder dass einfach Fahrlässigkeit die Ursache für den Unfall war, bei dem der junge Woodcock vorige Woche am Arm verletzt wurde, weisen Zeugenaussagen jetzt darauf hin, dass auch dies bereits ein versuchter Anschlag auf das Leben des Melbourne-Cup-Favoriten gewesen sein könnte.

Tommy fand keine Ruhe. Er lag mit offenen Augen auf seiner dünnen Matratze unmittelbar vor Phar Laps Stallabteil und lauschte den schweren Schritten der Wachmänner, die in der Stallgasse auf und ab liefen.

Auch der »Rote Blitz« schlief nicht. Er schien sich zu wundern, dass er kurzerhand umquartiert worden war. In seiner Box stand nun Old Ming, ein kräftiger, zweijähriger Fuchs, der als Phar Laps Doppelgänger fungierte. Tommy hoffte, dass diese Aufgabe dem unschuldigen, jungen Pferd nicht zum Verhängnis wurde.

Bei jedem ungewöhnlichen Geräusch zuckte Tommy zusammen. Als er vor den Stallungen Männerstimmen hörte, sprang er sofort auf. Auch Phar Lap erhob sich, als er sah, dass sein Freund aufgestanden war.

»Es geht los, Tommy.« Mr Telford stand vor der Box. Er hatte dunkle Ringe unter den Augen und die ohnehin tiefen Falten um seinen Mund und die Nase schienen in den letzten Stunden noch tiefer geworden zu sein. »Hast du alles vorbereitet?«

»Ja, Sir.« Tommy deutete mit einer Kopfbewegung auf die Taschen und Koffer, die vor dem Stall aufgereiht waren.

Mr Telford nickte zufrieden. »Gut«, sagte er. »Du weißt Bescheid. Nenn dem Fahrer erst das Endziel, wenn ihr weit genug von Melbourne entfernt seid.«

»Ja, Sir.« Tommy kannte den Plan. Er wusste, was er zu tun hatte. »Was ist mit Jim?«

»Er weiß auch Bescheid.«

Tommy nickte erleichtert. Zunächst hatte niemand den Jockey erreichen können, um ihn zu warnen. Denn er konnte ebenfalls zur Zielscheibe eines Anschlages werden, wenn es darum ging, zu verhindern, dass der Favorit beim Rennen startete. Er musste sich also genauso verstecken wie Phar Lap.

Als der fremde Mann in diesem Augenblick den Stall betrat, richteten die beiden Wachleute sofort ihre Gewehre auf den Eindringling. Der Fremde riss die Arme in die Höhe und stotterte: »Ich … ich … ich wollte nur Bescheid sagen, dass wir loskönnen.«

Mr Telford gab Phar Laps Leibwächtern ein Zeichen und sie senkten die Gewehre wieder.

Tommy ergriff zunächst die Taschen und Koffer, um sie zu dem Fahrzeug zu bringen. Doch sobald er sich von Phar Lap entfernte, wieherte das Pferd laut auf. Es hatte sichtlich Angst, dass Tommy ohne ihn fortgehen könnte.

Mr Telford wollte Phar Lap das Halfter überstreifen, doch der Fuchs wich vor ihm zurück und legte drohend die Ohren an. Mr Telford seufzte. Er war mit diesem Pferd nie warm geworden, und auch wenn er alles dafür getan hätte, den »Roten Blitz« zu schützen, so würden sie wohl in diesem Leben keine Freunde mehr werden.

»Also gut«, sagte Telford zu Tommy. »Gib mir die Taschen.«

Tommy reichte ihm die Taschen und ging zu Phar Lap zurück, der sich augenblicklich beruhigte und nicht schnell genug reisefertig gemacht werden konnte.

Es war stockfinstere Nacht, als Tommy Phar Lap in den Transporter führte, der im Innenhof von Braeside auf seine kostbare Fracht wartete. Der junge Mann hatte den Weg vom Stall bis zum Wagen sogar mit Matten ausgelegt, damit die Hufe des Pferdes nicht auf dem Pflaster klapperten. Niemand durfte merken, was hier vor sich ging!

Mr Telford stand neben dem Fahrzeug und wartete. Er hatte es nicht eilig, ins Wohnhaus zurückzukehren, wo im Minutentakt das Telefon schellte. Selbst jetzt, um halb zwei Uhr nachts, ließen die Anrufe der aufgebrachten Presse nicht nach. Doch es schien ohnehin egal zu sein, was er den Reportern erzählte und was nicht. Einer hatte sogar berichtet, Phar Lap sei vergiftet worden und den Stall habe man bombardiert. Wenn es ihnen um solch hanebüchenen Unsinn ging, konnten sich die Leute ihre Geschichten ruhig weiterhin selbst ausdenken. Dazu brauchten sie ihn sowieso nicht.

»Es sind etwa vierzig Meilen«, sagte Mr Telford zum Abschied.

Tommy nickte wissend.

»Ruf mich an, sobald ihr da seid«, fuhr der Trainer fort. »Egal wie spät es ist. Ich will wissen, dass ihr gut angekommen seid.«

Wieder nickte Tommy. Dann kletterte er zu Phar Lap in

den Transporter und ließ Mr Telford die Tür hinter sich schließen, bevor er sich durch das Glasfenster, das die Fahrerkabine vom Laderaum trennte, an den Chauffeur wandte. »Fahren Sie erst mal Richtung Süden, Stan.«

Der Mann nickte stumm und fuhr an.

Tommy war froh, als er Phar Lap gut zwei Stunden später endlich aus dem Transporter in den für ihn vorbereiteten Stall führen konnte. Jedes Mal wenn der Fahrer anhielt, hatte Tommy gedacht, jetzt ist es wieder so weit. Jetzt schießen sie wieder auf uns. Doch nicht nur die permanente Angst, dass etwas geschehen könnte, hatte ihm zu schaffen gemacht. Je näher sie Geelong kamen, desto schlechter wurde das Wetter. Auf den letzten Meilen stürmte es so stark, dass der hohe Wagen mächtig hin und her schlingerte und Tommy bei jeder Windböe fürchtete, sie würden umkippen. Doch nichts dergleichen geschah.

Mr Raymond hieß sie trotz der späten Stunde willkommen. Mr Telford allerdings würde sich gedulden müssen, bis er Nachricht von ihnen erhalten konnte, denn die Telefon- und Stromleitungen waren wegen des Unwetters ausgefallen.

Tommy war völlig erschöpft. Und Phar Lap schien es nicht besser zu gehen. Dennoch fand der junge Mann keinen Schlaf. Die ungewohnte Umgebung und die Geräusche des Sturms, der an den Außenwänden des Stalls zu zerren schien, hielten ihn wach. Tommy wusste, dass er Schlaf brauchte, aber er konnte sich einfach nicht so weit beruhigen, dass er die nötige Ruhe fand. Angestrengt lauschte er den Schritten der Wächter, die vor der Box des Pferdes auf und ab gingen. Erst als der Morgen graute, glitt Tommy in einen kurzen, unruhigen Schlaf, in dem er von vermummten Gestalten verfolgt und gejagt wurde.

Melbourne befand sich wie jedes Jahr am ersten Dienstag im November im Ausnahmezustand. Es goss schon seit Stunden wie aus Eimern. Doch trotz des schlechten Wetters feierten die Menschen bereits das Großereignis. Zu Hunderten entstiegen sie den Zügen und machten sich unter dem Schutz von Regenschirmen auf den Weg nach Flemington. Ein Heer von Regenschirmen schien sich durch die Straßen zu wälzen und so sah man kaum etwas von den schicken Anzügen der Herren, die Blumen in den Knopflöchern trugen, und den aufwendig gearbeiteten Hüten der Damen.

Zur gleichen Zeit in Geelong, etwa vierzig Meilen weiter südlich, war Tommy froh, dass die Aufregung der letzten Tage nun ihrem Höhepunkt zustrebte und danach – wenn alles gut gehen würde – endlich vorbei war. Die beiden Tage, die Phar Lap versteckt auf St. Albans zugebracht hatte, waren erstaunlich ruhig verlaufen. Dennoch fühlte sich Tommy wie ein nervöses Wrack. Jedes Geräusch ließ ihn zusammenzucken und überall sah er verdächtige Schatten.

Das Fahrzeug, das Phar Lap zurück nach Melbourne bringen sollte, wartete bereits vor den Stallungen. Doch auch die Gegenwart der Polizei, die den Wagen eskortieren würde, änderte nichts daran, dass Tommy sich ängstlich nach links und rechts umsah, während er Phar Lap zum Transporter führte.

Im Vergleich zu seinem Stallburschen war Phar Lap die Ruhe selbst. Er ahnte nichts von der Gefahr, in der er schwebte, von den Feinden, die er sich mit seiner Unbesiegbarkeit gemacht hatte. Folgsam wie ein Lamm ließ er sich von Tommy verladen und nahm die Anwesenheit der Uniformierten um ihn herum hin wie ein Weltstar, der an derlei Sicherheitsvorkehrungen zum Schutz seiner Person längst gewöhnt ist.

Tommy atmete erleichtert aus, nachdem er die Laderampe hinter Phar Lap geschlossen hatte, und gab den Umstehenden ein Zeichen, dass es losgehen konnte. Sie hatten die Zeit für die Rückfahrt nach Melbourne absichtlich knapp bemessen, damit sie in Flemington nicht allzu lang auf den Beginn des Rennens warten mussten und dadurch den Attentätern eine Gelegenheit zu einem weiteren Anschlag boten.

Stan Boyden, der Fahrer, stand vor der Kühlerhaube des alten Transporters, nickte Tommy zu, bückte sich und ergriff die Kurbel, um den Motor zu starten. Er drehte einmal, zweimal, dreimal – doch nichts geschah. Er richtete sich kurz auf, wischte sich mit dem Handrücken die Regentropfen von der Stirn und versuchte es noch einmal. Der Motor gab nicht einmal ein Geräusch von sich.

»Lassen Sie mich mal«, sagte einer der Polizisten und griff nach der Kurbel. Mit einem selbstbewussten Lächeln drehte er an der Kurbel.

Nichts.

Er versuchte es noch einmal.

Der Motor wummerte und erstarb dann wieder.

Der nächste Polizist versuchte sein Glück.

Tommy wurde allmählich nervös. Die Zeit rannte ihnen davon. Er mochte sich kaum vorstellen, was Telford mit ihm machen würde, wenn er das Pferd zu spät nach Melbourne zurückbrachte.

»Die Zündkerzen sind von dem Regen nass geworden«, verkündete der Polizist fachmännisch, der soeben sein Bestes gab.

Tommy schloss die Augen und schickte ein Stoßgebet zum Himmel.

Peng!

Tommy riss erschrocken die Augen auf und schnappte nach Luft. Es dauerte nur einen Sekundenbruchteil, bis ihm klar wurde, dass kein Schuss gefallen war. Der Motor hatte lediglich eine Fehlzündung gehabt. Dennoch raste sein Herz. Und es raste weiter, als ihm bewusst wurde, dass sie nun seit einer Viertelstunde versuchten den Motor in Gang zu bringen. Wenn nicht bald ein Wunder geschähe, dann würden sie zu spät kommen!

»Wo steckt Phar Lap?« Mr Davis konnte seine Nervosität nicht verbergen.

Mr Telford zog seine Taschenuhr hervor. »Auf dem Weg hierher«, sagte er schließlich und steckte die Uhr wieder ein.

Schon jetzt, etwa zwei Stunden vor Beginn des Rennens,

füllten sich allmählich die Zuschauerränge und die große Rasenfläche neben der Rennbahn. Durch den Regen war der Boden so aufgeweicht, dass die Damen in ihren hochhackigen Schuhen im Matsch versanken. Doch selbst die katastrophalen Wetterbedingungen konnten nicht verhindern, dass ganz Melbourne zum Rennereignis des Jahres strömte. Die Buchmacher verkündeten die augenblicklichen Quoten und stellten sich tapfer dem Ansturm der Wettfreudigen, die alle nur einen Namen nannten: »Phar Lap auf Sieg!« Währenddessen zogen sich die Jockeys in den Kabinen bereits ihre Rennkleidung an.

Mr Davis schien nicht der Einzige zu sein, der sich Sorgen um Phar Laps Aufenthaltsort machte. Missmutig sahen Trainer und Eigentümer dem Rennbahnleiter entgegen, der mit strammen Schritten auf sie zukam. »Wo ist Ihr Pferd?«, fragte er wie kurz zuvor Mr Davis und erhielt die zweistimmige Antwort: »Auf dem Weg hierher.«

»Sie kennen die Regeln, meine Herren«, sagte der grauhaarige Mann mit dem Oberlippenbart. »Wenn Ihr Pferd nicht eine Stunde vor Rennbeginn hier ist, wird es disqualifiziert.«

»Es wird da sein«, versicherte Harry Telford.

Ohne einen weiteren Gruß drehte sich der Rennbahnchef um und entfernte sich.

Mr Davis und Mr Telford sahen sich schweigend an. Die vierzehn weiteren Pferde des Rennens waren mittlerweile alle eingetroffen. Nur einer fehlte noch. Phar Lap. Der Favorit.

»Na, endlich!« Der Polizist wischte sich mit einem Stofftaschentuch über die Stirn, die mittlerweile nicht nur vom Regen, sondern auch vom Schweiß völlig nass war.

Tommy sprang in den Wagen und betete, dass sie es noch rechtzeitig nach Melbourne schaffen würden. Die Sirenen der Polizeifahrzeuge, die vor, hinter und neben dem Transporter herfuhren, heulten ununterbrochen.

»Geht es nicht ein bisschen schneller?«, rief Tommy nach vorne, während er Phar Lap mit einem Stück Zucker zu besänftigen suchte. »Wir kommen noch zu spät!«

Der Fahrer schüttelte den Kopf, wie Tommy durch die Glasscheibe sehen konnte. »Die Straßen sind nass«, antwortete Stan Boyden, ohne den Blick von der Fahrbahn zu wenden. »Wir müssen aufpassen, dass wir nicht im Graben landen.«

Tommy seufzte und ergab sich in sein Schicksal.

Phar Lap wackelte nervös mit den Ohren. Der Lärm der Sirenen schien ihm nicht zu gefallen. Doch er hatte immer noch genügend Seelenstärke, um den Stalljungen beschwichtigend mit der Nase anzustupsen, als müsste er Tommy beruhigen und nicht andersherum.

Die Stimmung war angespannt. Trotz der Zigtausenden von Zuschauern war es ungewöhnlich still auf der Rennbahn von Flemington. Jeder schien nur auf das Erscheinen eines einzigen Pferdes zu warten. Hier und da wurde getuschelt, man verglich die gemachten Wetteinsätze, berechnete die möglichen Gewinne und immer wieder suchten die Zuschauer den Führring nach ihrem Idol ab: Phar Lap.

Jeder zweite Australier hatte an diesem Tag auf den »Roten Blitz« gewettet und hoffte, dadurch ein paar Pfund extra zu verdienen. Geld, das im Augenblick jeder gut gebrauchen konnte.

Den Buchmachern hingegen stand der Angstschweiß auf der Stirn. Auch sie beschäftigten sich in Gedanken nur mit einer einzigen Frage: Nahm Phar Lap am Rennen teil – und ruinierte ihr Geschäft – oder wurden ihre Gebete erhört und das Pferd blieb ganz einfach verschwunden.

»Es sind noch fünfundsechzig Minuten bis zum Rennbeginn und Phar Lap ist immer noch nicht da.« Bedauern über diese Tatsache war in der Stimme des Rennbahnleiters nicht zu hören. Im Gegenteil. Er schien sich bereits darauf zu freuen, dass er Phar Lap nun vom Rennen ausschließen konnte.

Telford setzte soeben zu einer Erwiderung an, als er von einem ohrenbetäubenden Lärm daran gehindert wurde. Aus den Kehlen von hunderttausend Zuschauern gellte plötzlich ein einziger Ruf. »Phar Lap! Phar Lap! Phar Lap! Phar Lap!«, skandierte die Menge und unterstrich die Forderung nach ihrem Helden mit in die Luft gereckten Fäusten.

Harry Telford musste schreien, um sich über den Tumult hinweg verständlich zu machen. »Nun, dann müssen Sie wohl jetzt über Lautsprecher bekannt geben, dass Sie Phar Lap vom Rennen disqualifizieren!«, rief er und konnte ein Grinsen dabei nicht ganz unterdrücken. »Ich wünsche Ihnen viel Vergnügen.«

Der Mann mit dem Schnauzer lief rot an. »Sie haben noch genau fünf Minuten«, sagte er und wandte sich ab.

Telford atmete tief durch. Wo blieb nur dieser verdammte Woodcock mit dem Pferd?

Jim Pike wartete in der Schlange seiner Kollegen vor der Waage. Normalerweise hatte er vor einem Rennen die Sorge, ob er die überflüssigen Pfunde rechtzeitig loswurde. Doch dieses Mal musste er seinen Sattel sogar mit einigen zusätzlichen Gewichten beschweren, denn Phar Lap, der unangefochtene Favorit dieses Rennens, sollte mit einem Gewicht von 62,5 Kilo starten. 18,6 Kilo mehr als der Außenseiter Temptation, der mit dem geringsten Handicap belegt worden war.

»Bisschen viel Gewicht für ein Pferd, das nur aus Luft besteht, was, Piky?«, scherzte einer seiner Kollegen und die anderen lachten schallend.

Jim Pike lachte mit, doch im Stillen machte er sich durchaus Gedanken um Phar Laps Wohlbefinden. Hatte es am Ende doch noch jemand geschafft, das Pferd zu verletzen? Und kam Phar Lap deshalb nicht rechtzeitig zum Rennen? Es sollte heute sein vierzehnter Versuch werden, den Melbourne Cup zu gewinnen. Und er setzte dabei großes Vertrauen in Bobby. Aber wenn der Fuchs nicht da war, dann würde er wohl wieder auf diesen wichtigen Sieg in seiner Karriere verzichten müssen. Doch das war bei weitem nicht der einzige Grund, warum der Jockey hoffte, dass mit dem Pferd alles in Ordnung war. Der »Rote Blitz«

war ein feiner Kerl, das beste Pferd, das er jemals geritten hatte. Er mochte ihn einfach.

Tommy klammerte sich an die Hoffnung, dass die Uhr des Fahrers falsch ging – er selbst trug keine –, doch Stan beteuerte immer wieder, dass seine Uhr die Zeit auf die Minute genau anzeigen würde. Und das bedeutete, sie kamen zu spät. Die Buchmacher würden sich mindestens ebenso freuen, wenn Phar Lap vom Rennen ausgeschlossen wurde, wie die übrigen Rennpferdbesitzer. Nur die hunderttausend Zuschauer, die alle einen Wettschein mit Phar Laps Namen in der Hand hielten, würden enttäuscht sein.

»Wir haben es gleich geschafft!«, rief Mr Boyden nach hinten.

Tommy blickte durch die Scheibe und stieß erleichtert die Luft aus, als er sah, dass sie soeben durch das große schmiedeeiserne Tor der Rennbahn von Flemington fuhren. Es war keine Sekunde zu früh! Und als hätte im Himmel ebenfalls jemand auf Phar Lap gewettet, kam in diesem Augenblick die Sonne hervor und vertrieb die letzten Regenwolken.

Der Motor erstarb mit einem Ächzen, und sobald die Laderampe ausgeklappt war, ergriff Tommy Phar Laps Halfter und führte ihn aus dem Transporter. Im Laufschritt machten sie sich in Begleitung der Polizisten auf den Weg zur Anmeldung.

Die Hufe des Pferdes klapperten über das Pflaster und die Decke in den Farben des Rennstalls wehte im Wind. Phar Lap trabte hinter Tommy her.

Sobald sie an den ersten Zuschauern vorbeirasten, erklangen Jubelschreie. Die gespannte Stimmung entlud sich in einem Feuerwerk der Euphorie. Die Männer warfen vor Begeisterung ihre Hüte in die Luft und die Damen klatschten in die Hände. Ein Raunen ging durch die Menge, und sobald die hunderttausend Besucher merkten, dass ihr Favorit eingetroffen war, erhoben sie sich von ihren Plätzen, jubelten Phar Lap zu und applaudierten ihm. Der Lärm war ohrenbetäubend. Und selbst die Zuschauer auf den hintersten Rängen, die keine Chance hatten, zu sehen, was sich vorne abspielte, fielen in die Hurrarufe ein.

Tommy war überwältigt. Einen solchen Empfang hatte noch kein Pferd in Melbourne jemals erlebt. Es hielt niemanden auf seinem Sitz. Die Menge empfing Phar Lap, als hätte er das Rennen bereits gewonnen. Nicht einmal ein Auftritt von König George V. hätte eine solche Welle der Begeisterung auslösen können.

Harry Telfords Begrüßung fiel weitaus weniger enthusiastisch aus. »Das wird aber auch Zeit!«, knurrte er.

»Wir hatten eine Panne mit dem Wagen«, erklärte Tommy. »Der Motor ist nicht angesprungen.«

Die übrigen Rennpferde waren längst gesattelt und wurden von ihren Jockeys warm geritten, als Jim Pike seinen Sattel auf Phar Laps Rücken legte, ihn festzurrte und aufsaß.

»Viel Glück, Piky«, wünschte Tommy dem Jockey und gab Bobby zum Abschluss einen zärtlichen Klaps auf die Flanke. Er war stolz auf dieses Pferd, das trotz der Hektik ruhig und ausgeglichen wirkte.

»Ich komme mir zwar so vor, als stiege ich in ein vorbeifahrendes Taxi«, scherzte Jim Pike, »aber keine Sorge, wir schaffen das schon.«

Hoffentlich, dachte Tommy und sah Ross und Reiter hinterher, die sich unter dem tosenden Applaus der Zuschauer auf den Weg machten, um im Startbereich Aufstellung zu nehmen.

»Und hier ist er, meine Damen und Herren, Phar Lap ...« Der ohnehin nicht gerade niedrige Geräuschpegel schwoll noch einmal an. »Der Vierjährige geht mit einem Gewicht von hundertfünfundzwanzig Pfund in den diesjährigen Melbourne Cup. Die Teilnehmer stellen sich nun in einer Reihe auf. Die besten Rennpferde Australiens sind hier versammelt und treten gegeneinander an. Aber nur einer von ihnen kann gewinnen.«

Tommy sah sich suchend um. Aber er konnte seinen Freund Cashy nirgends entdecken. Nun, hoffentlich hatte der junge Jockey wenigstens einen Radioempfänger in der Nähe, um das Rennen verfolgen zu können.

»Die Pferde sind gestartet. Temptation setzt sich an die Spitze. Gefolgt von Carradale und Shadow King. Phar Lap auf dem vorletzten Platz.«

Tommy rieb sich vor Nervosität die Hände. Es war nicht ungewöhnlich für Phar Lap, dass er dem Feld zunächst hinterherlief. Aber würde es auch dieses Mal reichen? Oder forderten die Anstrengungen und Aufregungen der letzten Tage nun doch ihren Tribut?

»Muratti auf dem letzten Platz. Und da kommt Phar

Lap! Er läuft auf der Innenbahn und will an Star God vorbei. Doch Jim Pike mit der roten Rennkappe geht kein Risiko ein. Er führt Phar Lap auf die Außenbahn … Aber hat der ›Große Rote‹ trotz des hohen Gewichtes, das er tragen muss, genug Kraft für den langen Weg?«

Die Stille unter den hunderttausend Zuschauern war beängstigend. Während der eine nervös an den Nägeln kaute, trommelte der andere aufgeregt mit den Fingern und der Nächste konnte schon gar nicht mehr hinsehen.

»Da läuft Phar Lap! Vorbei an Nadean und Carradale. Carradale scheint heute nicht gut in Form zu sein. Und Phar Lap holt weiter auf …«

Der eine vergaß auf den Nägeln zu kauen, die Finger des anderen verharrten regungslos in der Luft und der Letzte schaute plötzlich gebannt auf die Rennstrecke, um ja nichts zu verpassen, was dort geschah.

»Es ist unglaublich, meine Damen und Herren, der ›Rote Blitz‹ lässt alle stehen. Die besten Rennpferde, die unser Land zu bieten hat, und Phar Lap spielt mit ihnen!«

Ein zurückhaltender Jubel brach los, als Phar Lap auf der Außenbahn ein Pferd nach dem anderen überholte. Während er sich vom vorletzten Platz aus allmählich vorkämpfte, schwollen die Anfeuerungsrufe an: »Phar Lap! Phar Lap! Phar Lap! Phar Lap!« Im Rhythmus der trommelnden Hufe begleiteten die Rufe des Publikums ihren Favoriten.

»Phar Lap liegt nun auf Platz drei hinter Shadow King und Second Wind. Und so gehen sie auf die Zielgerade. Phar Lap vorbei an Shadow King. Und nun rückt er auf die erste Position vor. Er lässt Second Wind hinter sich.«

»Phar Lap! Phar Lap! Phar Lap!«

Als würde das Pferd die Anfeuerungen des Publikums hören, wurde es nun noch einmal schneller.

»Eine, nein, zwei, nein, drei Längen trennen ihn von seinen Verfolgern! Phar Lap ist nicht mehr einzuholen! Während hinter ihm der Kampf um den zweiten und dritten Platz ausgefochten wird, hat Phar Lap dieses Rennen schon für sich entschieden. Phar Lap läuft in diesem Moment über die Ziellinie. Phar Lap gewinnt den diesjährigen Melbourne Cup!«

Die Zuschauer sprangen auf, sie jubelten und triumphierten. Wildfremde Menschen fielen sich in die Arme und gratulierten einander, als wäre es ihr eigenes Pferd, das in diesem Augenblick Renngeschichte geschrieben hatte.

Nur vereinzelt sah man fassungslose Gesichter in der jauchzenden Menge: Buchmacher und Rennpferdbesitzer, die verzweifelt die Köpfe schüttelten und sich Sorgen um ihre Zukunft machten, wenn es nicht gelang, dieses außergewöhnliche Pferd irgendwie zu stoppen.

Phar Lap hielt den Kopf hoch erhoben. Er schien den anhaltenden Applaus während der Siegerehrung regelrecht in sich aufzusaugen. Vor allem aber genoss er Tommys Lob. Der Fuchs konnte spüren, wie stolz sein Freund auf ihn war. Und das machte ihn glücklich, denn er wollte Tommy um jeden Preis gefallen. Auch wenn er sich nicht bewusst daran erinnerte, so war das Erlebnis im Hafen von Sydney, wo er als junges Pferd am Ende seiner Kräfte gewesen war, auf irgendeine Weise doch immer noch in ihm präsent. Ein kleines Stückchen Zucker war in diesem Augenblick wie ein Versprechen für eine bessere Zukunft gewesen. Und aus Phar Laps Sicht hatte Tommy sein Versprechen gehalten. Es ging ihm gut. Er war mit sich und seinem Leben zufrieden – solange Tommy in seiner Nähe war.

Tommy legte den Kopf in den Nacken und sah zu Phar Lap auf. Dieser Blick aus den braunen Augen des Pferdes bedeutete ihm mehr, als er mit Worten hätte sagen können. Darin drückte sich so viel Gefühl aus. Und auf einmal sah er Bobby wieder vor sich, wie er ohne Hoffnung, ausgemergelt und mit Warzen übersät zum ersten Mal vor ihm gestanden hatte. Vor langer, langer Zeit. Auch damals war es dieser Hilfe suchende Blick aus den braunen Augen gewesen, der ihn berührt hatte. Tommy lächelte und reichte Bobby ein Stückchen Zucker, das in null Komma nichts zwischen dessen Lippen verschwand.

Tommy freute sich über den Empfang, den die anderen Stallburschen auf Braeside ihm und Bobby bereiteten. Er musste zig Hände schütteln und anschließend tat ihm die linke Schulter weh, auf die ihm zu oft anerkennend geklopft worden war.

Er kontrollierte gerade unter Bobbys aufmerksamen Blicken den Wassereimer und die Heukrippe in der Box, als Cashy sich von außen gegen die Stalltür lehnte und ihn beobachtete.

»Hi«, sagte Tommy und unterbrach für einen Augenblick seine Arbeit. »Ich habe dich in Flemington vermisst.«

Cashy seufzte. »Ich weiß«, sagte er, »aber ich konnte hier nicht weg. Zu viel Arbeit. Und außerdem …« Er rieb Daumen und Zeigefinger aneinander.

Tommy nickte verstehend. Er wusste selbst nicht, ob er das Geld hätte aufbringen können, wenn er für den Eintritt hätte zahlen müssen.

»Aber ich habe mir alles über den Radioempfänger angehört. Der Empfang war viel besser als im letzten Jahr.« Cashy lächelte und strich über Bobbys Stirn. »Er war sensationell!«

Auch Tommy lächelte jetzt. »O ja! Er hatte mehr Gewicht auf dem Rücken als jeder andere Vierjährige vor ihm und er ist erst der zweite Vierjährige, der jemals den Melbourne Cup gewonnen hat. Vor ihm hat das nur Haricot 1874 geschafft.«

»Ach, übrigens«, Cashy streckte sich stolz, »ich werde vielleicht dieses Jahr wieder in Gosford reiten. Ich habe ein Angebot.«

»Ich wusste doch, dass aus dir noch einmal ein richtiger Jockey wird!« Tommy sah zufrieden, wie sich Cashy über seine Anerkennung freute.

»Ich habe fest vor, dieses Jahr wieder zu gewinnen«, fuhr Cashy fort.

»Ich bin davon überzeugt, dass du das schaffen kannst, Cashy«, sagte Tommy.

Der Sechzehnjährige lächelte und nickte stumm. Ja, auch er glaubte fest an sich und war voller Zuversicht, dass er es in seinem Leben noch weit bringen würde.

17

»Hungry Harry!«
VOLKSMUND

»Woodcock?«

»Ja, Boss?«

Mr Telford winkte Tommy zu sich heran. »Was hast du heute bisher mit Phar Lap gemacht?«

Tommy runzelte die Stirn. »Wir waren spazieren.«

»Sonst noch nichts?«

»Nein, Sir. Ich dachte, nach dem gestrigen Rennen über zwei Meilen hätte sich Bobby eine kleine Pause verdient.«

»Sein Name ist Phar Lap.«

»Ja, Sir.«

»Ich möchte, dass du ihn fertig machst. Und dann soll Cashy mit ihm trainieren.«

»Aber …«

»Kein Aber«, fuhr Mr Telford Tommy über den Mund. »Phar Lap hat morgen ein Rennen. Und ich möchte, dass er dann fit ist.«

Tommy blieb der Mund offen stehen. Phar Lap hatte vor fünf Tagen die Melbourne Stakes gewonnen, gestern den Melbourne Cup. Und nun sollte er morgen schon wieder ein Rennen bestreiten?

»Was ist?« Telford musterte Tommy streng. »Hast du noch irgendwelche Fragen?«

»Nein, Sir«, sagte Tommy und wandte sich ab, damit sein Arbeitgeber nicht sehen konnte, wie ihm die Zornesröte ins Gesicht stieg.

Tommy sonnte sich in Bobbys Ruhm. Noch nie zuvor hatte er von so vielen hübschen Frauen eindeutig zweideutige Angebote erhalten. Die Damenwelt drängte sich vor Phar Laps Box und es fielen genügend Aufmerksamkeiten auch für den Stallburschen des berühmten Pferdes ab, der daran sichtlich mehr Gefallen fand als der begehrte Fuchs.

Sosehr Tommy dagegen gewesen war Phar Lap zwei Tage nach dem anstrengenden Sieg im Melbourne Cup bereits wieder auf die Rennbahn zu schicken, so sehr genoss er nun die Komplimente, die ihm und Bobby zuteilwurden. Mit einem etwas schlechten Gewissen dachte er an Emma, die in Sydney darauf wartete, dass er endlich einen Termin für die Hochzeit anberaumte, während er sich hier von der Damenwelt hofieren ließ. Aber immer noch hatte er nicht genügend Geld zusammen, um die Feierlichkeiten so zu gestalten, wie er sich das vorstellte. Also würde sich Emma noch ein wenig gedulden müssen. Dabei würde Phar Lap an diesem Tag mit an Sicherheit grenzender Wahrscheinlichkeit schon wieder tausend Australische Pfund gewinnen. Siebenhundert für Telford und dreihundert für Davis.

Tommys Lohn dafür, dass er Phar Lap versorgte, fiel weit geringer aus. Er musste sich mit einem Handschlag begnügen – und mit der Begeisterung der Damenwelt. Aber Phar Laps Freundschaft war ihm ohnehin Lohn genug.

»Und wie geht es unserem Champion heute?«

Tommy, der sich soeben Bobbys vorderen Huf ansah, richtete sich auf, als er die Stimme seines Bosses hörte. »So weit ganz gut«, antwortete er. »Aber er ist ein wenig erschöpft von den vielen Rennen und sein Huf macht wieder Probleme.«

»Du hast also nicht mit ihm gearbeitet?«

Tommy wurde misstrauisch. »Nein, Sir«, antwortete er. »Nachdem er gestern schon wieder ein Rennen hatte, dachte ich, dass heute ein Spaziergang reicht.«

Telford nickte. »Er startet morgen beim Fisher Plate«, sagte er.

»Wie bitte?« Tommy glaubte, er habe sich verhört.

»Du hast mich schon verstanden.« Telfords Stimme klang barsch. »Phar Lap hat morgen ein Rennen.«

»Er hatte diese Woche bereits drei Rennen. Und er hat sie alle drei gewonnen. Und das Fisher Plate geht über anderthalb Meilen!«

»Das ist mir bekannt.«

»Sie überfordern ihn, Sir! Er wird bald zusammenbrechen, wenn Sie ihm keine Pausen gönnen!«

»Habe ich dich um deine Meinung gebeten?« Harry Telford wurde laut.

Tommy hielt dem Blick des Trainers stand.

»Es bleibt dabei«, sagte Telford schließlich. »Phar Lap hat morgen ein Rennen. Bereite ihn darauf vor.« Und ohne Tommy Gelegenheit zu einer weiteren Erwiderung zu geben, drehte er sich um und ging mit energischen Schritten davon.

Tommy sah Bobby an. Die Augen des Pferdes sahen müde aus. »Armer Bobby«, flüsterte der junge Mann und seufzte.

Der Jubel, der unter den Zuschauern losbrach, als der »Rote Blitz« den Führring betrat, war wieder einmal atemberaubend. Und Tommy, der Phar Lap am Halfter hielt, spürte deutlich, wie sich das Pferd aufrichtete und den Kopf stolz in die Höhe reckte.

Auch er war stolz auf Bobby, aber er machte sich auch Sorgen um seinen Freund. Der Fuchs würde jedes Mal alles geben, auch wenn er längst nichts mehr zu geben hatte, und vielleicht war es eines Tages einfach zu viel.

Als Harry Telford am Rande des Führrings auftauchte, kippte die Stimmung mit einem Mal. Der Jubel wurde abgelöst von Buhrufen, und als einer der Zuschauer plötzlich »Hungriger Harry!« rief, dauerte es nicht lange, bis andere einfielen. »Hungriger Harry! Hungriger Harry! Hungriger Harry!«, schallte es dem Trainer entgegen.

Telford verzog keine Miene. Er stand kerzengerade da und ließ den Unmut der Leute über sich ergehen. Sie hatten ja alle keine Ahnung, was es bedeutete, ein Unternehmen wie Braeside aufzuziehen. Wie viel Schweiß und wie viel Geld darin steckten. Und er verlangte nichts von seinen Angestellten und seinen Pferden, was er nicht von sich selbst ebenfalls verlangte: harte Arbeit und Fleiß. Sollten die Leute rufen, was sie wollten.

Tommy hörte das Lachen der Männer, bevor er sie sah. Und auch Phar Lap spitzte für einen Augenblick die Ohren und reckte den Kopf in die Höhe, bevor er erschöpft wieder in sich zusammensank. Im Augenblick erinnerte nichts an seinem Anblick an das selbstbewusste und zufriedene Pferd, das sich am vergangenen Tag stolz die Siegerschärpe hatte umhängen lassen.

»Tommy?« David Davis stand mit einem zufriedenen Lächeln vor dem Stallabteil und winkte den Stallburschen zu sich.

»Ja, Sir?« Tommy hatte gerade angefangen Bobbys Sachen für die Sommerpause in Bacchus Marsh zusammenzupacken. Jetzt stellte er die Tasche ab und wandte sich den Besuchern zu.

»Wir haben eine sehr erfolgreiche Saison hinter uns.« Telford nickte zustimmend zu den Worten seines Kompagnons und Jim Pike kniepte Tommy zu. »Und deshalb möchten wir auch dir für deinen Einsatz danken.« Mr Davis hielt Tommy einen Scheck über die untere Boxenklappe entgegen.

»Oh, danke, Sir«, sagte Tommy und griff nach dem Scheck.

»Schon gut, Junge.« Mr Davis klopfte ihm kurz auf die Schulter, wofür er sich ein wenig recken musste, dann drehte er sich zu Telford um und ging mit ihm weiter.

Jim Pike blieb neben Tommy stehen. Während er Bobby streichelte, fragte er: »Und? Hat es sich gelohnt?«

Tommy hielt dem Jockey den Scheck unter die Nase.

»Sieh selbst«, sagte er und versuchte sich seine Enttäuschung nicht anmerken zu lassen.

Jim kniff die Augen zusammen. »Oh, fünfhundert Pfund! Nicht schlecht, was?«

Tommy begutachtete die Summe selbst noch einmal. Hatte er sich verguckt? »Ich glaube«, sagte er dann, »du solltest mal deine Brille aufsetzen.«

»Ich habe gar keine Brille.«

»Dann solltest du dir eine anschaffen. Schau noch einmal hin.«

Jim Pike befolgte Tommys Rat. »O nein«, brach es anschließend aus ihm hervor. Er ließ Bobby los und stampfte auf Mr Davis und Mr Telford zu, die einige Meter entfernt vor der Box eines Jährlings stehen geblieben waren. »Hören Sie!« Er tippte wütend mit dem Zeigefinger gegen Davis' Brust. »Geben Sie dem Jungen zweihundertfünfzig Pfund. Nehmen Sie es meinetwegen von meiner Gratifikation, wenn Sie wollen.« Er schüttelte fassungslos den Kopf. »Tss«, machte er, »fünfzig Pfund für den besten Stalljungen der Welt! Wissen Sie, was Phar Lap wäre, wenn Tommy sich nicht um ihn kümmern würde? Ein Nichts wäre er! Woodcock ist wie eine Mutter zu Phar Lap! Er schläft bei ihm, beschützt sein Leben und macht alles für ihn! Und Sie speisen ihn mit fünfzig Pfund ab? Sie sollten sich schämen!« Er drehte sich um und ging zu Tommy zurück, der den Wutausbruch seines Freundes mit offenem Mund und weit aufgerissenen Augen verfolgte.

»Hier.« Jim drückte Tommy eine Fünfzigpfundnote in

die Hand. »Das ist erst der Anfang. Ich bringe dir später noch mehr!« Und immer noch vor sich hin schimpfend marschierte er durch die Stallgasse hinaus. Das Tor ließ er hinter sich ins Schloss knallen.

Mr Telford und Mr Davis sahen dem Mann sprachlos hinterher, der ihnen soeben gehörig die Leviten gelesen hatte. Erst als er verschwunden war, wandten beide den Kopf und betrachteten Tommy.

Tommy senkte den Blick, damit sie sein Schmunzeln nicht sehen konnten.

Mit heruntergelassenen Hosenträgern saß Tommy auf seiner Matratze und zählte die Scheine. Zusammen mit dem Scheck, den er auch noch einlösen konnte, und den hundert Pfund, die er bereits zurückgelegt hatte, besaß er 325 Pfund. Das musste für die Ausrichtung der Hochzeitsfeier und einen neuen Anzug reichen. Zur Not konnte er sich ja einen leihen.

Tommy lachte, als er sich an Mr Davis' verdutztes Gesicht erinnerte. Nachdem Piky wutentbrannt den Stall verlassen hatte, war Davis noch einmal zu ihm zurückgekommen. Er hatte nach seinem Portemonnaie gegriffen und sich geräuspert. »Nun ja, vielleicht hat Mr Pike Recht«, hatte er gesagt und Tommy ein paar Geldscheine in die Hand gedrückt.

»Übertreiben Sie's nicht!«, hatte Mr Telford durch den Stall gerufen. »Die jungen Burschen werden nur faul, wenn man sie zu sehr verwöhnt. Woodcock hat sein Gehalt schon bekommen!«

»Ja, ja, schon gut!«, rief Mr Davis zurück. »Wir haben ja auch keinen schlechten Schnitt gemacht, nicht wahr?«

In der Tat, dachte Tommy und überschlug im Kopf die Preisgelder, die Phar Lap in dieser Saison erwirtschaftet hatte. Insgesamt knapp 20000 Australische Pfund in gerade mal zehn Wochen!

Und mit dem beglückenden Gedanken, dass er nun endlich mit Emma einen Termin für die Hochzeit vereinbaren konnte, schlief er ein.

Als Cashy aufwachte, war es noch stockfinster. Er lauschte in die Dunkelheit. Nichts. Seine Mutter und seine Geschwister schliefen noch. »Herzlichen Glückwunsch, alter Junge«, gratulierte er sich selbst zu seinem siebzehnten Geburtstag und schlug die Bettdecke zurück.

Heute wollte er sich selbst das schönste Geburtstagsgeschenk bereiten: seinen zweiten Sieg in Gosford. Er stand auf, schlüpfte in seine Hosen vom Vortag, zog das Hemd an, das er bereits die ganze Woche trug, und ließ die Hosenträger auf seinen schmalen Schultern flitschen. Dann schlüpfte er in seine Schuhe und schlich, die Jacke über den Schultern und das Käppi auf dem Kopf, aus dem Haus.

Auf dem Weg zu den Stallungen in der Bowral Street dachte er an Tommy und Bobby, die nun in Bacchus Marsh ihren verdienten Winterurlaub verbrachten. Ein bisschen Urlaub hätte dem Siebzehnjährigen auch gut gefallen. Zumindest stellte er sich das schön vor, denn er hatte noch nie in seinem Leben irgendwo Urlaub gemacht. Er konnte es also letztendlich nicht wissen, ob es ein anderes Gefühl war, wenn man nichts zu tun brauchte, als wenn man nichts zu tun hatte.

Doch statt Urlaub zu machen, wohnte und arbeitete er außerhalb der Saison wieder in Sydney. Auf diese Weise konnte er wenigstens über Weihnachten bei seiner Familie sein. Und das war auch nicht das Schlechteste. Möglicherweise reichte das Geld sogar für einen Braten? Bei dem Gedanken an ein schönes Stück Fleisch lief Cashy das Wasser im Mund zusammen.

Cashy mistete die Ställe aus, versorgte die Pferde, für die er zuständig war, und als sein Magen so laut knurrte, dass selbst die Pferde die Ohren spitzten, kehrte er zum Frühstück nach Hause zurück.

Seine Mutter und seine Geschwister waren mittlerweile aufgestanden – obwohl es draußen immer noch nicht richtig hell war – und Cashy setzte sich zu ihnen an den gedeckten Frühstückstisch. Zur Feier des Tages hatte seine Mutter sogar Eier mit Speck gemacht, die Cashy in Rekordzeit in sich hineinschaufelte.

»Nun iss doch in Ruhe, Junge«, ermahnte ihn seine Mutter.

»Kann nicht«, antwortete Cashy mit vollem Mund. »Ich muss gleich wieder los, um rechtzeitig in Gosford zu sein.«

Seine Mutter seufzte. »Gerade dann solltest du anständig essen.« Sie musterte ihren Sohn sorgenvoll, der bereits wieder aufsprang und nach seiner Jacke griff, die er über die Stuhllehne gehängt hatte.

Er wischte sich mit dem Handrücken die Fettreste

vom Mund und gab seiner Mutter einen Kuss auf die Wange. »Drückt mir die Daumen«, sagte er und eilte bereits zur Tür.

»Natürlich, mein Schatz«, rief ihm seine Mutter hinterher und löste erst den Blick vom Rücken ihres Sohnes, als die Tür hinter ihm ins Schloss fiel. Sie würde drei Kreuze machen, wenn sie ihn am Abend wohlbehalten zurückhatte.

Servile war nervös. Er tänzelte und schlug mit dem Kopf aus. Cashy dachte an La Gloria, die Stute, mit der er dieses Rennen vor etwa einem Jahr gewonnen hatte. Im Vergleich zu ihr war dieser junge Hengst ein Ausbund an Hektik. Und es wurde auch nicht besser, als sich die zwanzig Pferde im Startbereich aufstellen sollten. Cashy überlegte, ob es vor einem Jahr auch so ein Gedränge am Start gegeben hatte. Aber er konnte sich nicht daran erinnern.

Als der Startschuss fiel, ging Cashy in Führung. Nun zeigte sich die positive Seite von Serviles Temperament. Doch Cashys Hochgefühl hielt nicht lange an. Servile lief ungleichmäßig und Cashy hatte alle Hände voll zu tun, den Hengst auf der Bahn zu halten. Er vergeudete kostbare Sekunden und die anderen Pferde schlossen zu ihm auf. Die Strecke war stellenweise gefährlich schmal und Cashy versuchte Servile nach außen zu dirigieren, um aus der Schusslinie zu kommen.

Aber da war kein Platz mehr!

Cashy schrie auf, als er merkte, dass Servile stolperte. Das Pferd verlor so abrupt an Geschwindigkeit, dass Cashy sich nicht mehr im Sattel halten konnte. Er stürzte kopfüber vom Rücken des Pferdes und landete mitten auf der Bahn. Er riss die Arme hoch, um sich vor den Hufen der anderen Pferde zu schützen. Doch es war bereits zu spät.

Dann senkte sich Dunkelheit über ihn.

18

»Er war ein Teil von Phar Laps Familie.«
GEOFF ARMSTRONG/PETER THOMPSON, PHAR LAP

CASHY MARTINS GEIST WANDERT ÜBER MOOREFIELD

Nach dem tragischen Unfalltod des jungen Jockeys Cashy Martin in Gosford versammelten sich gestern zahlreiche Jockeys auf der Rennbahn von Moorefield, unter ihnen so bekannte Größen des Rennsports wie Ted Bartle, Maurice McCarten, Rae Johnstone und Sid Cracknell, um gegen die gefährlichen Bedingungen auf einigen Rennstrecken des Landes zu demonstrieren.
Cashy Martin war vergangenen Dienstag bei einem Rennen vom Pferd gestürzt und von den nachfolgenden Reitern überrannt worden. Er erlag seinen schweren inneren Verletzungen im Kreis seiner Familie in einem Krankenhaus in Gosford. An seiner Beerdigung nahmen fünfundsiebzig Jockeys teil, darunter auch Jim Pike, der Jockey des Wunderpferdes Phar Lap. Cashy Martin wurde nur siebzehn Jahre alt.

Tommy ließ die Zeitung sinken, verbarg sein Gesicht in beiden Händen und kämpfte gegen die Tränen an. Doch der Schmerz war übermächtig. Es kam ihm vor, als wäre es erst gestern gewesen, dass Cashy ihm aufgeregt berichtet hatte, er würde dieses Jahr wieder in Gosford ein Rennen bestreiten. Wie glücklich war der Junge dabei gewesen.

Und jetzt?

Bobby rieb seinen massigen Schädel an Tommys Schulter. Er spürte, dass sein Freund traurig war, und wollte ihm gerne helfen.

Tommy fühlte sich tatsächlich ein wenig getröstet, als er dem gleichmäßigen Atem des Pferdes lauschte. Auch Bobby hatte Cashy gemocht. Und Cashy vor allem Bobby.

Jim hatte ihm erzählt, dass man eine Kladde in Cashys Nachlass gefunden hatte, in der der Junge akribisch jeden Zeitungsausschnitt über Phar Lap gesammelt hatte. Tommy musste unwillkürlich lächeln, als er sich daran erinnerte, wie Cashy Phar Lap in der Küche von Mrs Bone vor den anderen Jockeys in Schutz genommen hatte. Ja, der Junge hatte von Anfang an gesagt, dass Phar Lap ein Champion werden würde!

»Gott sei Dank konnte er wenigstens noch miterleben, wie Phar Lap den Cup gewann«, hatte Mr Telford gesagt und Tommy konnte sich nicht erinnern seinen Boss jemals so mitfühlend erlebt zu haben.

Ja, Gott sei Dank hatte Cashy Phar Laps größten Erfolg noch erleben dürfen. Aber ein Trost für den Verlust des Freundes, des Sohnes, des Bruders, des Enkels und des Neffen konnte das nicht sein. Niemals mehr würde es so sein wie früher, als Cashy noch bei ihnen gewesen war.

Als Tommy Wochen später mit Phar Lap von Bacchus Marsh nach Braeside zurückkehrte, wurde ihm noch einmal aufs Schmerzlichste bewusst, dass ihn nie wieder Cashys schelmisches Lächeln anstrahlen würde. Er freute sich zwar, die vielen bekannten Gesichter seiner Kollegen zu erblicken, aber er ertappte sich auch mehrmals dabei, wie er nach dem schmalen Gesicht Ausschau hielt, das ihm noch so deutlich vor Augen stand, als hätte er es erst gestern zum letzten Mal gesehen. Noch nie hatte er so lange gebraucht, um sich nach der Urlaubspause wieder im Alltag auf Braeside zurechtzufinden.

Als er Phar Lap jetzt untersuchte und dabei leise vor sich hin fluchte, zitterte das Pferd wie Espenlaub. Es war überdeutlich, dass der »Rote Blitz« Schmerzen hatte. Sein Gelenk war geschwollen und der Huf entzündet.

»Das gefällt mir nicht«, sagte Tommy. »Ganz und gar nicht. Wir stehen am Anfang der Saison und der Huf sieht nicht gut aus.«

»Aber gestern beim Training habe ich noch nichts gemerkt. Und das Rennen am vergangenen Samstag ist er doch auch einwandfrei gelaufen.«

Tommy blickte zu dem Jungen auf, der an der Stalltür lehnte. Martin war ein feiner Kerl. Und doch war es nicht das Gleiche wie mit Cashy. Auch Phar Lap hatte zunächst irritiert reagiert, als das Training nach der Sommerpause mit einem fremden Jockey begann.

Immer noch verkrampfte sich etwas in Tommy, wenn er an seinen verstorbenen jungen Freund dachte. Fast drei Monate war das Unglück mittlerweile her, doch es verging immer noch kein Tag, an dem nicht irgendeiner der Jungs eine Anekdote über Cashy zum Besten gab, bei der zuerst alle laut lachten und anschließend in deprimiertes Schweigen verfielen.

»Bobby würde auch mit einem gebrochenen Bein laufen«, erwiderte Tommy. »Aber ich sehe schwarz für das Rennen in drei Tagen.« Er erhob sich und wischte seine Hände an der Hose ab. »Ich werde Telford anrufen. Er soll sich das noch einmal ansehen. Die Tinktur, mit der er Phar Laps Huf gestern eingerieben hat, scheint nicht die richtige zu sein. Der Huf ist dadurch schlimmer geworden, nicht besser.«

Doch Mr Telford zeigte kein Verständnis für Tommys Sorgen. »Die Tinktur ist richtig, Junge, glaub mir«, ertönte seine Stimme durch den Hörer.

»Aber sein Huf ist dadurch schlimmer geworden und er hat Schmerzen! Er kann kaum auftreten und hält den Vorderlauf in Schonstellung. Ich glaube nicht, dass er in dem Zustand am Futurity teilnehmen kann.«

»O doch«, antwortete Mr Telford. »Das kann er.«

Tommy starrte den Fernsprecher an der Wand an, als sähe er in ihm Telfords Gesicht. Er konnte kaum glauben, was er da hören musste. Hatte dieser Mann denn gar keine Skrupel? Er würde das Pferd noch völlig ruinieren!

»Hör zu«, fuhr Mr Telford fort, als Tommy nicht antwortete. »Ich komme morgen vorbei und sehe ihn mir an.«

»Morgen?«

»Ja, morgen.«

»Okay, Boss.« Er schien das Beste erreicht zu haben, was im Augenblick möglich war.

Mr Telford legte auf, ohne Auf Wiedersehen zu sagen.

»Das sieht nicht gut aus.« Mr Telford stemmte die Hände in die Hüften und schüttelte unheilschwanger den Kopf.

Mr Davis, der sich gebückt hatte, um den Huf zu begutachten, blickte zu dem Trainer auf. »Was meinen Sie damit?«

Tommy hörte aufmerksam zu. Auch er wunderte sich über den plötzlichen Sinneswandel seines Arbeitgebers. Hatte der Mann nicht gestern noch gesagt, es sei alles in Ordnung und er solle sich keine Sorgen machen?

»Ich meine, es sieht nicht gut aus«, wiederholte Telford.

»Sie meinen, er kann am Samstag das Rennen nicht laufen?« Mr Davis ließ Phar Laps Vorderlauf los und richtete sich auf. Er hatte sowieso nicht genug Ahnung, um beurteilen zu können, in welchem Zustand sich der Huf befand.

»Ich meine, es ist fraglich, ob er überhaupt noch einmal ein Rennen laufen wird.«

Tommy runzelte die Stirn. Was war bloß mit seinem Boss los? So kannte er ihn gar nicht.

Mr Davis war sichtlich entsetzt. Er blickte Phar Lap an, als sähe er ihn zum letzten Mal.

Mr Telford nickte Tommy zu und zog Mr Davis am Ärmel mit sich fort. »Ich werde mir noch einmal überlegen müssen, ob ich unter diesen Umständen bereit bin einen Anteil an Phar Lap zu erwerben«, hörte Tommy Harry Telford sagen.

Davis' Erwiderung konnte er bereits nicht mehr verstehen, denn die beiden Männer waren schon zu weit weg.

»Was ist mit Phar Lap los? Er scheint das Rennen zu verschlafen!«

Tommy lehnte am Zaun, während er der Stimme des Kommentators lauschte, die durch die Lautsprecher drang, und sah auf die Rennstrecke. Sein Gesichtsausdruck spiegelte deutlich seine Gefühle wider. Er konnte Harry Telford beim besten Willen nicht verstehen. Niemals hätte er das Pferd laufen lassen dürfen. Phar Laps Huf war zwar besser geworden, seitdem er die Tinktur weggelassen hatte, aber die Entzündung war noch nicht abgeklungen. Und das Ergebnis sah man jetzt: Phar Lap trottete hinter dem Feld der anderen Pferde her, als ginge ihn das alles nichts an. Und was hatte der Trainer erwidert, als Tommy ihm seine Bedenken mitteilte? »Wenn Phar Lap verliert, dann liegt es jedenfalls nicht an dem Huf, sondern daran, dass du ihn auf Bacchus Marsh wieder zu fett gefüttert hast!«

»Mystic Peak macht ein gutes Rennen. Kann er den Champion heute schlagen? Doch da kommt Phar Lap! Der ›Große Rote‹ scheint aufzuwachen! Ja, jetzt kommt der ›Rote Blitz‹!«

In die Zuschauermenge, die bislang ebenso wie ihr Favorit vor sich hin geträumt zu haben schien, kam Leben. Alle Augen richteten sich auf Phar Lap, der in diesem Augenblick seine Aufholjagd begann.

»Ja, das ist der Phar Lap, wie wir ihn kennen! Phar Lap jetzt bereits an dritter Position hinter Taurus und Mystic Peak. Kann Mystic Peak seinen Vorsprung bis zum Ziel halten? Phar Lap vorbei an Taurus. Was für ein spannendes Finale … Phar Lap auf gleicher Höhe mit Mystic Peak.

Und jetzt zieht er vorbei! Phar Lap führt! Phar Lap gewinnt mit einer Länge vor Mystic Peak!«

Der Jubel brach los, als der »Rote Blitz« die Ziellinie überquerte.

»Phar Lap gewinnt beim diesjährigen Futurity Stakes vor Mystic Peak und Taurus mit dem sagenhaften Gewicht von hundertdreißig Pfund auf dem Rücken! Dieses Pferd ist wirklich nicht zu schlagen!«

›Und wenn du wüsstest, dass er dazu noch einen entzündeten Huf hat!‹, dachte Tommy und bahnte sich durch die Menschenmenge seinen Weg, um Phar Lap und Jim Pike in Empfang zu nehmen. Irgendwie konnte er sich heute über den Sieg seines Freundes nicht freuen. Die Sorge um Bobbys Gesundheit hing wie eine Wolke über ihm.

Jim ließ sich soeben von Phar Laps Rücken gleiten, als Tommy ihn erreichte. Er hielt Phar Lap am Halfter fest. Das Pferd schnaufte und hielt seinen schmerzenden Vorderlauf hoch.

»Er bringt ihn noch um!«, zischte Jim Tommy ins Ohr, als der neben ihm stand. »Niemals hätte Phar Lap in dem Zustand geritten werden dürfen.«

»Das habe ich auch gesagt«, erwiderte Tommy. »Aber er hört nicht auf mich.«

»Er denkt nur ans Geld«, schimpfte Jim Pike. »Das Pferd ist ihm völlig egal. Aber wenn er so weitermacht, dann ist Phar Lap bald am Ende. Dann wird er gar nichts mehr mit ihm verdienen.«

»Solange Bobby jedes Rennen gewinnt, wird er das niemals einsehen«, sagte Tommy.

Jim Pike schüttelte den Kopf. »Dieses Rennen hat Phar Lap mit dem Herzen gewonnen, Tommy, nicht mit seinen Beinen.«

Für das Siegerfoto posierten Harry Telford und David Davis einträchtig Schulter an Schulter neben Phar Lap, der von seinem Stallburschen am Halfter festgehalten wurde und dicht hinter ihnen stand.

»Nun müssen Sie mir fünfzig Prozent von der Siegerprämie abgeben, Harry«, flüsterte Davis Telford ins Ohr. »Aber für 4000 Pfund haben Sie dabei kein schlechtes Geschäft gemacht, Sie Schlitzohr.«

Tommy brauchte nicht mehr den zufriedenen Gesichtsausdruck seines Arbeitgebers zu sehen, um mit einem Mal zu verstehen, warum die Tinktur, die Telford dem Pferd verabreicht hatte, nichts genützt hatte. Bobby musste Schmerzen erdulden, damit Telford eine Hälfte des Wunderpferdes für möglichst wenig Geld erwerben konnte!

Tommy spürte Übelkeit in sich aufsteigen.

»Wenn Bobby nicht wäre, würde ich sofort alles hinschmeißen.« Tommy lag mit dem Kopf in Emmas Schoß und blickte in den Himmel. »Aber das kann ich dem Pferd nicht antun.«

Emmas Finger glitten durch Tommys Haar, während sie ihm zuhörte. Sie hätte sich gewünscht, dass ihr Bräutigam vielleicht auch einmal über die morgen anstehende Zeremonie mit ihr sprechen würde. Über seine und ihre Wünsche für die gemeinsame Zukunft, aber andererseits liebte sie ihn ja gerade so, wie er war. Und wenn sie ihm morgen das Jawort gab, dann gab sie es auch Phar Lap. Das war ihr bereits vor langer Zeit klar geworden. Tommy Woodcock gab es nur mit Pferd.

Tommy richtete sich auf und sah Emma in die Augen.

Sie lächelte ihn an.

»Du wirst bestimmt wunderschön aussehen«, sagte er, als hätte er ihre Gedanken erraten. »Verrätst du mir, wie dein Kleid aussieht?«

Emma lachte laut auf. »Du weißt doch, dass es Unglück bringt, wenn der Bräutigam die Braut vor der Hochzeit im Brautkleid sieht. Du musst dich noch einen Tag gedulden«, antwortete sie.

»Ich will es doch gar nicht sehen, ich will doch nur, dass du es mir beschreibst«, bettelte Tommy.

Aber Emma blieb hart. »Es ist knallrot und dazu trage ich eine alte Strickmütze«, behauptete sie.

»Du schwindelst!«, rief Tommy.

»Wenn du wissen willst, was ich trage, dann musst du morgen schon in die Kirche kommen«, fuhr Emma fort und beugte sich zu ihm vor. »Und wenn es geht, komm ohne Bobby«, flüsterte sie und senkte ihre Lippen auf seine.

Natürlich war Emma wunderschön. Sie trug ein langes weißes Kleid mit zarter Spitze und einer kurzen Schleppe. An ihrem Schleier waren kleine weiße Perlen und Blumen befestigt.

Tommy sah ihr entgegen, als sie durch das Kirchenschiff

auf ihn zukam. Sein Herz raste. Nervös blickte er an sich herunter. Der dunkle Anzug war neu. Ebenso wie das weiße Hemd und die weiße Fliege, die er dazu trug. Ein wenig kam er sich vor wie verkleidet und er konnte den Moment kaum erwarten, wo er das feine Zeug wieder aus- und seine Arbeitskleidung anziehen konnte. Doch das durfte er Emma nicht verraten. Sie war schon enttäuscht genug gewesen, als er ihr gesagt hatte, dass er unmittelbar nach der Hochzeitsfeier zurück nach Melbourne musste. Hatte er auch die Blume nicht verloren, die in seinem Knopfloch steckte? Nein, da war sie.

Und die Ringe? Mit zitternden Händen tastete Tommy nach der kleinen Schachtel in seiner Hosentasche. Gott sei Dank, alles war an seinem Platz!

Er lächelte seine zukünftige Frau an, die nun neben ihm vor dem Altar stand, und gemeinsam wandten sie sich dem Geistlichen zu.

»Die Polizei hat die Ermittlungen endgültig eingestellt. Es besteht keine Hoffnung mehr, herauszufinden, wer den Anschlag auf Phar Lap verübt hat.«

Tommy horchte in sich hinein, ob er enttäuscht war. Er wusste es nicht. Er hatte kein Empfangskomitee erwartet, wenn er von seiner Hochzeit zurückkehrte, aber war es zu viel verlangt, dass der Boss ihm die Hand schüttelte und ihm gratulierte? Immerhin hatte er ihm und Bobby zuliebe sogar auf seine Flitterwochen verzichtet! Er hatte Emma sozusagen zwischen Tür und Angel geheiratet und war mit dem nächsten Zug zurückgekommen.

Auf seiner eigenen Hochzeitsfeier hatte er dann auch noch seine alte Tante trösten müssen, die sich über den soeben bekannt gewordenen Tod der Dame Nellie Melba zutiefst schockiert zeigte! Einem Zeitungsbericht zufolge war die berühmte Opernsängerin im Alter von neunundsechzig Jahren im St. Vincent's Hospital in Sydney an einer Blutvergiftung gestorben. Seine Tante hatte sie als junges Mädchen einmal in Melbourne auf der Bühne erlebt und erklärte ihrem Neffen voller Stolz, dass sie sogar eine Schallplatte von ihr besaß. *O soave fanciulla*, gesungen von Nellie Melba und dem italienischen Startenor Enrico Caruso. Und das, obwohl sie gar kein Grammofon hatte, um sie abzuspielen!

Tommy interessierte das alles in diesem Augenblick nicht wirklich, da er eine Menge anderer Dinge im Kopf hatte. Aber seine Tante kannte kein Pardon. Mit Tränen in den Augen erzählte sie, dass der Starkoch des Londoner Savoy Dame Nellie Melba zu Ehren einen Nachtisch kreiert habe, der Pfirsich Melba genannt und in einem aus Eis gehauenen Schwan serviert wurde. Von derlei Kostbarkeiten war das, was Tommy seinen Gästen anbieten konnte, leider weit entfernt.

Und nun musste er auch noch die Rücksichtslosigkeit seines Arbeitgebers ertragen, der nicht ein bisschen Dankbarkeit für seine schnelle Rückkehr zeigte! Aber natürlich tat Tommy das alles nicht für Mr Telford, sondern ausschließlich für Bobby, der so gut wie nichts fraß und niemanden an sich heranließ, wenn er nicht bei ihm war. Die Jungs hatten Tommy gehörig hochleben lassen und ihn nach Einzelheiten über die Hochzeitsnacht ausgefragt, die er ihnen natürlich nicht erzählt hatte. Harry Telford dagegen benahm sich, als wäre Tommy soeben vom Toilettengang zurückgekommen.

»Also können wir nur raten, wer es auf Phar Lap abgesehen hatte: die Buchmacher, unsere lieben Kollegen, also die Trainer und Besitzer der anderen Pferde, oder diese Spinner, die glauben, das Pferd sei vom Teufel geschickt.«

Tommy stellte überrascht fest, dass Telford anscheinend auch von der dritten Gruppe der Feinde Bobbys wusste. Bislang hatte er geglaubt, nur ihm wären die merkwürdigen religiösen Eiferer aufgefallen.

»Ach, übrigens, herzlichen Glückwunsch.«

»Danke, Sir.«

»Und nun zurück an die Arbeit. Wir haben morgen ein Rennen zu gewinnen.«

»Ja, Boss.«

»Es geht ihm wirklich nicht gut, Boss. Sie müssen ihn aus der Starterliste streichen. Er kann heute kein Rennen gewinnen.«

»Ach, Tommy, du übertreibst schon wieder.«

»Sehen Sie ihn sich doch selbst an.«

Harry Telford trat näher an das Pferd heran. Phar Lap stand mit hängendem Kopf und hängenden Ohren in seiner Box und atmete schwer.

»Er ist erkältet, der Huf ist auch noch nicht wieder in Ordnung und er hat Koliken.«

»Wenn es so schlimm wäre, wie du behauptest, warum gewinnt er dann jedes Mal?«

Tommy seufzte. »Er würde immer gewinnen, Sir. Aber nach dem letzten Rennen war er völlig fertig. Jim Pike hat auch gesagt, er ist am Ende.«

»Solange er noch gewinnt, ist er auch gesund.« Der Trainer drehte sich um und ließ Tommy und Bobby allein im Stall zurück.

Tommy sah seinem Arbeitgeber hinterher. Er hätte nie geglaubt, dass er sich einmal wünschen würde, Phar Lap würde ein Rennen verlieren. Doch er hatte sich geirrt.

Sein Wunsch sollte schneller in Erfüllung gehen, als er es sich erträumt hätte. Die Zuschauer beim Lloyd Stakes wirkten regelrecht geschockt, als der »Rote Blitz« mit einer Kopflänge hinter Waterline ins Ziel kam. Niemals zuvor war es nach einem Pferderennen so still auf den Zuschauerrängen geblieben.

PHAR LAP VERLIERT!

Die Sensation beim VRC CM Lloyd Stakes war perfekt, als sich ein völlig desolat wirkender Phar Lap im Kampf gegen seinen Konkurrenten Waterline geschlagen geben musste. Niemals zuvor hat man Jockey Jim Pike so kämpfen sehen. Doch vergebens. Nach vierzehn Siegen in Folge kam der große Fuchs heute nur als Zweiter ins Ziel. Wie Trainer und Miteigentümer Harry Telford nach dem Rennen bekannt gab, ist Phar Lap gesundheitlich angeschlagen. »Er braucht eine Auszeit«, sagte Telford den Journalisten. »Und die wird er auch bekommen.«

19

**»Eins der großen Mysterien dieser Zeit war es,
dass die Menschen jeden Cent,
den sie hatten, auf Phar Lap setzten.
Als ob der ›Große Rote‹ allein gegen die
schlechten Zeiten ankämpfen konnte.«**
GEOFF ARMSTRONG/PETER THOMPSON,
PHAR LAP

Tommy liebte es, mit Phar Lap in Bacchus Marsh zu sein. Denn dort konnte er zusehen, wie sich das Pferd erholte. Die langen Spaziergänge, die Aufenthalte auf der Weide ohne kräftezehrende Trainingseinheiten und belastende Rennen machten Bobby zu einem ganz normalen, glücklichen Pferd. Nichts erinnerte hier daran, dass die Zeitungen in Melbourne und Sydney nur noch von dem »Wunderpferd« oder dem »Ausnahmepferd« sprachen und Hunderttausende den »Roten Blitz« als Helden verehrten.

Allmählich kehrte der Glanz in Phar Laps Augen zurück. Und wenn Tommy mit ihm durch die Hügel spazierte, hatte er das Gefühl, dass ihm nichts auf der Welt fehlte. Nichts außer Emma, die ihn nach der Hochzeit mit dem Auftrag nach Melbourne zurückgeschickt hatte, eine Bleibe für das junge Paar zu suchen.

Und wieder hatte Tommy seine Frau enttäuschen müssen, als er ihr mitteilte, dass der Boss ihn für mehrere Wochen nach Bacchus Marsh schicke und er die Wohnungssuche daher aufschieben müsse. Emma hatte während ihres Telefonats nur geseufzt. Tommy konnte hören, wie traurig sie darüber war, dass sie nun noch länger getrennt sein würden. Aber sie beschwerte sich nicht. Sie zeigte immer Verständnis für seine Arbeit und sein besonderes Verhältnis zu dem Fuchs. Tommy wurde mit tiefer Dankbarkeit erfüllt, dass er das Glück gehabt hatte, diese wundervolle Frau zu finden und ihr Herz für sich zu gewinnen.

Bobby schien zu spüren, wenn seine Gedanken schwermütig wurden. Dann rieb er seinen massigen Schädel an der Schulter des jungen Mannes und schnaubte leise. Zum Glück ahnten beide nicht, was etliche Meilen entfernt über ihre Zukunft beredet wurde. Sonst wäre es ihnen beiden wohl ungleich schwerer gefallen, sich zu erholen.

»Die Preisgelder fallen immer geringer aus. Jetzt reduziert sogar schon der Albury Race Club das Siegergeld für seinen Gold Cup von tausend Pfund auf vierhundert Pfund.« Mr Davis schüttelte sorgenvoll den Kopf. »Wenn das so weitergeht, dann lohnt es sich bald nicht mehr, überhaupt das Startgeld für ein Pferd zu zahlen.«

»Das ist in der Tat besorgniserregend«, stimmte Harry Telford zu. »Der ARC gilt immerhin als einer der Größten in der Branche. Aber die wirtschaftliche Situation macht eben auch vor dem Rennsport nicht halt.«

»In Amerika fallen die Preisgelder noch anders aus«, fuhr Mr Davis fort. »Im Agua Caliente in Mexiko werden dem Sieger 100000 US-Dollar gezahlt. 100000 Dollar! Können Sie sich das vorstellen?«

»Was nützt uns das?«, entgegnete Mr Telford. »Wir sind nicht in Amerika, sondern in Australien. Und Amerika ist verdammt weit weg.«

Mr Davis antwortete nicht. Er blickte in die Ferne, als sähe er dort Amerika vor seinem inneren Auge.

Auch Harry Telford schwieg. Doch seine Gedanken gingen in eine ganz andere Richtung. Seit er die Hälfte von Phar Laps Gewinnen abgeben musste, war der Fuchs weit weniger attraktiv für ihn. Umso größere Erwartungen hatte er in seine anderen Pferde, deren Preisgelder er mit niemandem teilen musste – sofern sie gewannen!

Ein zufriedenes Lächeln machte sich auf dem Gesicht des Trainers breit, als er an Rondalina dachte, die junge Stute, auf die er große Hoffnungen setzte. Sie hatte sich beim Chatswood Plate in Caulfield ganz beachtlich geschlagen, als sie den ersten Platz belegte, und Harry hoffte, dass dies erst der Auftakt zu einer erfolgreichen Karriere war.

»Wir könnten natürlich auch unter die Goldgräber gehen«, fuhr Mr Davis fort und sein Lächeln verriet, dass er diesen Vorschlag nicht ganz ernst meinte. »Allerdings lebt man dabei anscheinend recht gefährlich. Haben Sie das von diesem Abenteurer Lasseter gehört?«

Telford schüttelte den Kopf. Er war in Gedanken noch bei seiner Stute.

»Ich glaube, Harold Bell hieß er mit Vornamen«, erzählte Mr Davis. »Man hat seine Leiche in einer Höhle irgendwo in Zentralaustralien gefunden«, fuhr er fort.

Harry Telford lehnte sich auf seinem Stuhl vor. Seine Neugierde war geweckt.

»Dieser Lasseter hat wohl bereits vor Jahren mal ein enormes Goldvorkommen entdeckt. Letztes Jahr war er erneut erfolgreich und rief eine Expedition ins Leben, um das Gold zu bergen. Aber es dauerte nicht lange, bis es böses Blut zwischen den Goldgräbern gab. Es muss so schlimm gewesen sein, dass sich die Männer letztendlich trennten und jeder sein Glück auf eigene Faust versuchte. Dabei verirrte sich Lasseter in der Wüste und fand dort den Tod. Offenbar bereits Ende Januar.« Er schüttelte den Kopf bei dieser Vorstellung. »Aber erst jetzt, dreieinhalb Monate später, hat ein Buschmann seine Leiche gefunden. Und neben der Leiche das Tagebuch und einige Briefe des Toten.«

»Und daher weiß man …« Harry Telford räusperte sich. Er hatte einen Kloß im Hals, so sehr hatte ihn die Geschichte gefangen genommen. »Und daher weiß man, was passiert ist?«

Mr Davis zuckte die Schultern. »Keine Ahnung. Ich kann Ihnen nur wiedergeben, was ich selbst darüber gehört habe.«

Harry Telford war es auf einmal kalt. Er schüttelte sich bei dem Gedanken, in einer der großen Wüsten im Landesinneren Australiens vom Weg abzukommen. Da konnten es im Sommer durchaus mal fünfzig Grad und mehr werden! Natürlich bedeutete das den sicheren Tod. »Vermutlich nur ein Ammenmärchen, um die Leute vom Goldschürfen abzuhalten«, beruhigte er sich selbst.

»Vielleicht«, stimmte Mr Davis zu. »Aber vielleicht auch nicht. Diesen Lasseter zumindest hat es tatsächlich gegeben. Und man fand seine Leiche.«

Harry Telford schwieg. Nein, dachte er, dann versuche ich doch lieber mein Geld mit Pferden zu verdienen und verbringe mein Leben an der schönen grünen Küste Australiens, möglichst nah am Wasser.

Tommy staunte selbst darüber, wie fit Phar Lap in der Zeit, die sie in Underbank verbracht hatten, wieder geworden war. Er war kraftvoller und ausdauernder denn je. Und das hatte er ausschließlich durch lange Spaziergänge und einige Kanter in Mr Sol Greens Paddock erreicht.

»Er war bis jetzt jedes Mal zu fett, wenn ihr aus Bacchus Marsh zurückgekommen seid«, urteilte Mr Telford, als er Phar Lap wiedersah. »Aber dieses Mal hast du dich selbst übertroffen. Er sieht aus wie ein Kutschpferd! Wie viel, sagst du, wiegt er? 568 Kilo?« Der Trainer schüttelte fassungslos den Kopf, aber sonst sagte er nichts mehr. Er schrie nicht einmal.

Tommy wunderte sich ein wenig. In der Tat war Phar Lap noch nie so kräftig gewesen wie jetzt und Mr Telford hatte sich bislang stets viel mehr aufgeregt, wenn Bobby mit ein paar Pfund zu viel aus Bacchus Marsh zurückkehrte. Warum nur reagierte er dieses Mal so verhältnismäßig entspannt?

Er brauchte nicht lange auf eine Erklärung zu warten.

»In diesem Zustand kann er niemals beim Underwood Stakes mitmachen«, fuhr Telford fort. »Ich glaube, da werde ich lieber Rondalina melden.«

Tommy verstand. In seiner fast fünf Monate dauernden Abwesenheit hatte die Arbeit auf Braeside angefangen

Früchte zu tragen. Und die vielversprechendste Frucht hieß also Rondalina.

»Das ist doch der blanke Wahnsinn!« Tommy hatte vor Aufregung rote Flecken im Gesicht. »136 Pfund? Warum legen sie dem Pferd nicht direkt eine Eisenkette um die Fesseln und werfen es ins Meer? Das geht schneller!« Er schüttelte den Kopf. »Nachdem sie es nicht geschafft haben, ihn zu erschießen, versuchen sie jetzt, ihn mit Gewichten umzubringen.«

Jim Pike schwieg. Er war im Gegensatz zu Tommy eher blass um die Nase geworden, nachdem die Handicaps für den Melbourne Cup 1931 offiziell verkündet worden waren.

»Hat jemals ein Pferd so viel Gewicht aufgebrummt bekommen?« Tommy ging im Stall auf und ab, verfolgt von Phar Laps interessierten Blicken.

»Ja, es gab eins«, antwortete Pike, »das noch mehr trug, und zwar Carbine 1869. Ihm hat man 138 Pfund auf den Rücken geschnallt.«

»Das bringt Bobby um.« Tommy schien Jims Antwort gar nicht gehört zu haben. Er war vor Phar Lap stehen geblieben und sah ihm in die braunen Augen. Nichts erinnerte mehr an das abgemagerte, hässliche Pferd, das er damals im Hafen von Sydney in Empfang genommen hatte. Nichts, außer dem Ausdruck in diesen Augen, der über die Jahre hinweg unverändert geblieben war.

»Ich weiß nicht, ob ihn das umbringt. Er hat im Augenblick eine gute Kondition«, wandte Jim ein. »Eine sehr gute Kondition!«

Tommy drehte sich zu dem Jockey um. »Da bist du aber ganz anderer Meinung als Telford«, sagte er. »Der glaubt, Rondalina hätte beim Underwood Stakes größere Chancen als Phar Lap.«

Pike nickte. Er kannte Telfords Pläne bereits.

»Er lässt mich sogar als Trainer mit Phar Lap teilnehmen. So sicher ist er sich seiner Sache.«

»Du hast deine Trainerlizenz also bekommen? – Herzlichen Glückwunsch!«

Tommy lächelte stolz. »Danke.«

»Und wer reitet Phar Lap?«

»Elliott«, antwortete Tommy.

Jim Pike nickte anerkennend. Sein Kollege Billy Elliott war zweifellos ein guter Mann. »Na, vielleicht bringt dir das ja ein paar Pfund extra ein.«

Ein paar Extrapfund konnte Tommy gut gebrauchen, schließlich stand Emmas Umzug an. Es war nicht leicht, in diesen Zeiten eine Familie zu gründen. Überhaupt nichts schien leicht zu sein angesichts der herrschenden Armut ringsum. Immer häufiger begegnete Tommy auf seinen Spaziergängen mit Phar Lap arbeitenden oder gar bettelnden Kindern, oft kaum älter als acht oder neun Jahre, die Zeitungen oder Blumen verkauften, Schuhe wichsten oder einfach nur um ein kleines Almosen baten. Wie groß musste die Verzweiflung der Eltern sein, wenn sie ihre Kinder auf diese Weise ausnutzten?

AUSTRALIENS WUNDERPFERD REIST NACH AMERIKA!

Wie aus zuverlässiger Quelle bekannt wurde, steht Mr David Davis, der Besitzer des Wunderpferdes Phar Lap, in engem Kontakt zu James Crofton, dem verantwortlichen Leiter des Agua-Caliente-Rennens in Mexiko, des mit 100000 US-Dollar höchstdotierten Rennens der Welt. Phar Lap soll Informationen zufolge Anfang kommenden Jahres nach Nordamerika verschifft werden, um sich dort gemeinsam mit seinem Jockey Jim Pike auf die Teilnahme an dem berühmten Rennen vorzubereiten.

»Das ist nichts weiter als ein Gerücht!« Harry Telford hob die Hand, als könnte er dadurch allen Spekulationen über Phar Laps Reisepläne Einhalt gebieten. Er lächelte süffisant, als er fortfuhr. »Das können Sie schon an der Behauptung sehen, Jim Pike würde das Pferd auf seiner angeblichen Reise begleiten …«

»Wie meinen Sie das?« Einer der Reporter, der mit gezücktem Stift vor Telford stand, sah von seinem Block hoch, auf dem er sich Notizen machte.

»Ich verrate, glaube ich, kein Geheimnis, wenn ich sage, dass Mr Pike an der Seekrankheit leidet und ganz gewiss niemals freiwillig einen Fuß auf ein Schiff setzen würde.«

Der Journalist senkte den Kopf wieder und begann eifrig zu schreiben.

»Andererseits«, fuhr Mr Telford fort, »müssen wir uns angesichts der Gewichte, die Phar Lap hier von verantwortlicher Stelle auferlegt werden, durchaus Gedanken machen, wie die Zukunft für ihn aussehen soll.«

»Werden Sie Phar Lap denn trotz der 136 Pfund, die er tragen soll, im Melbourne Cup laufen lassen?«

»Das werden wir zu gegebener Zeit entscheiden«, antwortete Telford. »Wenn er fit ist, wüsste ich nicht, was dagegen spricht. Aber vorher haben wir noch einige andere Rennen zu bestreiten. Zum Beispiel das Underwood Stakes in Williamstown. Ich darf Ihre Aufmerksamkeit auf die junge Stute Rondalina lenken, mit der ich an dem Rennen teilnehmen werde.«

»Und was ist mit Phar Lap?«

Telford ärgerte sich sichtlich darüber, dass die Reporter sich mehr für den »Großen Roten« interessierten als für das neue vielversprechende Pferd aus seinem Stall.

»Was soll mit ihm sein? Er wird zurzeit verantwortlich von dem jungen Tommy Woodcock trainiert, der soeben seine Lizenz erworben hat. Ich habe mehr als dreißig Pferde zu betreuen. Da kann ich mich nicht um alle persönlich kümmern. Und jetzt entschuldigen Sie mich bitte, ich habe zu tun.« Er drehte sich um und ignorierte die Nachfragen der Reporter. Sie würden sich noch wundern, wenn Rondalina den völlig verfetteten Phar Lap beim ersten Rennen der Saison hinter sich ließ. Ihm konnte das nur recht sein. Und mit Davis hatte er außerdem auch noch ein Hühnchen zu rupfen …

Tommy war sehr aufgeregt. Es war das erste Rennen, an dem er als Trainer, nicht als Stalljunge teilnahm. Und er hatte Phar Lap so auf diesen Wettkampf vorbereitet, wie er es für richtig hielt: mit viel Konditionsarbeit und wenig Galopptraining.

Er war zuversichtlich, dass Phar Lap fit war – auch wenn einige Sportreporter sich Telfords Meinung angeschlossen hatten und behaupteten, der »Rote Blitz« sei zu fett. Tommy wusste es besser.

Nach tagelangem Regen war die Rennstrecke in Braeside so aufgeweicht gewesen, dass es unmöglich schien, Bobby dort das Galopptraining absolvieren zu lassen. Kurzerhand hatte Tommy Stan Boyden, den Fahrer, gebeten, das Pferd zur Rennbahn des Moonee Valley Racing Clubs zu bringen. Die Erlaubnis, das Pferd dort trainieren zu dürfen, hatte Tommy dem Sekretär des Clubs, Mr Hiskens, abringen können.

Phar Lap war die Meile in einer Minute fünfundvierzig gelaufen und hatte Tommy mit dieser Trainingszeit mehr als zufriedengestellt.

Aber nicht nur seine neue Funktion als Phar Laps verantwortlicher Trainer machte Tommy nervös, als er jetzt am Rand der Rennbahn von Williamstown darauf wartete, dass das Rennen begann. Er konnte seinem Boss endlich beweisen, dass er Recht hatte: Es war möglich, ein Pferd so zu trainieren, dass es Höchstleistungen erbrachte, ohne es zu schikanieren und zu quälen.

Bei diesem Gedanken überkam Tommy ein regelrechtes Glücksgefühl. So wie er sich überhaupt am vorläufigen Ziel eines langen Weges wähnte: Er war sechsundzwanzig Jahre alt und durfte das berühmteste Pferd des Landes trainieren.

Auch Phar Lap war zum ersten Mal in seinem Leben rundum zufrieden. Er genoss die Arbeit mit Tommy und allmählich rückten die Erinnerungen an die quälenden Stunden, in denen er Hunger gelitten und Angst ausgestanden hatte oder bis zum völligen Zusammenbruch geschlagen und vorangetrieben worden war, in den Hintergrund. Er spürte die Zuneigung der Menschen, die ihm zujubelten, wo immer sie ihn sahen, und er spürte vor allem Tommys Zuneigung und das machte den »Roten Blitz« glücklich, denn er wollte nichts weiter als seinem Freund gefallen.

FÜNF SIEGE IN FÜNF RENNEN!

Australiens Wunderpferd hat es wieder einmal allen gezeigt: Entgegen den Vermutungen, Phar Lap sei in schlechter Verfassung in diese Saison gestartet, bewies der »Rote Blitz« in den vergangenen Wochen wieder einmal, dass er unbesiegbar ist. Er hat nicht nur an Masse deutlich zugelegt, nein, er ist wirklich in jeder Hinsicht ein großartiges Pferd geworden, das Rekorde nur aus einem einzigen Grund aufzustellen scheint: um sie anschließend wieder zu brechen. So gelang es dem »Großen Roten« beim diesjährigen AJC Craven Plate in Randwick, seinen im letzten Jahr mit zwei Minuten und drei Sekunden aufgestellten australischen Rekord um knapp eine Sekunde erneut zu unterbieten! Dieses Pferd ist tatsächlich ein Wunder.

»Er schnauft wie ein Walross! In dem Zustand bricht er beim Melbourne Cup unter den 136 Pfund, die er tragen muss, zusammen!«

»Gerade weil er so viel tragen soll, braucht er genügend Substanz«, widersprach Tommy seinem Arbeitgeber.

Harry Telford schüttelte unwirsch den Kopf. »Ich habe es langsam satt, mir von einem Jungen, der gerade mal halb so alt ist wie ich, sagen zu lassen, wie ich meinen Job zu machen habe!«

»Darum geht es doch gar nicht. Aber Sie müssen doch zugeben, dass Phar Lap in den letzten Rennen eine gute Figur gemacht hat.«

»Also, eins hat er ganz bestimmt nicht gemacht, und zwar eine gute Figur! Ich hätte dir niemals so lange erlauben dürfen das Pferd eigenverantwortlich zu trainieren. Ich bräuchte drei Monate, um Phar Lap für den Cup fit zu machen. Aber leider bleiben mir nur noch zehn Tage!«

»Wie meinen Sie das?«

»Ich meine, dass ich ab jetzt wieder Phar Laps Training übernehmen werde.«

Tommy sah Harry Telford fassungslos hinterher, als er sich ohne ein weiteres Wort abwandte und den jungen Mann einfach stehenließ. Er ahnte Schlimmes, doch seine Ahnungen sollten noch bei weitem übertroffen werden.

20

»Ich hätte weinen können bei der Art,
wie er ihn trainiert hat.
Er hat das Innerste aus ihm herausgaloppiert.
Die ganze Woche lang.«
TOMMY WOODCOCK

Phar Lap rang nach Luft. Immer wieder sauste die Gerte auf seine Kruppe nieder und trieb ihn weiter an. Der Sand unter seinen Hufen gab nach und das schwere Pferd versank bis zu den Knöcheln in dem weichen Boden. Seine Muskeln schmerzten und seine Knie zitterten, doch sein Reiter hatte noch nicht genug. Noch eine Runde und noch eine Runde musste der Fuchs auf der Rennbahn drehen, bis sich die Sonne allmählich dem Horizont näherte. Erst als die Dämmerung hereinbrach, ließ sich Harry Telford aus dem Sattel gleiten und beauftragte einen Stallburschen das Pferd zurück in die Box zu bringen.

Er hasste nichts mehr, als Phar Lap selbst zu trainieren. Erstens brachte es ihn an den Rand dessen, was er mit Mitte fünfzig körperlich zu leisten im Stande war, aber vor allem führte es ihm deutlich vor Augen, dass keins seiner anderen Pferde augenblicklich gut genug war, um Phar Lap auf den zweiten Platz zu verweisen. Sicher, Rondalina hatte sich nicht schlecht geschlagen, aber Telford musste zugeben, dass ihr das Zeug für die ganz großen Rennen fehlte. Ebenso wie jedem anderen verdammten Jährling in seinem Stall. Hin und wieder fragte sich Harry sogar, ob es wirklich sein Pferdeverstand gewesen war, der ihn zu Phar Lap geführt hatte. Oder ob es nicht doch nur ein glücklicher Zufall gewesen war.

Aber wenn er die immensen Kosten, die Braeside verursachte, decken wollte, dann blieb ihm einfach nichts anderes übrig, als sich wieder persönlich um Phar Lap zu kümmern. Der Fuchs war immer noch seine sicherste Einnahmequelle. Auch wenn ihm das keineswegs passte.

Und während sich Harry Telford mit schmerzenden Gliedern in seinen Sessel fallen ließ, dachte er noch einmal an das Gespräch mit Davis zurück. Vielleicht hatte sein Kompagnon doch Recht? Die Hälfte von 100000 Dollar würde ihm für einige Zeit den Kopf aus der Schlinge ziehen. Und vielleicht war dies das Risiko wert, Phar Lap auf die weite Reise nach Amerika zu schicken, damit er dort am bedeutendsten Rennen der Welt teilnahm?

Als Tommy an diesem Abend nach Bobby sah, stand der Fuchs wie hypnotisiert in seinem Stallabteil. Er war zu müde, um seinen Freund zu begrüßen, und starrte nur geradeaus. Tommy untersuchte Phar Laps Läufe, doch das Pferd fiel beinahe um, als es auf drei Beinen stehen sollte. Tommy schloss die Augen und kämpfte gegen die Tränen des Zorns an. Phar Lap hatte durch Telfords Training nichts an Kraft hinzugewonnen. Im Gegenteil, in dieser Verfassung – da war sich Tommy sicher – würde er unter der Last von 136 Pfund nach spätestens einer halben Meile tot zusammenbrechen.

»Du wirst dich verdammt schwertun, wenn du heute mit ihm gewinnen willst.«

Jim Pike sah seinem Freund Woodcock forschend ins Gesicht. Doch das Grinsen, das er dort zu sehen erwartet hatte, blieb aus. »Das soll ein Scherz sein, oder?«, fragte er verunsichert.

Tommy schüttelte den Kopf, während er dem Jockey in den Sattel half. »Er ist am Ende«, sagte er. »Du wirst es merken.«

Jim Pike antwortete nicht, während er Phar Lap wendete und den anderen Pferden zum Startbereich folgte. Er dachte darüber nach, was er von Tommys Kommentar halten sollte. War es doch ein Scherz gewesen? Oder wollte er Harry Telford eins auswischen? Es war kein Geheimnis, dass die beiden wegen Phar Laps Trainingsmethoden in ewigem Clinch lagen.

Doch sobald das Zeichen zum Start des diesjährigen Melbourne Stakes gegeben wurde, konzentrierte sich Jim auf das Rennen.

Und zunächst lief alles glatt. Phar Lap galoppierte wie gewohnt und ging schließlich mit zwei Längen Vorsprung in Führung.

Jim war gerade so weit zu denken, dass Tommy doch übertrieben hatte, als er kurz vor dem Ziel merkte, wie Phar Lap einbrach. Es war ein Gefühl, als hätte jemand den Gang herausgenommen. Niemals zuvor in den neunundzwanzig Rennen, die er mit Phar Lap zusammen gemeistert hatte, war ihm so etwas widerfahren. Er rettete seinen Vorsprung mit einer halben Länge Abstand zu seinem Verfolger Concentrate ins Ziel, doch er hatte die Ziellinie noch nicht ganz überquert, als er im Stillen bereits zu Tommy sagte: »Du hast Recht gehabt. Er ist völlig am Ende. Ausgebrannt und kaputt.«

»Er ist wirklich am Ende, Kumpel. Er würde den Melbourne Cup nicht einmal gewinnen, wenn er nur hundert Pfund tragen müsste, geschweige denn mit 136!« Der Jockey hielt sein Pferd, das nach Luft schnappte wie ein Fisch auf dem Trockenen, am Halfter fest und strich ihm beruhigend über die Stirn. Er schüttelte verzweifelt den Kopf. »Was hat Harry Telford bloß mit ihm gemacht? Bis zum Cox Plate war er in Topkondition. In dem Zustand hätte er alles gewonnen. Aber jetzt?«

»Telford hat ihn richtig hart rangenommen«, antwortete Tommy und ballte die Hand zur Faust, wenn er daran dachte, in welcher Verfassung er Bobby jeden Abend der vergangenen Woche in seiner Box vorgefunden hatte. Kein Wunder, dass das Pferd fertig war.

»Du musst ihn davon überzeugen, dass er Phar Lap aus dem Cup streicht«, fuhr Jim Pike fort. »Er wird ihn niemals gewinnen. Aber die Wahrscheinlichkeit, dass er danach endgültig und für immer erledigt ist, ist verdammt groß.«

Tommy nickte zustimmend. »Ich glaube, das weiß er bereits«, murmelte er, denn er hatte Telford etwas Ähnliches zu Davis sagen hören. »Aber Davis will diesen Cup unter allen Umständen gewinnen.«

»Dann müssen wir mit Davis sprechen«, beharrte Pike.

»Wenn Phar Lap den Cup läuft, dann wird das, fürchte ich, sein letztes Rennen.«

Mr Davis sah alles andere als glücklich aus. Der spektakuläre Sieg Phar Laps im vergangenen Melbourne Cup hatte Harry Telford in die Schlagzeilen gebracht, aber nicht ihn. Und nun sah er seine große Chance schwinden, endlich ebenfalls als Besitzer des berühmten Rennpferdes in der Öffentlichkeit zu stehen und die Huldigungen entgegenzunehmen.

Doch die Gesichter der drei Männer, die ihm gegenüberstanden, waren ernst und zeigten ihm mehr als deutlich, dass die Entscheidung sowieso schon gefallen war. Mit oder ohne ihn.

»Wenn er am Dienstag am Rennen teilnimmt«, hatte Telford gesagt, »wird ihn das endgültig erledigen. Und was wollen Sie dann nach Amerika mitnehmen?«

David Davis seufzte. »Also gut. Ich bin wohl überstimmt. Aber«, er hob mahnend den Zeigefinger in die Luft und deutete damit auf Harry Telford, »dann steht es auch fest, dass wir ihn zum Agua Caliente nach Mexiko bringen!«

Harry Telford zögerte nur kurz, bevor er zustimmend nickte. Denn seine privaten Rechnungen hatten ihn längst davon überzeugt, dass ein Sieg Phar Laps in Amerika die einzige Möglichkeit für ihn war, Braeside aufrechtzuerhalten.

»Ich werde noch heute mit Mr Mackinnon reden«, versprach Davis, und während Tommy erleichtert zu Phar Lap zurückkehrte, machte sich der Geschäftsmann auf den Weg in das Büro des Victoria Racing Clubs.

Lachlan Mackinnon schüttelte bereits den Kopf, noch bevor Davis seine Argumentation zu Ende vorgebracht hatte. »Mr Davis«, begann der Vorsitzende des Clubs. »Wir haben Ihnen und Ihrem Pferd in der Vergangenheit viel Entgegenkommen gezeigt.«

Davis runzelte die Stirn, während er sich zu erinnern versuchte, worin dieses Entgegenkommen bestand.

»Aber im Interesse der Zuschauer kann ich Ihnen leider nicht gestatten Phar Lap aus dem Rennen zu nehmen.«

»Wie meinen Sie das?«

»Ich glaube, das zahlende Publikum hat ein Recht darauf, Phar Lap am Dienstag im Melbourne Cup zu sehen.«

»Wollen Sie damit sagen, dass Phar Lap am Rennen teilnehmen *muss*?«

»Ich fürchte, ja«, antwortete Mackinnon.

»Nur damit ich sicher bin, dass ich Sie richtig verstehe«, hakte Mr Davis nach, »Sie brummen Phar Lap ein Gewicht von 136 Pfund auf, unter dem er zusammenbricht, und dann verlangen Sie von mir, dass ich das Pferd laufen lasse?«

»Aber, aber, Mr Davis«, antwortete der Präsident des Clubs. »136 Pfund sind für ein Pferd wie Ihres doch kein gesundheitsgefährdendes Gewicht! Außerdem ...«, Mr Mackinnon lächelte, »... außerdem bestimmen schließlich nicht wir das Handicap des Pferdes, wie Sie eigentlich wissen sollten.«

Mr Davis zog es vor, zu schweigen. Natürlich gab es einen unabhängigen Handicapper, der das Gewicht jedes einzelnen Pferdes unter Berücksichtigung seiner persönlichen Leistungen und seines Alters festlegte, um weitestgehende Chancengleichheit bei einem Rennen zu gewährleisten. Dabei bekam das Pferd mit den meisten Siegen das höchste Handicap. Und das war selbstverständlich Phar Lap. Aber wollte Mr Mackinnon ihm wirklich weismachen, dass er und seine mächtigen Freunde, die das Komitee des bedeutenden Victoria Racing Clubs bildeten und ihre eigenen Rennpferde am Start hatten, keinen Einfluss auf diese Entscheidungen nehmen konnten?

David Davis konnte sich jedenfalls kaum vorstellen, wer sonst noch ein Interesse daran hätte, Phar Lap so viel Gewicht aufzubrummen, dass der Fuchs unter der Belastung womöglich gesundheitliche Schäden davontrug. Kein anständiger Handicapper, den Mr Davis kannte, würde so etwas tun!

»Meine Aufgabe ist es lediglich, die Interessen des Rennsports zu wahren, Mr Davis«, fuhr Mr Mackinnon fort. »Und das bedeutet …«

»Und das bedeutet«, unterbrach Mr Davis sein Gegenüber aufgebracht, »dass Sie auf Phar Lap als Publikumsmagneten nicht verzichten wollen. Aber damit er nicht gegen Ihre Pferde gewinnt, brummen Sie ihm ein tonnenschweres Gewicht auf!«

»Willkommen im Rennsport, Mr Davis.«

Tommy durchforstete die Zeitung auf der Suche nach dem Artikel, der ihn interessierte. Er überflog die Meldung über den Stand der Bauarbeiten der Harbour Bridge, die angeblich kurz vor dem Abschluss standen. Erst gestern war er an der gigantischen Baustelle vorbeigekommen und hatte ehrfurchtsvoll auf das riesige Stahlgebilde geschaut. In schwindelerregender Höhe turnten die Bauarbeiter dort oben herum und schweißten Tonnen von Stahl aneinander.

PHAR LAPS TEILNAHME AM MELBOURNE CUP GESICHERT!

Da war der gesuchte Bericht ja! Während Tommy las, biss er sich nervös auf die Unterlippe, ohne es zu merken.

Wie Mr David Davis gestern mitteilte, wird Phar Lap am Dienstag beim Melbourne Cup antreten. »Der VRC hat gesagt, ich muss«, sagte Mr Davis unserem Reporter. »Aber wir sind nicht länger gewillt«, fuhr der Eigentümer des schnellsten Pferdes Australiens fort, »uns von den Rennclubs dieses Landes derartige Vorschriften gefallen zu lassen. Das Angebot aus Amerika, Phar Lap dort starten zu lassen, besteht weiterhin und wir werden den Champion in Kürze über den Pazifik bringen.«

In der Tat scheint es, als wäre ein Teil der Leute von dem ewigen Atem der Sensation um dieses außergewöhnliche Pferd gelangweilt, während andererseits mit einer Wettsumme von mehr als 14000 Pfund beim diesjährigen Cup gerechnet wird. Immer noch gilt Phar Lap trotz des hohen

Handicaps von achtundsechzig Kilo als Favorit für dieses Rennen und die wenigsten Leute schenken den Gerüchten Glauben, das Pferd habe eine schlechte Kondition. Eins jedoch steht fest: Der Cup wird wie jedes Jahr von den Australiern mit Spannung erwartet!

»Sind Sie von allen guten Geistern verlassen?« Tommy stampfte auf Mr Telford zu, der mit der Stoppuhr in der Hand am Rand der Rennbahn stand und die Zeiten nahm. »Das kann doch nicht Ihr Ernst sein!«

Mr Telford reagierte nicht einmal auf Tommys Vorwürfe. Stattdessen wandte er sich an Martin, der soeben auf Phar Lap an ihnen vorbeipreschte. »Noch eine Runde, Martin!«

Tommy starrte seinen Boss mit offenem Mund an. Am liebsten hätte er ihm mit der geballten Faust ins Gesicht geschlagen.

»Was willst du, Junge?«, sagte Telford in herablassendem Ton, ohne Tommy dabei anzusehen.

»Was ich will? Sie können Phar Lap doch jetzt nicht trainieren! In wenigen Stunden beginnt das Rennen, das ihn mehr Kraft kosten wird als jedes andere in seinem Leben, und Sie jagen ihn hier am frühen Morgen mehrere Runden über die Rennbahn?«

»Ich habe dir schon mal gesagt, dass ich keine Ratschläge von Grünschnäbeln wie dir brauche. Ich weiß, was ich tue.«

Tommy kniff die Augen zusammen, als er jetzt noch näher an Mr Telford herantrat. In ihm brodelte es. »Eins sage ich Ihnen«, zischte er dem älteren Mann ins Ohr, »wenn Bobby heute irgendetwas passiert, dann mache ich *Sie* dafür verantwortlich!«

»Du bist derjenige, der hier dafür verantwortlich ist, dass das Pferd in einem so schlechten Zustand ist! Denk daran, Junge!«

Doch Tommy hatte sich bereits umgedreht und eilte davon. Er hatte Angst, sich zu vergessen, wenn er noch länger in Harry Telfords Nähe blieb.

»Mach dir keine Sorgen, Tommy.« Jim Pike legte dem Stallburschen beschwichtigend die Hand auf die Schulter. »Wenn ich merke, dass er nicht mehr kann, werde ich ihn nicht zwingen.«

»Ich weiß, Piky«, antwortete Tommy, während er seinem Freund auf Phar Laps Rücken half. »Danke.«

Aber obwohl er wusste, dass Bobby bei Jim in guten Händen war, machte er sich dennoch Sorgen, als er seinen Platz auf der Tribüne neben Harry Telford einnahm.

Es war das erste Mal, dass er ein Rennen von Bobby von der Tribüne aus beobachtete. Bislang hatte er stets einen Stehplatz am Rand der Rennbahn gehabt. Auch diesmal wieder drängten die Menschenmassen eng aneinander und jubelten ihrem Favoriten zu. Unter ihnen schien es keinen zu geben, der an Phar Laps Sieg zweifelte. Aber Tommy wusste es besser. Obwohl Bobby als Wunderpferd galt, war diese Aufgabe zu groß für den Fuchs.

Tommy war immer noch empört darüber, dass Harry Telford Phar Lap an diesem Morgen über die Rennbahn gejagt hatte. Aber auch in dem Gesicht seines Bosses konnte er die Sorge um Phar Laps Wohlergehen ablesen. Er hatte lediglich eine andere Auffassung davon, was gut und was schlecht für ein Pferd war, als Tommy.

»Die Pferde sind gestartet«, ertönte die Stimme des Kommentators über die Lautsprecher. »White Nose geht in Führung. Aber auch Phar Lap hatte einen guten Start.«

Tommys Blick haftete an seinem Pferd. Zum ersten Mal konnte er es über die gesamte Rennstrecke verfolgen.

»White Nose liegt immer noch vorn. Phar Lap auf Platz sechs. Aber da kommt der mächtige Phar Lap! Er geht auf die Außenbahn!«

Durch die Zuschauer ging ein Raunen und auch Tommy glaubte, seine Augen spielten ihm einen Streich, als Phar Lap in diesem Augenblick Platz um Platz wettmachte.

»Phar Lap holt auf! Kein Gewicht der Welt scheint dieses Pferd aufhalten zu können!«

Tommy arbeitete gegen den Impuls an, aufzustehen. Er konnte ein Rennen einfach nicht im Sitzen verfolgen. Nervös biss er sich auf die Lippe.

»Aber da kommt Concentrate. Concentrate überholt den Favoriten, der Schwierigkeiten zu haben scheint. Ja, Phar Lap bricht ein. Er hat nichts mehr zuzusetzen …«

Tommy sank in seinen Sitz zurück und schloss für eine Sekunde die Augen.

»Phar Lap fällt zurück und Concentrate holt weiter auf. Jetzt ist er an zweiter Position, während Phar Lap ans Ende des Feldes gerät. Doch White Nose liegt immer noch unangefochten an erster Stelle, dicht gefolgt von Concentrate. Jetzt kommt auch Shadow King. Shadow King holt auf! Doch was ist das? Auch Concentrate fällt zurück. Shadow King überholt Concentrate! Und White Nose, White Nose liegt immer noch vorn. Phar Lap weit abgedrängt. White Nose gewinnt und Shadow King verweist Concentrate auf den dritten Platz!«

Die letzten Pferde hatten das Ziel noch nicht erreicht, als Tommy bereits aufsprang und sich an seinem Boss vorbeischob. Er wollte zu Phar Lap. Er musste zu Phar Lap! Er musste wissen, was passiert war und in welcher Verfassung sich sein Pferd befand.

Tommy bahnte sich seinen Weg durch eine empörte Menschenmenge. Laute Buhrufe schallten über die gesamte Rennbahn. Die Zuschauer zerrissen zu Tausenden ihre wertlosen Wettscheine und warfen sie in einem Papierregen auf die Rennstrecke.

Das Komitee des VRC hatte vielleicht im Interesse des Rennsports gehandelt, als es Phar Lap zur Teilnahme am Melbourne Cup zwang – im Interesse des Publikums aber war diese Veranstaltung sicherlich nicht gewesen.

21

»Dieses Pferd konnte Land riechen!«
TOMMY WOODCOCK

»Du hättest ihn mehr fordern müssen!«

Mr Davis nickte zu den Worten des Trainers. »Ja, genau«, fügte er hinzu. »Da wäre mehr drin gewesen.«

Jim Pike starrte stoisch geradeaus und schwieg zu den Vorwürfen.

»Man konnte deutlich sehen, dass Phar Lap die Kraft hatte, nach vorn zu drängen. Warum hast du ihn nicht weiter angetrieben? Es waren doch nur noch ein paar Meter.«

»Und dann?« Der Jockey erwachte aus seiner Erstarrung. »Dann hätte er das Rennen gewonnen und wäre danach für immer untauglich gewesen! Phar Lap konnte nicht mehr. Er war am Ende! Wenn ich ihn gezwungen hätte, wäre er zusammengebrochen. Ist es das, was Sie wollen?«

»Nein, natürlich nicht«, musste Telford zugeben.

»Ich habe Phar Lap in dreißig Rennen geritten. Er hat gewonnen, obwohl er erkältet war. Er hat sogar mit einem entzündeten Huf noch gewonnen! Es gibt nichts, was dieses Pferd am Gewinnen hindert. Wenn Phar Lap einbricht, dann ist es ernst. Ihn dann noch weiter zu fordern würde seinen sicheren Tod bedeuten. Ist Ihnen das denn nicht klar?«

Mr Davis schien nicht ganz überzeugt zu sein. Aber Harry Telford nickte und klopfte Jim Pike beschwichtigend auf die Schulter. »Es ist gut, Jimmy. Du hast wohl Recht. Und wir wollen ja, dass zu den dreißig Rennen noch weitere hinzukommen, nicht wahr?«

Jim Pike nickte. O ja, er mochte Phar Lap. Und er mochte es, ihn zu reiten. Wenn es nach ihm ging, dann würde dieser Melbourne Cup nicht ihr letztes gemeinsames Rennen gewesen sein.

Weder er noch die beiden anderen Männer konnten zu diesem Zeitpunkt ahnen, dass dieser Wunsch nicht in Erfüllung gehen sollte.

PHAR LAP AM ENDE?

Der mächtige Phar Lap konnte beim diesjährigen Melbourne Cup nicht überzeugen. Trotz eines gelungenen Starts kam der Favorit nur als Achter über die Ziellinie. Das Publikum reagierte schockiert, als es zusehen musste, wie der »Große Rote« nach seiner spektakulären Aufholjagd plötzlich einbrach. Das ungeheure Gewicht von 136 Pfund, das er tragen musste, schien zu viel für den Fuchs zu sein. Zum ersten Mal seit einundvierzig Starts kam Australiens Wunderpferd damit nicht auf einen der ersten drei Plätze.

Die 7200 Pfund Siegerprämie, der zweitniedrigste Wert seit der ersten Austragung des Melbourne Cups 1861, gingen an White Nose.

Trotz der offensichtlich schlechten Verfassung des »Roten Blitzes« versicherten seine beiden Eigentümer Mr David Davis und Mr Harry Telford, dass sich an ihren Plänen, das

Pferd nach Amerika zu schicken, wo es im Agua Caliente Handicap in Mexiko um die sagenhafte Summe von 100 000 US-Dollar kämpfen soll, nichts geändert hat.

»Dort belegt man uns nicht mit solch mörderischen Gewichten«, ließ Mr Davis verlauten. »Phar Lap ist und bleibt das beste Rennpferd, das Australien im Augenblick zu bieten hat. Und wir scheuen den internationalen Vergleich nicht. Im Gegenteil. Wir sind davon überzeugt, dass Phar Lap auch auf amerikanischem Boden allen anderen davonlaufen wird.«

»Hey, Tommy, das sind ja grandiose Neuigkeiten! Meinen Glückwunsch!«

»Ja, danke, Piky.«

Der Jockey stutzte. Irgendwie hatte er sich mehr Begeisterung erwartet, nachdem Mr Telford offiziell mitgeteilt hatte, dass er Phar Lap nicht nach Amerika begleiten werde, weil ihn die Arbeit auf Braeside davon abhalte. An seiner Stelle sollte Tommy Woodcock als verantwortlicher Trainer Phar Lap zu dem Rennen bringen.

»Wo ist das Problem?«, wollte Jim wissen. »Ist das nicht das, wovon du immer geträumt hast?«

»Doch, schon«, gab Tommy zu. »Es ist nur so: Ich habe gerade erst eine Wohnung für Emma und mich gefunden. Und ausgerechnet jetzt, wo Emma zu mir nach Melbourne kommen sollte, bin ich für mindestens ein halbes Jahr in Amerika.«

»Ich verstehe«, sagte Jim Pike. Und nach einer Weile fragte er: »Und Emma? Ist sie sauer?«

»Auf jeden Fall ist sie ziemlich enttäuscht«, antwortete

Tommy. »Sie versucht natürlich, mir kein schlechtes Gewissen zu machen, aber ich merke, dass sie traurig ist.«

Jim nickte. »Wart's nur ab«, meinte er schließlich. »Wenn du mit Bobby alle Preise in Amerika abräumst, wird sie gehörig stolz auf dich sein.«

Tommy lächelte. »Hoffentlich hast du Recht.«

Abgesehen von dem unablässigen Regen, dem Gedränge und dem Lärm, den die Pferdekutschen auf dem gepflasterten Boden verursachten, gab es nicht viel, was an den Tag vor fast vier Jahren erinnerte, als Tommy Phar Lap am Hafen von Sydney in Empfang genommen hatte. Nicht Harry Telford stand diesmal neben ihm, sondern Emma. Außerdem würde Phar Lap nicht mit Hilfe eines dünnen Gürtels unter dem Bauch auf das Schiff gehievt, sondern gemeinsam mit Tommy in einer großen Holzkiste verladen werden, die mit einer Seilwinde aufs Schiffsdeck gehoben werden sollte.

Und dennoch musste Tommy daran denken, wie er Phar Lap zum ersten Mal hier begegnet war und ihm das Versprechen gegeben hatte, bei ihm zu bleiben und für ihn da zu sein. Er hatte sein Versprechen gehalten und dafür den treusten Freund gewonnen, den er jemals gehabt hatte.

»Schreibst du mir?« Emma drückte sich an ihn und Tommy konnte die Tränen in ihren Augenwinkeln glitzern sehen.

»Natürlich.«

»Ich werde dich vermissen.«

»Ich dich auch.«

»Die Amerikanerinnen sollen sehr hübsch sein.«

»Keine ist so schön wie du.«

»Pass auf dich auf, ja?«

Tommy nickte. Er hatte die Mahnungen von diesem Jack Farrell nicht vergessen. Der Geschäftsmann war soeben von einer Weltreise zurückgekehrt und hatte Tommy eigens aufgesucht, um ihn zu warnen: »In Mexiko wimmelt es nur so von Dieben und Gangstern. Dort wird alles geklaut, was nicht niet- und nagelfest ist. Wenn Sie nicht aufpassen, dann wachen Sie eines Morgens auf und Ihr Pferd ist weg!«

»Sir, wir sind zum Auslaufen bereit.« Der junge Hafenarbeiter sah Tommy schüchtern an.

»Danke, ich komme gleich.« Tommy wandte sich wieder Emma zu und jetzt spürte er den Abschiedsschmerz übermächtig werden. Sosehr er sich auch auf sein Abenteuer freute, so sehr machte es ihn traurig, seine junge Frau allein zurücklassen zu müssen.

»Ich liebe dich«, flüsterte Emma ihm ins Ohr.

»Ich liebe dich auch.«

Ihre Lippen trafen sich zu einem langen Kuss und die Umgebung verschwand wie hinter einem Schleier. Umso lauter erschien ihnen beiden das plötzliche Tuten des Schiffes, das die bevorstehende Abfahrt ankündigte.

Tommy riss sich von Emma los und kletterte zu Phar Lap in die hölzerne Box. Unter sich sah er Emma kleiner und kleiner werden. Tommy wurde es schwindelig und er musste sich abstützen. Er wusste nicht, ob es die Nachwirkungen des Kusses waren oder ob es damit zu tun hatte, dass der Mann an der Winde so heftig kurbelte und sie so ruckartig nach oben zog.

Phar Lap war unruhig und Tommy fragte sich, ob das daran lag, dass sich das Pferd an seine erste Schiffsreise erinnerte. Was ging wohl in Phar Lap vor, als er jetzt erneut im Rumpf eines Schiffes in einer engen, dunklen Box stand? Nicht mehr als ein offener Bretterverschlag trennte das Abteil vom Rest des Laderaums. Die Luft war abgestanden und Tommy sah sich naserümpfend um. Außer Phar Lap gab es noch ein weiteres Pferd hier unten. Aber er konnte auch einen Esel, ein Maultier und sogar ein Kamel sehen. Jedes Tier stand abgeschirmt von den anderen hinter splittrigen Holzbalken.

Phar Lap ließ Tommy nicht aus den Augen. Sobald sich der junge Mann bewegte, schlug er nervös mit dem Kopf. Tommy hatte gehofft, er könnte sich ein wenig die Füße an Deck des Schiffes vertreten. Aber er brauchte die Tür des Verschlags nur anzusehen, schon schnaubte Phar Lap, als wollte er sagen: »Komm ja nicht auf die Idee, mich hier allein zu lassen.«

Also machte es sich Tommy bei Bobby so bequem wie irgend möglich, betrachtete wieder und wieder die Spezialhufeisen, die Telford extra in Auftrag gegeben hatte, damit Phar Lap auf dem harten Boden in Mexiko den bestmöglichen Tritt hatte. Stündlich wurde er glücklicher darüber, dass dieses Schiff, die alte *Wanganui*, sie nur nach Neuseeland bringen sollte. Dort würde Telfords Bruder

Hugh sie abholen und bei sich aufnehmen, bis das eigentliche Schiff, die *Monowai*, sie nach San Francisco bringen würde. Tommy wusste nicht, ob er drei Wochen lang hier unten überlebt hätte.

Zunächst wartete Tommy noch darauf, dass irgendjemand herunterkäme, um die anderen Tiere zu versorgen. Ein kleiner Plausch hätte die Fahrtzeit sicherlich verkürzt.

Doch es kam niemand.

Allmählich wurde es immer stickiger. Die Ausdünstungen und Exkremente der Tiere ließen die Luft dick und warm werden. Tommy blickte sich um und konnte lediglich ein rostiges Rohr entdecken, das durch ein Loch in der Decke nach oben geführt wurde und auf diese Weise für Luftzirkulation sorgen sollte. Viel war es nicht, was dadurch an frischer Luft nach unten befördert wurde.

Der Geruch und das Schaukeln des Schiffs schlugen Tommy auf den Magen, doch er zwang sich dazu, seinen mitgebrachten Proviant, Sandwichs und Plätzchen, zu verzehren. Sicherlich würde bald mal jemand nach ihm und den Tieren sehen und ihn mit weiterem Essen versorgen. Aber bis er endlich erschöpft einschlief, hatte er immer noch ausschließlich Gesellschaft von zwei Pferden, einem Esel, einem Maultier und einem Kamel.

Mitten in der Nacht erwachte Tommy. Das Schiff schaukelte hin und her und an allen Ecken und Enden knarrte es. Auch Phar Lap wackelte nervös mit den Ohren, wieherte hin und wieder unruhig und scharrte mit dem Huf über den Boden.

»Ist gut, Bobby, alter Junge«, versuchte Tommy sein Pferd zu beruhigen und lenkte den Fuchs mit etwas Zucker ab.

Am Abend des nächsten Tages hatte sich immer noch keine Menschenseele blickenlassen. Tommy erhob sich und tastete sich an der Wand entlang zu der Box des anderen Pferdes. Der Wassereimer des Tieres war leer. Tommy füllte neues Wasser nach. Durstig begann das Pferd sofort zu trinken.

Tommy runzelte die Stirn, als er sah, dass auch der Futtertrog leer war. Er nahm etwas von Phar Laps Futter und gab es der Stute.

Er wollte soeben zu Phar Lap zurückkehren, der bereits aufgeregt nach ihm wieherte, als eine besonders hohe Welle ihn fast das Gleichgewicht verlieren ließ. Er konnte sich gerade noch abfangen und starrte mit offenem Mund auf den Wasserschwall, der mit einem Mal aus dem Lüftungsschacht hervorschwappte und über den Boden lief.

Konnte es noch schlimmer werden?

Tommy stützte sich an der Wand ab, als er zu Bobby zurückkehrte, und legte dem Pferd tröstend den Arm um den Hals. »Na, Bobby, alter Junge? Warst du damals auf deiner Reise nach Australien das arme Pferd, für das niemand gesorgt hat?«

Bobby schnaubte und rieb seinen Kopf dankbar an Tommys Schulter. »Bist du deshalb so anhänglich?«, überlegte Tommy weiter. »Glaubst du, ich wäre derjenige gewesen, der dich damals erlöst hat, weil ich der Erste war, der sich um dich gekümmert hat?«

Statt einer Antwort fuhr Phar Lap mit seiner riesigen Zunge über Tommys Handfläche und schloss dabei vertrauensvoll die Augen.

Am dritten Tag gingen Tommys Essensvorräte zur Neige und immer noch hatte niemand von der Besatzung im Laderaum nach dem Rechten gesehen. Ohne Tommy wären die Stute, der Esel und das Maultier vermutlich bereits halb verdurstet. Nur dem Kamel machte der Wasserentzug vergleichsweise wenig aus.

Als Tommys Magenknurren unerträglich wurde, bediente er sich an den Orangen, die in einer riesigen Kiste transportiert wurden. Wenigstens löschten die Früchte seinen quälenden Durst.

Phar Lap starrte nur noch abgestumpft geradeaus und Tommy sehnte das Ende dieser Überfahrt mit jeder Faser seines Körpers herbei. Er konnte das Dämmerlicht, den Gestank und das Schaukeln bald nicht mehr ertragen. Mittlerweile war er froh, dass er durch das Versorgen der Tiere so viel zu tun hatte, dass er die meiste Zeit abgelenkt war.

Als sich nach fünf Tagen die Ladeluke endlich öffnete und frische Luft und Licht in den Bauch des Schiffes drangen, fühlte sich Tommy wie ein Gefängnisinsasse, der nach einer Woche Einzelhaft zum ersten Mal wieder einen Menschen sieht.

»Was ist denn …« Tommy brach ab und räusperte sich erst einmal. Nach der langen Zeit des Schweigens war seine

Stimme regelrecht eingerostet. »Was ist denn mit dem Mann passiert, der das andere Pferd hätte versorgen sollen?«

»Hä?« Der Arbeiter, der die lebende Fracht zu entladen hatte, kratzte sich am Kopf.

»Ich war die ganze Zeit allein hier unten«, fuhr Tommy fort. »Die Tiere hatten Durst und Hunger. Ich habe sie versorgt, aber was wäre mit ihnen geschehen, wenn ich nicht da gewesen wäre?«

»Ach so, es war zu stürmisch, um runterzugehen«, erklärte er.

»Nun, für mich war es auch nicht gerade bequem«, antwortete Tommy.

»Sie hätten ja auch nicht da unten sein sollen.«

»Und wer hätte dann nach meinem Pferd gesehen?«

»Wir haben einen, der regelmäßig nach den Tieren sieht.«

»Ach ja? Ich war die ganze Zeit hier unten, aber ich habe niemanden bemerkt!«

»Ja, wie gesagt, es war zu stürmisch.«

Tommy winkte genervt ab. Er konnte nur hoffen, dass die Überfahrt von Neuseeland nach Amerika, die mehr als dreimal so lange dauern würde, etwas angenehmer wurde.

Als sie ihre Schiffsreise über einen Monat später von Wellington aus fortsetzten, hatten sich Phar Lap und Tommy so weit von ihrem ersten Teil der Reise erholt, dass sie einigermaßen entspannt dem zweiten Teil entgegenblickten. Darüber hinaus hatten sie in Mr Hugh Telford, Harry Telfords Bruder, einen neuen Freund gefunden. Unglaublich, wie sehr sich die beiden Brüder voneinander unterschieden!

Die *Monowai* war weitaus komfortabler als das Schiff, mit dem sie nach Neuseeland gekommen waren. Trotzdem brach Tommy der Angstschweiß aus, als er an Bord gehievt und mit einem Ruck über vier Meter in die Höhe gezogen wurde. Doch als er den großen und gut belüfteten Stall besichtigte, hatte Tommy das abenteuerliche Erlebnis schon wieder fast vergessen und freute sich auf ein gepflegtes Abendessen in den Speisesälen des modernen Ozeandampfers.

Diesmal wusste er, dass er sich keine Sorgen um Phar Lap zu machen brauchte, denn ein Mitglied der Schiffsbesatzung wollte während seiner Abwesenheit nach dem Pferd sehen. Tommy reichte Bobby zum Abschied ein Stück Zucker, zog sein Jackett gerade und machte sich gut gelaunt auf den Weg zum Abendessen. Allmählich gewöhnte er sich an seine neue Rolle als Trainer des berühmtesten Rennpferds Australiens. Nicht nur viele Männer sprachen ihn auf Phar Lap an und suchten das Gespräch mit ihm, auch etliche Damen interessierten sich für seine Arbeit – und natürlich für Phar Lap.

Der »Rote Blitz« musterte den jungen Schiffssteward misstrauisch. Und dem wurde bei dem prüfenden Blick des großen Pferdes plötzlich ganz heiß. Das Pferd strahlte, obwohl es nicht gerade eine Schönheit war, eine gewisse Autorität aus, die durchaus einnehmend wirkte.

Phar Lap spitzte die Ohren, als der fremde Mann plötzlich zu reden begann. Er konnte hören, dass die Stimme des Fremden unsicher klang. Wer war dieser Mann? Was wollte er von ihm?

Jetzt streckte der Fremde eine Hand nach ihm aus!

Phar Lap schnaubte.

Der Mann erschrak und zog seine Hand ruckartig zurück.

Phar Lap begann sich unwohl zu fühlen. Er bekam selbst Angst, als er merkte, wie unsicher der andere war. Lauerte hier etwa irgendwo eine Gefahr?

Jetzt streckte der Mann schon wieder eine Hand nach ihm aus und sprach dabei auf ihn ein.

Phar Lap wieherte und wich zurück.

Der Mann machte einen Schritt auf ihn zu. Er blickte erschrocken nach unten, als er merkte, dass er gegen den metallenen Eimer getreten war. Doch es war zu spät.

Als Phar Lap das Poltern hörte und spürte, wie etwas gegen seinen Vorderlauf rollte, riss er die Augen angstvoll auf, bis das Weiße darin zum Vorschein kam. Kaltes Wasser schwappte über seine Hufgelenke und durchnässte die Bandagen. Die Ohren des Pferdes zuckten vor und zurück und der sanftmütige Ausdruck in seinen Augen verschwand. Als hätte man einen Schalter umgelegt, begann Phar Lap plötzlich zu toben. Er schlug mit dem Kopf, wieherte verzweifelt, als würde er nach jemandem rufen, stieg und versuchte sich loszureißen.

Die beachtliche Energie, die sich so schlagartig und unvermittelt entlud, ließ den Steward erstarren. Es dauerte einige Minuten, bis er begriff, dass sich das Pferd nicht mehr von allein beruhigen würde und die Gefahr bestand, dass es sich verletzte. Er musste jemanden rufen!

Tommy hatte sich soeben an den Tisch gesetzt und die ersten Bissen seines vorzüglichen Essens genossen. Er atmete tief ein. Wie anders war es hier an Bord der *Monowai* im Vergleich zu diesem alten Viehtransporter, mit dem sie nach Neuseeland gefahren waren! Er dachte an das ebenfalls vorzügliche Weihnachtsessen, das er bei Mr und Mrs Telford genossen hatte. Harrys Schwägerin war wirklich eine exzellente Köchin. Das Einzige, was ihm zur Vervollkommnung seines Glückes jetzt noch fehlte, war Emma. Weihnachten ohne seine Frau war eine Sache. Die andere war der bevorstehende Jahreswechsel, den er auf hoher See irgendwo zwischen Neuseeland und Amerika verbringen würde. Ohne einen einzigen Freund oder Bekannten. Und vor allem ohne seine Frau.

Bei seinem Rundgang über Deck hatte Tommy bereits den kleinen Sandplatz inspiziert, der für die Pferde zur Verfügung stand. Es war nicht viel, aber es würde reichen, um Bobby regelmäßig ein wenig Bewegung zu verschaffen, so dass seine Muskulatur bei ihrer Ankunft in Amerika nicht völlig unterentwickelt sein würde.

Daran dachte er jetzt, während er den Mann beobachtete, der mit auffallend schnellen Schritten den Speisesaal durchquerte, offenbar auf der Suche nach jemandem.

Tommy schob sich den nächsten Löffel Suppe in den Mund. Ach, was tat das gut, sich hier verwöhnen zu lassen, während jemand anders bei Phar Lap Wache hielt. Ja, so konnte er den nächsten drei Wochen entspannt entgegenblicken.

»Mr Woodcock?« Der Mann, der so hektisch den Speisesaal durchquert hatte, blieb genau vor Tommy stehen.

»Ja?« Der Suppenlöffel verharrte in der Luft. Auf halbem Wege zwischen Teller und Tommys Mund.

»Sie müssen schnell kommen, bitte, Sir«, sagte der Fremde in der weißen Uniform. »Sie müssen zu Ihrem Pferd, es ist etwas geschehen!«

Tommy konnte Phar Lap schon von weitem hören. Das Pferd wieherte laut und schlug mit den Hufen gegen das Holz seines Stallabteils. Tommy war den ganzen Weg über die schmale Treppe vom Mitteldeck hinunter in den Bauch des Schiffes gerannt. Jetzt beschleunigte er seine Schritte noch einmal. Sein Herz raste vor Sorge um Bobby.

Was sollte er tun, wenn Bobby sich verletzte? Wie sollte er jemals wieder Mr Telford unter die Augen treten, geschweige denn sein Spiegelbild ruhigen Gewissens betrachten?

Sobald Tommy um die Ecke bog und Phar Lap ihn sehen konnte, beruhigte sich das Pferd. Phar Lap blieb stehen, schnaufte zwar noch ein wenig, war aber ansonsten vollkommen ruhig und entspannt.

Tommy war erleichtert, obwohl er mit Wehmut an die köstliche Suppe dachte, die jetzt einsam auf dem Tisch stand und allmählich kalt wurde.

Es fiel Tommy durchaus schwer, sich von der Vorstellung einer entspannten Überfahrt zu verabschieden. So schön hatte er es sich vorgestellt, jeden Abend an Deck des Schiffes gepflegt zu speisen, während ein Pianist und eine überaus attraktive Sängerin zur Unterhaltung der Gäste musizierten und Kellner die leer gegessenen Teller abräumten und gefüllte hinstellten.

Stattdessen leistete ihm nun Phar Lap Gesellschaft, während er aß. Und im Gegensatz zu ihm ging es Phar Lap in seinem geräumigen Stall hervorragend.

»Ein frohes neues Jahr, Bobby«, sagte Tommy am Jahreswechsel zu dem einzigen Lebewesen, das ihm Gesellschaft leistete, und Bobby rieb seinen Kopf freundschaftlich an Tommys Schulter.

Dann ging auf einmal alles so schnell, dass Tommy nur noch Zeit hatte, sich einen leeren Eimer vor das Gesicht zu halten. Seine Gedanken überschlugen sich, während er sich übergab. Dies war zweifellos der mieseste Anfang eines neuen Jahres, den er jemals gehabt hatte. Und er konnte nur hoffen, dass 1932 für ihn besser endete, als es anfing.

Die Wellen schlugen höher und höher, das Schiff schaukelte trotz seiner Größe hin und her, und Tommy konnte sich nicht vorstellen, dass noch mehr aus ihm herauskommen könnte. Aber das war ein Irrtum.

Bobby ließ Tommy nicht aus den Augen und der junge Mann hatte das Gefühl, in dem Blick des Pferdes läge Mitleid. Aber vielleicht wünschte er sich das auch nur. Phar

Lap jedenfalls schien das Geschaukel nicht viel auszumachen. Tommy beneidete ihn fast um seinen guten Gleichgewichtssinn. Bei ihm schien alles durcheinandergeraten zu sein. Oben und unten. Links und rechts. Vorn und hinten. Alles war eins. Ein sich drehendes, Übelkeit verursachendes Durcheinander.

Aber immerhin gab es hier jemanden, der ab und zu nach ihnen sah! Als der Bootsmann an diesem Tag zu ihnen herunterkam und Tommy immer noch in dem gleichen Zustand vorfand wie bei seinem letzten Besuch, drehte er sich wortlos auf dem Absatz um, verschwand durch die Tür des Transportraumes und kehrte einige Minuten später mit einem Glas zurück.

»Hier, trink das, Junge.«

Tommy nahm das Glas mit zitternder Hand. Er fühlte sich so schlecht wie noch nie zuvor in seinem Leben und er hätte alles getan, damit es ihm besser ging. Denn was auch passieren mochte – schlimmer als im Augenblick konnte es nicht mehr werden.

»Schluck es, so schnell du kannst, hinunter«, sagte der Bootsmann und sah zu, wie Tommy das Glas an die Lippen setzte, die Augen schloss und den Inhalt gehorsam mit einer einzigen Handbewegung in seinen Mund schüttete.

Tommy hätte nicht gedacht, dass die Flüssigkeit seinen Magen überhaupt schon erreicht hatte, als er bereits wieder nach dem Eimer griff. Und wenn er geglaubt hatte, es könnte ihm nicht noch schlechter gehen, dann musste er nun feststellen, dass er sich geirrt hatte.

Während er sich übergab, grübelte er darüber nach, ob

der Bootsmann ihn umbringen wollte. Hatte der Mann ihn mit der Flüssigkeit vergiftet? Aber warum? Was wollte er von ihm? Das Pferd? Wo sollte er es hinbringen? Sie waren immer noch mindestens neun Tage von der Küste entfernt!

Tommy fühlte sich wie Dörrobst. Er konnte sich kaum vorstellen, dass irgendwo in seinem Körper auch nur noch ein Tropfen Wasser stecken könnte. Und dennoch kam immer noch etwas aus ihm heraus. Langsam wünschte er sich zu sterben, damit er diese Qualen hinter sich lassen konnte.

Schließlich wurde die Erschöpfung übermächtig und Tommy versank in einen tiefen, traumlosen Schlaf.

Als er erwachte, war es finstere Nacht. Er vergewisserte sich, dass mit Phar Lap alles in Ordnung war, wunderte sich, dass er keinerlei Übelkeit verspürte, und schlief augenblicklich wieder ein.

Als er die Augen das nächste Mal aufschlug, blickte er geradewegs in das Gesicht des Bootsmannes, der ihn aufmerksam musterte. »Na, wie fühlst du dich?«

Tommy setzte sich auf. Er hatte einen unbändigen Durst, aber die Übelkeit war verschwunden. »Besser«, stellte er erstaunt fest. »Es geht mir besser. Aber was zum Teufel war das?«

Der Bootsmann grinste. »Oh, es war nichts weiter als ein Glas Salzwasser. Einfaches Salzwasser.«

Nachdem Tommy die Seekrankheit auf diese merkwürdige Weise überwunden hatte, wurde auch das Wetter besser.

Die Wellen waren längst nicht mehr so hoch und die *Monowai* lag ruhig auf der See und machte Meile um Meile.

Tommy genoss es jetzt wieder, dass er mit Phar Lap auf Deck spazieren gehen konnte. Die Sonne brannte und es wurde sogar erstaunlich heiß. So heiß, dass Tommy Phar Laps geschwollene Beine mit Aftershave einrieb, um sie zu kühlen, und ihn nur noch morgens in aller Frühe und abends, wenn es bereits wieder abkühlte, auf den kleinen Sandplatz führte, wo sie ihre Runden drehten.

Zwanzig Tage waren sie bereits an Bord des Schiffes, als Tommy Phar Lap bei Sonnenaufgang an Deck brachte. Der »Rote Blitz« trottete wie jeden Morgen neben dem jungen Mann her. Doch plötzlich blieb er ruckartig stehen und hob den Kopf. Er drehte seine Nase in Richtung Reling und schnaubte. Seine Nüstern weiteten sich und seine Ohren wackelten aufgeregt vor und zurück.

»Was ist los, Bobby?« Auch Tommy war stehen geblieben und versuchte irgendetwas zu erkennen, was den Fuchs so in Aufregung versetzt haben könnte. Doch er sah nichts als Wasser. »Riechst du was?«

Zur Antwort sog Phar Lap die Luft tief in die Nüstern ein und stieß sie anschließend laut schnaubend wieder aus.

Tommy wunderte sich, aber er konnte beim besten Willen nicht feststellen, was das Pferd so Aufregendes gerochen haben könnte. Für ihn roch es wie jeden Morgen nach Meer, nach Fisch – und nach Rasierwasser.

»Guten Morgen, Sir.«

Tommy hatte den jungen Schiffssteward gar nicht bemerkt, der eiligen Schrittes an ihm und dem Pferd vorbeihastete, so intensiv hatte er den Horizont nach irgendetwas Außergewöhnlichem abgesucht. Jetzt drehte er sich zu dem Mann um. »Sagen Sie«, begann er, »wie weit ist es eigentlich noch?«

Der Steward verlangsamte seinen Schritt und sah Tommy und Phar Lap an. »Ungefähr noch einen Tag«, antwortete er, tippte sich zum Gruß an seine Mütze und eilte bereits weiter.

Erstaunt musterte Tommy sein Pferd, das seine Nase immer noch in den Wind hielt und von dem Geruch anscheinend nicht genug bekommen konnte. Und nun wusste Tommy auch, warum: Phar Lap roch Land!

22

»Er ist ein großes, schweres Pferd.«
JIMMY, HUFSCHMIED IN MEXIKO

Das Schneetreiben war so dicht, dass Tommy scherzhaft überlegte, ob das, was er vor sich sah, tatsächlich der Hafen von San Francisco war oder vielleicht doch nur ein Eisberg. Es war so kalt, dass der junge Mann glaubte, er habe nur geträumt, dass er Phar Laps Beine vor nicht einmal zwei Wochen mit Aftershave gegen die Hitze eingerieben hatte.

Doch wenn er die Augen zusammenkniff, konnte er einzelne Gestalten in dem Schneegestöber ausmachen. Dort standen Menschen. Viele Menschen, wie ihm auf einmal bewusst wurde.

Mit einem unguten Gefühl kletterte Tommy zu Phar Lap in den Holzverschlag, in dem sie mit Hilfe einer Winde auf den Kai hinuntergelassen werden sollten. Er erinnerte sich nur ungern daran, wie ruppig der Mann in Sydney sie auf das Schiff hinaufgezogen hatte, bis ihm schwindelig geworden war und Phar Lap hin und her geschwankt hatte. Doch zum Glück schien hier ein sensiblerer Mensch zugange zu sein.

»Mr Woodcock?« Der Mann undefinierbaren Alters kam auf Tommy zu und streckte ihm freundlich die Hand entgegen, kaum dass der festen Boden unter den Füßen hatte.

»Ja?«

»Ich bin Mr Perry. Mr Davis hat mich beauftragt Sie und Phar Lap abzuholen und zu meiner Ranch zu bringen. Dort können Sie und das Pferd sich erst einmal von der langen Reise erholen.«

Tommy runzelte die Stirn. Er hatte kaum etwas von dem verstanden, was der Mann zu ihm gesagt hatte. Er sprach zwar eindeutig die gleiche Sprache, aber der Akzent unterschied sich so deutlich von seinem, dass es auch keinen großen Unterschied gemacht hätte, wenn der Mann Spanisch geredet hätte.

Der Mann schien zu merken, dass Tommy Verständnisschwierigkeiten hatte. Er lächelte und sagte betont langsam: »Kommen Sie, ich habe einen Transporter hier.«

Tommy folgte Mr Perry. Der Fremde hatte irgendetwas von Mr Davis und von einer Ranch gesagt. Also schien es wohl seine Richtigkeit zu haben.

Auf der Fahrt hatte Tommy Gelegenheit, sich an die Aussprache des Amerikaners zu gewöhnen. »Ich habe schlechte Neuigkeiten«, begann Mr Perry und drehte sich zu Tommy um. »Die Wirtschaftskrise macht auch vor Amerika nicht halt. Die Siegerprämie im Rennen von Agua Caliente wurde gekürzt.«

»Ach ja?« Tommy wurde erst jetzt bewusst, wie isoliert von der Umwelt er die letzten drei Wochen auf dem Schiff verbracht hatte. Er blätterte gerade in einer alten Zeitung, die er auf dem Beifahrersitz von Mr Perrys Wagen gefunden hatte. Überrascht stellte er fest, dass von dem Gangsterboss Al Capone, über den auch die australischen

Zeitungen schon einige Male berichtet hatten, hier in Amerika offenbar ein weitaus vielschichtigeres Bild gezeichnet wurde. Der Bericht, den er überflog, handelte von Suppenküchen, in denen tagtäglich 3000 Arme mit Essen versorgt wurden. Die Kosten hierfür trug Mr Capone! *»Ich bilde mir auf meine Großzügigkeit wirklich nichts ein«*, wurde Mr Capone in dem Artikel zitiert, *»aber es gibt viele Familien in Chicago, die mich für den Nikolaus halten.«*

»Es gibt jetzt nicht mehr 100000 US-Dollar, sondern nur noch 50000.«

Tommy sah von der Zeitung hoch und blickte den Mann neben sich erschrocken an. »Nur noch die Hälfte?«

Mr Perry nickte. »Sie können sich vorstellen, wie Mr Davis getobt hat! Sie waren schon auf dem Schiff, als er davon erfuhr.«

»Und jetzt?«

»Und jetzt rennt Phar Lap für 50000 Dollar.«

Tommy starrte mit offenem Mund geradeaus. Er war jetzt seit etwa sieben Wochen unterwegs, um diese sagenhafte Summe Geld zu gewinnen. Und auf einmal war die Summe gar nicht mehr so sagenhaft.

Mr Perry schien Tommys Gedanken zu erraten. »Na ja«, sagte er langsam. »Lieber einen halben als gar keinen Apfel, oder?«

Schweren Herzens stieg Tommy eine gute Woche später wieder in Mr Perrys Transporter, der ihn und Bobby von Kalifornien nach Mexiko bringen sollte. Er hatte sich auf Mr Perrys Ranch Menlo Park sehr wohlgefühlt und nach wie vor graute ihm vor dem, was sie in Mexiko erwarten würde.

Selbst die Landschaft verlor auf der langen Fahrt ihren Reiz. Ebenso wie der Komfort des Fahrzeugs die Strapazen der Reise nicht auf Dauer wettmachen konnte.

Tommy fühlte sich in seinen schlimmsten Befürchtungen bestätigt, als er Phar Lap unter dem Geleit von zwei Wachmännern, die ihre Gewehre im Anschlag hatten, in seine vorbereitete Box führte. Er erinnerte sich wieder an die warnenden Worte des fremden Geschäftsmannes, der ihm Mexiko als Mekka der Gangster und Banditen beschrieben hatte. So unwohl er sich auch angesichts der Waffen fühlte, so froh war er andererseits über den Schutz, den sie boten.

Dennoch traute er nichts und niemandem über den Weg und schlug sein Nachtlager wieder vor Bobbys Box auf. Viel Luxus war er ohnehin nicht gewohnt. Er brauchte ihn auch nicht und hätte ihn hier sowieso nirgends gefunden.

»Dr. Nielsen! Martin!« Tommy freute sich, nachdem er nun schon einige Tage allein in Mexiko verbracht hatte, vertraute Gesichter zu sehen. Weder der Tierarzt noch der junge Jockey, der Phar Lap im Training reiten sollte, waren enge Freunde von ihm, doch in der Fremde können auch entfernte Bekannte plötzlich sehr wichtig werden. Er spürte einen Stich in der Brust, als er in diesem Augenblick noch einmal an Cashy erinnert wurde und den schmerzlichen Verlust so deutlich empfand, als wäre das schreckliche Unglück erst gestern geschehen. Wie wunderbar wäre es gewesen, wenn Cashy ihn hierher hätte begleiten können.

Martin ergriff Tommys Hand und schüttelte sie kräftig. »Der Boden hier ist ja der reinste Albtraum«, sagte er zur Begrüßung.

Tommy nickte. »Ja, die Rennbahn ist extrem hart. Phar Lap muss sich komplett umstellen.«

»Und was kann man hier so machen?«

Tommy sah den Jockey an. Er hatte die Frage nicht verstanden.

»Bars, Mädchen … Was hast du dir bisher hier angesehen? Kannst du was empfehlen?«

Dr. Nielsen, der sich bislang nicht an dem Gespräch der beiden jüngeren Männer beteiligt hatte, schaute Tommy nun ebenfalls interessiert an.

Tommy schüttelte den Kopf. »Ich habe mir noch gar nichts angesehen«, antwortete er. »Ich kümmere mich um Bobby und habe keine Zeit für Partys.«

»Ja, aber du wirst doch mal ausgegangen sein?«

Wieder schüttelte Tommy den Kopf. Er hatte noch nicht einmal daran gedacht, irgendwohin zu gehen. Was sollte er auch in einer Bar? Seine Frau Emma wartete zu Hause auf ihn und an Alkohol war er nicht interessiert. »Nein«, sagte er. »Ich war noch nicht aus. Aber soweit ich gehört habe, gibt es hier eine ganze Menge Bars, in denen viel los ist. Wir sind ja dicht hinter der Grenze und wegen der Prohibition kommen sogar die Amis hierher, um Alkohol zu trinken. Ihr werdet also was finden.« Er drehte sich um und ließ die beiden Neuankömmlinge stehen. Seine Wiedersehensfreude hatte schneller nachgelassen, als er es für möglich gehalten hatte.

In den nächsten Tagen merkte Tommy, dass es keinen großen Unterschied machte, ob er allein hier war oder in Begleitung des Tierarztes und des Jockeys. Er bekam ohnehin kaum einen der beiden zu Gesicht. Während er morgens um fünf aufstand und bis in den späten Abend hinein mit Bobby zu tun hatte, gingen Dr. Nielsen und Martin abends aus und schliefen morgens lange. Martin absolvierte pflichtgemäß das Training, kümmerte sich ansonsten aber um gar nichts, so dass Tommy als Trainer und gleichzeitig als Stallbursche alle Hände voll zu tun hatte.

Martin fragte ihn zwar zwei-, dreimal, ob er nicht mit ihnen kommen wolle, aber nachdem Tommy jedes Mal dankend ablehnte, ließ er es bleiben.

Der Satz von Jack Farrell, »Wenn Sie nicht aufpassen, dann wachen Sie eines Morgens auf und Ihr Pferd ist weg«, ging ihm die ganze Zeit nicht aus dem Kopf. Er traute sich einfach nicht, Bobby auch nur einen Moment aus den Augen zu lassen.

Selbst als der Hufschmied nach Phar Lap sah, schaute er dem kleinen Mann bei der Arbeit über die Schulter.

»Was sind das für Eisen, die er trägt?«

»Eine Spezialanfertigung«, erklärte Tommy. »Wir haben sie extra aus Australien mitgebracht. Sie sollen die Stöße durch das harte Geläuf besser abfedern.«

Der Hufschmied, der sich nur mit seinem Vornamen

Jimmy vorgestellt hatte, richtete sich auf und schüttelte den Kopf. »Ich will dir ja nicht sagen, wie du deine Arbeit machen sollst, Junge«, sagte er in vertrautem Ton, als würde er Tommy von Kindesbeinen an kennen, »aber mit diesen Eisen solltest du dein Pferd hier nicht laufen lassen.«

»Warum?«

»Sie werden seine Hufe kaputt machen.«

»Aber er trägt diese Eisen schon eine Weile und seine Hufe sind völlig in Ordnung!«

»Ich sehe, dass seine Hufe in Ordnung sind. Aber auf dieser Rennbahn liegen eine Menge Steine. Und nicht nur das.« Jimmy wischte sich den Schweiß von der Stirn. »Läuft er die Runden schnell? Ist er ein gutes Rennpferd?«

Tommy lächelte. »O ja, sicher. Er ist ein gutes Rennpferd. Das beste!«

»Er ist sehr schwer.«

»Ja.«

»Und er hat bestimmt einen raumgreifenden Schritt.«

»Ja.«

»Nun, dann solltest du besser auf mich hören und ihm diese Eisen ausziehen und ihm welche von unseren verpassen.«

»Ich werde es mir überlegen«, sagte Tommy.

Der Hufschmied zuckte mit den Schultern, packte sein Arbeitsgerät ein und verabschiedete sich mit den Worten: »Ich hab's dir gesagt.«

Tommy grübelte den ganzen Tag darüber nach, was er tun sollte. Mr Telford und der Hufschmied in Australien hatten ihm ausdrücklich gesagt, dass er Bobby mit diesen speziellen Hufeisen laufen lassen solle. Und sie kannten das Pferd. Andererseits kannte der mexikanische Hufschmied den hiesigen Boden! Tommys Gedanken drehten sich im Kreis und er kam zu keinem Entschluss.

Martin war noch ein wenig müde, als er am nächsten Vormittag zum Training erschien. Gähnend schwang er sich auf Phar Laps Rücken.

Tommy hatte das Gefühl, dass der junge Jockey seine Instruktionen gar nicht richtig mitbekam. Aber schließlich gab er Phar Lap die Sporen und ließ ihn die ersten Runden zum Warmwerden erst einmal in gemächlichem Tempo laufen.

»Okay«, rief Tommy, der den beiden zusah, schließlich. »Du kannst in der nächsten Runde mal einen Zahn zulegen.«

Martin nickte und reckte zum Zeichen, dass er verstanden hatte, den Daumen in die Luft.

Phar Lap begann zu galoppieren. Doch er war noch nicht weiter als eine halbe Meile gelaufen, als er plötzlich abrupt stoppte.

Tommy sah aus der Entfernung zu, wie sich Martin aus dem Sattel gleiten ließ. Phar Lap hielt einen Vorderlauf hoch und Tommy stieß einen Fluch aus, während er quer über die Rennbahn zu seinem Pferd rannte.

»Der Huf ist gespalten.« Dr. Nielsen beugte sich über Phar Laps Vorderlauf.

Tommy nickte stumm. Er hatte den Riss bereits selbst gesehen.

»Er ist auf einen Stein getreten. Ich konnte nichts dagegen tun.«

»Niemand macht dir einen Vorwurf, Martin«, sagte Tommy und rieb sich mit den Fingerspitzen die Augen. Der Einzige, dem er einen Vorwurf machen konnte, war er selbst. Und diese Erkenntnis machte ihn alles andere als glücklich. Jetzt wusste er, dass er auf den mexikanischen Hufschmied hätte hören sollen. Jimmy hatte ihn deutlich genug gewarnt. Aber nun war es zu spät für diese Einsicht.

»Ich lege einen Druckverband an«, sagte Dr. Nielsen.

»Wird er denn damit laufen können?«

Der Tierarzt richtete sich auf. »Ich weiß es nicht«, sagte er. »Wir müssen es ausprobieren.«

Phar Lap war die Ruhe selbst, während der Tierarzt seinen Huf mit der Bandage umwickelte. Tommy hielt ihn am Halfter fest und sprach beruhigend auf ihn ein. Wieder einmal wunderte er sich, dass Bobby niemals hektisch oder ängstlich reagierte, solange er bei ihm war.

»So«, sagte Dr. Nielsen und ließ Phar Laps Bein los. »Dann wollen wir mal sehen.«

Tommy nickte Martin zu. »Sei vorsichtig, ja?«

»Keine Sorge«, antwortete Martin. »Deinem Baby wird nichts passieren.«

Phar Laps Schritte wirkten zunächst ein wenig unsicher, doch Tommy war erstaunt, wie schnell sich das Pferd an den verbundenen Huf gewöhnte.

Martin saß auf und dirigierte Phar Lap zurück auf die Rennbahn.

»Übertreib's nicht, ja?«, ermahnte Tommy den Jockey noch einmal. Er hatte ein ungutes Gefühl bei der Sache. Doch was sollte er tun? Phar Lap aus dem Rennen zurückziehen? Er brauchte erst gar nicht zu fragen, was Mr Davis von diesem Vorschlag halten würde: nichts. Sie waren jetzt seit drei Monaten unterwegs, hatten mehr als 8000 Meilen zurückgelegt, um an einem der bedeutendsten – und vor allem dem lukrativsten – Rennen der Welt teilzunehmen. Und dann sollten sie so kurz vor dem Ziel aufgeben?

Tommy sah zu, als Martin Phar Lap antraben ließ. Er achtete auf einen gleichmäßigen Schritt seines Schützlings und natürlich auf den bandagierten Huf. Dann wechselte Martin in einen leichten Galopp. Und auch dabei konnte Tommy keine Unregelmäßigkeit im Schritt feststellen. Er begann Hoffnung zu schöpfen, dass die Verletzung vielleicht doch nicht so schlimm war, wie er zunächst befürchtet hatte. Schließlich hatten sie noch ein paar Wochen Zeit bis zum Rennen, und solange ein Ausdauertraining möglich war, konnte er Phar Lap noch rechtzeitig in Form bringen.

Martin hatte die Runde auf Phar Lap fast beendet und allmählich näherten sie sich wieder der Stelle, an der Tommy am Rand der Rennstrecke stand und sie beobachtete.

Zunächst hoffte Tommy noch, es sei Schmutz, der von der Rennbahn aufgewirbelt worden und an dem weißen

Verband hängen geblieben war. Doch je näher Phar Lap kam, desto klarer wurde dem Trainer, dass es kein Schmutz war. Als Phar Lap schließlich vor ihm stehen blieb, gab es keinen Zweifel mehr: Aus der Bandage am Huf sickerte Blut!

23

»Wecken Sie das Pferd auf!
Ich will nicht, dass es hier einschläft!«
MARSHALL CASSIDY, STARTER

Tommy war dem kleinen Mann dankbar, dass er sich nicht lange mit Belehrungen aufhielt, er habe es ja vorher gewusst. Fachkundig inspizierte der Hufschmied den Huf und Tommy stand erwartungsvoll neben ihm.

»Tja«, sagte Jimmy schließlich und richtete sich auf. »Ich weiß nicht, ob es klappt, aber wir können das kaputte Stück vom Huf herausschneiden.«

»Und dann?«

»Dann müssen wir abwarten und zusehen, ob es rechtzeitig bis zum Rennen verheilt.«

Tommy fluchte leise. Das würde Mr Davis nicht gefallen.

Dr. Nielsen rieb sich nachdenklich das Kinn und Jimmy sah zwischen dem Tierarzt und dem Trainer hin und her und wartete auf eine Entscheidung.

»Haben wir denn eine Alternative?« Tommy sah Dr. Nielsen auffordernd an.

Der Tierarzt zuckte die Achseln. »Ich weiß nicht«, sagte er. »Mir scheint nur eins klar zu sein: So kann Phar Lap an dem Rennen jedenfalls nicht teilnehmen.«

»Dann ist es unsere einzige Chance?«, fragte Tommy noch einmal nach.

Der Tierarzt nickte stumm. »Wenn es schnell genug verheilt …« Er ließ den Satz unbeendet.

»Und was ist mit dem Training?«, wollte Tommy wissen.

Der Hufschmied schüttelte den Kopf. »Vorerst kein Training«, sagte er knapp.

»Aber Spaziergänge kann ich mit ihm machen?«

Jimmy nickte. »Langsam und auf weichem Boden dürfte nichts passieren. Aber kein Galopptraining und kein hartes Geläuf für mindestens zwei Wochen.«

Jetzt war es Tommy, der nickte. Er legte sowieso keinen Wert auf ein hartes, schnelles Training. Solange er Phar Lap nur in Bewegung halten konnte, würde der »Rote Blitz« rechtzeitig eine ausreichend gute Kondition erreichen. Zumindest hoffte er das, obwohl er ganz genau wusste, was David Davis oder Harry Telford in diesem Augenblick zu seinen Plänen sagen würden.

AUSTRALIENS WUNDERPFERD VERLETZT?

Dass in Australien einiges anders läuft als im Rest der Welt, ist nichts Neues. Während in Amerika der Frühling anbricht, bereitet man sich »down under« auf den Wintereinbruch vor. Aber reicht das als Erklärung für die merkwürdigen Trainingsmethoden des »Großen Roten«, wie die Australier ihr Pferd liebevoll nennen, aus? Phar Lap, der Favorit des Agua Caliente Handicaps, scheint ein Galopptraining jedenfalls nicht nötig zu haben. Oder wie ist es sonst zu erklären, dass er noch nicht ein einziges Mal auf der Rennbahn gesichtet wurde? Glaubt sein junger Trainer Mr Woodcock, er

könne die amerikanischen Rennpferde in einem gemütlichen Spaziergang überholen? Spanish Play, Dr. Freeland, Reveille Boy – wohlklingende Namen, die für Dynamik und Schnelligkeit auf amerikanischem Turf stehen. Oder ist an dem Gerücht, der Fuchs habe sich verletzt, doch etwas dran? Ist darin der Grund für das fehlende Training zu finden? Dann stellt sich die Frage: Wird es überhaupt ein Rennen mit dem Australier geben? Wir dürfen gespannt sein.

Wütend knallte Mr Davis die Zeitung auf den Tisch. Der süffisante Ton dieses Artikels gefiel ihm nicht im Geringsten. Und der Inhalt noch weniger. Was trieb dieser Woodcock in Mexiko bloß? Machte er sich etwa auf seine Kosten ein schönes Leben?

»Ich glaube, es wird Zeit, dass dem Burschen mal einer auf die Finger schaut«, sprach er zu sich selbst. »Und wenn Harry das nicht tut, dann werde ich es wohl machen müssen.« Er stieß einen heftigen Fluch aus, während er aufstand. Telford kümmerte sich nur noch um seine anderen Pferde, von denen nicht eins das Zeug zum Champion hatte, und dieser Woodcock vertrieb sich die Zeit vermutlich mit hübschen mexikanischen Mädchen, statt seine Arbeit zu machen. Zum Rennen hatte er sowieso nach Mexiko reisen wollen, aber dass er nun früher als geplant aufbrechen musste, gefiel ihm überhaupt nicht.

Sorgfältig trug Tommy die Jodtinktur auf den verletzten Huf auf, nachdem er und Bobby von ihrem Morgenspaziergang zurückgekehrt waren. Fünf Meilen morgens und fünf Meilen abends. Tommy war erschöpft. Er stand unter

Anspannung und schlief schlecht. Und obwohl ihm die Wanderungen normalerweise wenig ausmachten, empfand er sie jetzt als anstrengend. Vielleicht lag es auch daran, dass die Straßen sandig und schmutzig waren. Oder dass er nun zu seiner Arbeit als Stallbursche noch die Pflichten des Trainers zu erfüllen hatte. Eigentlich war Martin von Mr Telford beauftragt worden einige Arbeiten als Stalljunge zu übernehmen. Doch Martin ließ sich kaum einmal blicken. Und die Arbeit musste schließlich gemacht werden.

Besonders beunruhigt war Tommy, seit ein großer schwarzhaariger Mann eines Morgens unvermittelt in der Stallgasse gestanden und sich nach Phar Lap erkundigt hatte. Die Wachen hatten augenblicklich ihre Waffen gezückt. Tommy war in diesem Augenblick bewusst geworden, wie gefährdet Bobby war. Schließlich hatte schon einmal ein Anschlag auf sein Leben stattgefunden. Und hier war es weitaus schwerer, auf die Einhaltung der Sicherheitsvorkehrungen zu achten, als zu Hause. Daran konnten auch die beiden Wachleute und die Anordnung, niemanden zu Phar Lap vorzulassen, nichts ändern.

Der Mann hatte zwar nichts Böses im Schilde geführt, er wollte nur das berühmte Rennpferd einmal aus nächster Nähe sehen und ihm und Tommy viel Glück wünschen, aber seitdem sah sich Tommy noch genauer um, wenn er mit Phar Lap unterwegs war.

Einer der beiden Wachleute erzählte ihm, er habe Gerüchte gehört, das amerikanische Syndikat wäre alles andere als erfreut darüber, dass ein Pferd aus dem Ausland angereist sei und gute Chancen habe, die Siegerprämie außer Landes zu bringen. Tommy schüttelte nur resigniert den Kopf. Natürlich trug diese Geschichte nicht gerade dazu bei, ihn zu beruhigen.

»Es soll Pläne geben, das Pferd zu beseitigen«, erzählte der Wachmann weiter und hob vielsagend eine Augenbraue.

»Zu beseitigen? Wie?« Tommy fühlte sich an die Szene erinnert, als er zwischen Phar Lap und dem Gewehr gestanden und geglaubt hatte, sein letztes Stündlein habe geschlagen.

Der Wachmann zuckte mit den Schultern. »Zum Beispiel mit Gift.«

»Gift? Aber wir haben sogar unser eigenes Futter aus Australien mitgebracht. Wie sollte jemand Phar Lap vergiften?«

»Das Syndikat kann sehr erfinderisch sein, wenn es darum geht, die eigenen Interessen zu wahren.«

Tommys Blick fiel auf den offenen Futtersack vor Phar Laps Stallabteil, der für jeden, der es geschafft hatte, bis hierhin vorzudringen, leicht zugänglich war. Hatte der fremde Mann sich daran zu schaffen gemacht? Tommy nahm sich vor, in Zukunft noch wachsamer zu sein.

»Na, das sieht doch ganz gut aus.« Jimmy, der Hufschmied, ließ Phar Laps Vorderlauf los und klopfte sich die Hände an seiner Hose ab, bevor er Tommy das Eisen zeigte, das er eigens für Phar Lap angefertigt hatte. »Siehst du«, sagte er, »der Huf wird hier und hier«, er zeigte auf die Stellen, »gestützt.«

Tommy nickte zufrieden. »Und wann kann ich mit dem Galopptraining beginnen?«

»Ich an deiner Stelle würde noch eine Woche warten. Dann schaue ich noch mal nach ihm und vielleicht kannst du dann langsam anfangen.«

Tommy schluckte. Noch eine Woche? Obwohl er ein Verfechter des langsamen Trainings war, spürte er doch allmählich eine gewisse Ungeduld und Nervosität in sich. Würde die kurze Zeit bis zum Rennen wirklich reichen, um Phar Lap zu der Topkondition zu bringen, die er brauchte? Sosehr er einerseits auch an seine persönlichen Trainingsmethoden glaubte, so sehr fürchtete er sich andererseits vor den Anschuldigungen der beiden Eigentümer Phar Laps, falls er versagte. Und Angst zu versagen hatte er.

Mr Davis' Laune wurde immer schlechter, während er im Innenhof der Stallanlage darauf wartete, dass Tommy mit Phar Lap von seinem Spaziergang zurückkehrte. Spaziergang! Wenn er das schon hörte! Das beste Rennpferd der Welt bereitete sich mit Spaziergängen auf eins der wichtigsten Rennen der Welt vor. Kein Wunder, dass sich die amerikanischen Kollegen nicht ernst genommen fühlten.

Die beiden Wachleute, die wenig zu tun hatten, solange Phar Lap nicht in seinem Stall stand, beobachteten den kleinen Mann mit der dicken Brille misstrauisch, der heute Vormittag in Caliente aufgetaucht war und sich nach Woodcock erkundigt hatte. Er behauptete, der Besitzer des Superpferdes zu sein. Aber die Wachmänner wollten kein

Risiko eingehen und ließen den Fremden nicht aus den Augen. Vielleicht war er ja doch ein Mitglied der Verbrecherorganisation? Besonders sein schicker Anzug und der teure Hut, den er trug, machten ihn verdächtig.

Als er das Klappern von Hufen hinter sich hörte, drehte sich David Davis ruckartig auf dem Absatz um und sah Tommy Woodcock und Phar Lap entgegen.

Tommys Hemd war an der rechten Schulter schmutzig und er war verschwitzt. Phar Lap folgte ihm wie ein gehorsames Hündchen.

Überrascht stellte Mr Davis fest, dass Tommy das wertvolle Pferd frei laufen ließ. Wenn Phar Lap nun auf die Idee kam, eigene Wege zu gehen?

»Was fällt dir ein, das Pferd frei laufen zu lassen?« Davis' Ton war härter, als er beabsichtigt hatte. Die anstrengende Reise und das ermüdende Warten unter den strengen Blicken der zwei bewaffneten Männer in dem staubigen Atrium hatten ihn zermürbt.

»Guten Tag, Mr Davis«, sagte Tommy, ohne auf den Vorwurf einzugehen.

Als die Wachleute merkten, dass Tommy den Fremden tatsächlich kannte, ließen sie endlich ihre Gewehre sinken.

»Ja, ja, guten Tag.«

Phar Lap war stehen geblieben, sobald Tommy stehen geblieben war. Nun sah er über die Schulter des jungen Mannes hinweg auf Mr Davis, seinen Besitzer, und der fühlte sich unter dem prüfenden Blick des imposanten Pferdes sichtlich unwohl. Alle schienen ihm hier mit Misstrauen zu begegnen.

»Mr Telford und ich machen uns große Sorgen«, fuhr Mr Davis in einem etwas freundlicheren Ton fort und wedelte mit einer Tageszeitung vor Tommys Gesicht herum. »Hier steht, du würdest das Pferd gar nicht trainieren, stimmt das?« Was auf jeden Fall nicht stimmte, war seine Behauptung, Mr Telford würde sich Sorgen machen. »Der Junge weiß schon, was er tut«, hatte sein Kompagnon vielmehr zu ihm gesagt, als er ihn mit dem Zeitungsartikel konfrontiert hatte.

»Bobby ist verletzt«, erklärte Tommy und das Pferd hinter ihm nickte mit dem Kopf, als es seinen Namen hörte, als wollte es diese Aussage bestätigen.

Mr Davis hatte das Gefühl, er stünde einer unüberwindbaren Einheit gegenüber.

»Er ist im Training auf einen Stein getreten und hat sich den Huf gespalten.«

»Ja und? Was bedeutet das?«

Tommy seufzte. »Das bedeutet, dass er im Augenblick kein Galopptraining machen kann, damit der Huf Zeit hat, zu verheilen. Wenn er überhaupt rechtzeitig verheilt.«

»Was soll das heißen – ›*Wenn er überhaupt rechtzeitig verheilt*‹? Willst du damit etwa sagen, es ist möglich, dass er an dem Rennen nicht teilnehmen kann, wenn sein Huf nicht verheilt ist?«

»Ja, Sir.«

»Aber wie konnte das passieren?« Mr Davis wurde immer hektischer. Er hatte die Absicht, viel Geld auf Phar Lap zu setzen und ein Vermögen damit zu machen. Jetzt sah er seine Chance auf das leicht verdiente Geld schwinden.

»Wieso ist er auf einen Stein getreten und wieso kann das seinen Huf spalten? Ich verstehe das nicht …«

Tommy musste fast schon lachen. »Er ist beim Training auf einen Stein getreten«, erklärte er, »weil es auf der Rennstrecke Steine gibt. Die Rennbahnen hier sind nicht so wie bei uns. – Hier ist fast gar nichts wie bei uns«, fügte er nach einer Pause hinzu. »Und der Huf wurde gespalten, weil Phar Lap die falschen Hufeisen trug.«

»Aha!« Mr Davis machte ein triumphierendes Gesicht. Endlich glaubte er den Beweis für Tommys Schuld an dem Dilemma gefunden zu haben. »Und wieso trug er die falschen Hufeisen?«

»Er trug die Hufeisen, die Mr Telford mir für ihn mitgegeben hatte«, erklärte Tommy. »Der Hufschmied hier hat mich gewarnt, aber«, Tommy verzog das Gesicht bei der Erinnerung, »ich habe ihm nicht geglaubt.« Jetzt machte er tatsächlich ein schuldbewusstes Gesicht.

Mr Davis' Wut dagegen war verraucht. Woodcock hatte sich ausschließlich an Telfords Anweisungen gehalten, wie ihm jetzt klar wurde. Wenn er sich ihnen widersetzt hätte, wäre all dies wahrscheinlich nicht passiert. Er schüttelte traurig den Kopf. »Das heißt also, wir gehen mit einem untrainierten, lahmenden Pferd in das höchstdotierte Rennen Amerikas.«

Tommy senkte den Kopf. »Ja, Sir«, sagte er kleinlaut.

Phar Lap tat es Tommy gleich und senkte ebenfalls den Kopf. Er legte seinen massigen Schädel auf Tommys rechte Schulter und Mr Davis wurde mit einem Mal klar, woher der Schmutzfleck auf Woodcocks Hemd kam: Die Umrisse des Flecks passten exakt zur Kontur von Phar Laps Kinn und Maul.

Jetzt, wo er schon einmal da war, hatte es sich Mr Davis nicht nehmen lassen, mit Tommy zusammen Phar Laps erstem Galopptraining nach der Genesungsphase beizuwohnen. Er stand neben dem jungen Trainer und kommentierte jeden einzelnen Schritt seines Pferdes: »Was macht er denn da! Die anderen werden über uns lachen, wenn sie uns sehen!«

Tommy verdrehte die Augen.

»In dem Tempo hat er gegen die großen amerikanischen Pferde keine Chance.«

»Sir!« Tommy konnte es nicht länger ertragen. Er drehte sich zu Mr Davis um und sah auf ihn hinunter. »Um Ihnen die Wahrheit zu sagen, die wirklich großen amerikanischen Rennpferde, Twenty Grand oder Mate zum Beispiel, treten beim Agua Caliente Handicap gar nicht an! Und wissen Sie, wieso? Ihren Besitzern sind die Bedingungen bei diesem Rennen zu hart, das Risiko von Verletzungen zu hoch. Es geht zwar um verdammt viel Geld und um Prestige, aber nicht jeder ist bereit den Preis dafür zu zahlen.« Er deutete mit einer Armbewegung auf die Rennstrecke. »Schauen Sie sich das doch einfach mal richtig an! Die Bahn ist eine Katastrophe! Sie ist dreckig, hart und voller Steine. Die anderen Pferde werden mit Spikes unter den Hufen starten, damit sie nicht wegrutschen …«

»Und warum startet Phar Lap dann nicht auch mit Spikes?«

»Er ist noch nie mit solchen Hufeisen gelaufen, wie die Pferde hier es gewohnt sind.«

»Nun, dann ist es halt das erste Mal!«

Tommy schüttelte den Kopf. »Können Sie sich vorstellen, Sie liefen bei einer Weltmeisterschaft gegen die schnellsten Läufer der Welt und hätten zum ersten Mal harte, schwere Schuhe mit Nägeln unter der Sohle an? Was glauben Sie, wie Sie dabei abschneiden würden? Mit einem neuen Weltrekord?«

Mr Davis schwieg und Tommy drehte sich befriedigt um. Endlich hatte der Mann verstanden.

Während Phar Lap unter den wachsamen Augen seines Besitzers und seines Trainers mit seinem Jockey Billy Elliott, der mittlerweile in Mexiko angekommen war, eine der letzten Trainingseinheiten vor dem Rennen absolvierte, stand Emma Woodcock etwa 8000 Meilen entfernt inmitten einer jubelnden Menschenmenge. Obwohl sie von Menschen umringt war, fühlte sie sich schrecklich einsam. Weihnachten und Neujahr hatte sie bereits ohne Tommy verbracht und nun musste sie auch noch ohne ihn der Eröffnung der Harbour Bridge zusehen. Dabei gab es so viele gemeinsame Erinnerungen, in denen sie jetzt gern mit ihrem Mann geschwelgt hätte. Wie oft hatte sie während der neunjährigen Bauzeit mit Tommy vor der Baustelle gestanden und dem Wachsen des »Kleiderbügels«, wie die Einwohner Sydneys die Harbour Bridge getauft hatten, zugesehen. Und dabei hatten sie sich geschworen, dass sie – sollte diese Brücke jemals fertig werden – Arm in

Arm das erste Mal die etwa fünfhundert Meter von Dawes Point zum Milsons Point entlanglaufen würden. Aber daraus wurde jetzt wohl nichts.

Knapp 40000 Tonnen Stahl verbanden nun die beiden Seiten der Port-Jackson-Bucht miteinander. Das Bauwerk der Superlative sollte auch kommende Generationen beeindrucken und zum Wahrzeichen der Stadt werden. Die Menschen in Sydney waren begeistert und feierten ausgelassen.

Nach Feiern war Tommy nicht zu Mute. Er hatte bisher jedes Rennen seines Schützlings mit Spannung erwartet. Aber noch nie war er so aufgeregt gewesen wie dieses Mal. Sein Pferd würde einmal mehr als Favorit ins Rennen gehen. Die Wettquoten lagen bei bescheidenen sechs zu fünf. Und Phar Lap sollte das höchste Handicap tragen: 117,2 Pfund. Das jedoch machte Tommy die wenigsten Sorgen. Phar Lap hatte schließlich auch schon einmal fast zwanzig Pfund mehr auf dem Rücken gehabt. Andererseits bedeutete jedes Pfund mehr auch ein höheres Risiko für den verletzten Huf. Immer noch zierte eine Bandage Phar Laps Vorderfuß und die Gefahr, dass sich der Huf während des Rennens ablöste, war nicht zu unterschätzen. Vor allem wenn man das harte Geläuf und die schmale, kurvenreiche Strecke bedachte.

Auf einmal wünschte Tommy, er wäre gar nicht hier. Er sehnte sich jeden Tag mehr nach seiner Frau. Was sie wohl gerade machte? Ob sie ihn ebenfalls vermisste?

Am Tag des Rennens war auf den Straßen rund um Tijuana kein Durchkommen mehr. Selbst fünfjährige Kinder boten Getränke, Snacks und sogar Eintrittskarten feil. Tommy wunderte sich. Er wollte lieber nicht wissen, wo sie die herhatten. Er betrachtete einen schmutzigen kleinen Jungen, der einen schweren Bauchladen vor sich hertrug, und fragte sich, ob er selbst auch eines Tages Kinder haben würde.

Unwillkürlich musste er lächeln und an den schon etwas älteren Jungen denken, dem er auf einem seiner Spaziergänge mit Phar Lap begegnet war. Sie hatten sich mitten in der Einöde befunden – zumindest kam es Tommy so vor –, als auf einmal ein etwa zwölfjähriger Mexikaner vor ihnen auftauchte. Zunächst hatte sich Tommy erschreckt, doch dann merkte er, mit welcher Ehrfurcht der zierliche Junge ihn und das Pferd betrachtete, und er gestattete ihm sogar, Phar Lap zu streicheln.

Immer noch konnte Tommy diese außergewöhnlich braunen Augen mit dem leuchtenden Weiß um die Iris und das Glänzen buchstäblich vor sich sehen, als der Junge Phar Laps Fell berührt hatte. Als reichte allein dieses Erlebnis, um glücklich zu sein. Oder als würde die Berührung selbst Glück bringen.

Im Hipódromo del Agua Caliente war an diesem Tag der Teufel los. Tausende von Menschen wollten das Rennen sehen, etliche ohne eine reguläre Eintrittskarte. Vielleicht war irgendwo unter ihnen auch der Zwölfjährige?

Tommy dachte an den Melbourne Cup und den Ausnahmezustand, in dem sich sein Heimatland einmal im

Jahr jeweils am ersten Dienstag im November befand. Auch dort quollen die Straßen dann vor Menschen über, aber Tommy meinte durchaus Unterschiede zu sehen. In Melbourne machte sich jeder für das Rennen zurecht: Die Frauen trugen auffallende Hüte, die Männer Jacketts und Blumen im Knopfloch. Auf den Straßen wurde zu Musik getanzt und gefeiert und die Stimmung war fröhlich und ausgelassen.

Hier aber – zumindest empfand es Tommy so – war alles irgendwie schmutzig und laut. Die kleinen Kinder, die an diesem Tag ihr Geschäft zu machen suchten, waren ein Indiz für die Armut der Menschen. Auch in Sydney waren die Menschen arm. Dennoch schienen sie darauf zu achten, dass man ihnen ihre Armut möglichst nicht ansah. War das eine Frage der unterschiedlichen Mentalität? Tommy wusste es nicht. Aber er wusste, dass er sich unwohl fühlte. Vielleicht lag es auch nur daran, dass ihm alles so fremd vorkam. Die ganze Welt blickte an diesem Tag auf ihn und sein Wunderpferd. Die einen erwartungsvoll, die anderen skeptisch. Und er wusste nicht, ob Bobby und er diesen Anforderungen gewachsen waren.

Während sich Tommy um die notwendigen organisatorischen Vorbereitungen kümmerte, stand Phar Lap von der Öffentlichkeit abgeschirmt in seiner Box. Vor dem Stallabteil patrouillierten Wachen. Die Gerüchteküche um geplante Sabotageakte vor oder während des Rennens brodelte.

Von all dem bekam Phar Lap nicht viel mit. Er stand in seiner Box und hielt nach Tommy Ausschau. Mittlerweile hatte er genügend Rennerfahrung, um zu wissen, was geschehen würde. Er konnte die Ereignisse um sich herum deuten. Die anderen Pferde, die hektischen Geräusche, die vielen Menschen …

Dr. Nielsen kniete vor Phar Laps Vorderlauf und bandagierte den verletzten Huf ein letztes Mal vor dem Rennen, während er inständig hoffte, dass alles gut gehen würde. Wenn Phar Lap sein Pferd gewesen wäre – er hätte es mit dieser Verletzung nicht laufen lassen. Aber es war nicht sein Pferd.

David Davis stolzierte aufgeregt vor dem Stall auf und ab. Für ihn stellte sich die Frage nicht, ob er Phar Laps Gesundheit aufs Spiel setzte. Die einzige Frage, die ihn beschäftigte, lautete, wie viel Geld er durch Phar Laps Sieg verdienen würde. Vorausgesetzt, dieses untrainierte und lahme Pferd gewann!

Dabei ging es nicht nur um die Siegerprämie von 50000 US-Dollar, von der er auch noch die Hälfte an Telford abgeben musste, es ging vor allem um seinen Wetteinsatz. Und der Gedanke daran, er könnte sich verkalkuliert haben und Phar Lap verlor, gefiel ihm ganz und gar nicht, denn er hatte horrende Summen auf das Pferd gesetzt.

Davis zog unbewusst eine Grimasse, die seine Missbilligung und seinen Argwohn zum Ausdruck brachte, als er in diesem Augenblick den jungen Woodcock entdeckte, der sich durch die Menschenmenge einen Weg zu ihm und dem Pferd bahnte.

»Man erzählt sich hinter vorgehaltener Hand, einige der Jockeys hätten Schmiergelder erhalten, um Billy und

Bobby das Leben schwer zu machen«, sagte Tommy, als er Mr Davis erreicht hatte.

Der winkte mit einer Hand ab. Er konnte all diese Geschichten von Giftanschlägen durch das Syndikat und bestochenen Jockeys allmählich nicht mehr hören, geschweige denn, dass er sie ernst nahm. Er bezahlte seit Wochen Unsummen für die beiden Wachmänner, die nichts anderes taten, als in der Stallgasse auf und ab zu spazieren und miteinander zu quatschen. Und wofür? Nichts war passiert. Und nichts würde passieren. »Wir sollten uns von denen nicht ins Bockshorn jagen lassen«, sagte er.

Tommy presste die Zähne aufeinander. Er dachte an all die Gefahren, die Bobby erwarteten, die gefährliche Rennstrecke mit dem ungewohnt harten Belag, die schwere Verletzung und nun auch noch die Aussicht darauf, von den Kontrahenten ins Abseits gedrängt zu werden. Er war lange genug dabei, um all die Tricks zu kennen, mit denen Jockeys gegnerische Pferde aus dem Tritt bringen konnten. Er wollte gerade zu einer Erwiderung ansetzen, als Bobby durch leises Wiehern seine Aufmerksamkeit einforderte.

»Hey, Bobby, alter Junge.« Tommy ging auf sein Pferd zu und legte den Arm um seinen Hals. »Das wird heute ein ganz schön harter Brocken.«

Der Fuchs ließ wie immer seinen Kopf auf Tommys Schulter sinken und rieb sich schnaubend an ihm.

Tommy streichelte das Pferd, während er sich wieder an Mr Davis wandte: »Er bekommt sein Winterfell«, sagte er. »Auch das ist nicht gerade hilfreich für dieses Rennen bei schwülen achtundzwanzig Grad.«

»Mich interessiert nur eins«, antwortete Mr Davis. »Wird er es schaffen – ja oder nein?«

Tommy seufzte. »Wenn der Huf mitmacht, dann schafft er es«, sagte er und setzte im Stillen hinzu: hoffentlich.

»Es wird Zeit, Tommy.« Billy Elliott kam in seiner Rennkluft und mit dem Sattel über dem Arm auf den Trainer zu. »Wir sollen uns aufstellen.«

»Ist gut, Billy, wir kommen.«

»Treib ihn ordentlich an, Billy, hörst du?« Mr Davis klopfte dem Jockey aufmunternd auf den Arm.

Der Jockey nickte pflichtbewusst.

»Viel Glück!«, rief David Davis ihnen nach, als sie Bobby zum Aufsattelplatz führten.

»Du musst ihn zurückhalten«, sagte Tommy, während er Billy in den Sattel half. »Du weißt, wo Bobbys Stärken liegen. Außerdem wäre ein schneller Start zu gefährlich für ihn. Denk an seinen Huf.«

Wieder nickte Elliott. Der eine sagte hü, der andere hott, aber er wusste schon, wie er sich zu verhalten hatte.

»Und achte auf die anderen Jockeys«, fuhr Tommy fort. »Du weißt, warum. Bring ihn lieber nach außen, als ein Risiko einzugehen.«

»Auch wenn ich dann längere Wege gehen muss?«

»Ja, auch dann.«

Billy Elliott zuckte mit den Schultern. »Du bist der Boss.«

»Also gut.« Tommy atmete tief durch. Er klopfte Billy, der bereits im Sattel saß, auf den Oberschenkel. »Viel Glück.« Dann hielt er Bobbys Kopf fest und sah dem Pferd in die Augen. »Zeig es allen«, beschwor er den Fuchs, »aber übertreibe es nicht, hörst du?«

Der »Rote Blitz« schnaubte, als hätte er jedes einzelne Wort verstanden. Dann wendete Billy das Pferd und Tommy sah ihnen nervös hinterher.

Phar Lap stand so ruhig in der Startbox, als hätte er sein Lebtag nichts anderes getan. Dabei war es das erste Mal, dass er vor einem Rennen links, rechts und vor sich einen Widerstand spürte. In Australien hatte er bislang nur Startbarrieren kennengelernt. Ob er aber ebenso reibungslos aus der Startbox herauskommen würde, wie er hineingegangen war, sobald er den Befehl dazu erhielt, stand in den Sternen.

Bei Reveille Boy, einem jungen Wallach, brauchte es dagegen eine Menge Überredungskunst, damit er auch nur einen Huf in die schmale Box hineinsetzte. Während alle anderen Pferde bereits auf den Rennbeginn warteten, gebärdete sich Reveille Boy, als würde er zur Schlachtbank geführt werden. Zwei Männer zogen von vorn, zwei Männer schoben von hinten, doch Reveille Boy schaffte es wieder und wieder, zur Seite auszubrechen.

Als Phar Lap merkte, dass es vorerst nicht weiterging, schloss er die Augen. Sein Kopf wurde schwerer und schwerer und er begann zu dösen.

»Hey, Sie da!«

Billy Elliott wandte sich um. Hinter ihm stand der Mann, der das Rennen starten sollte, mit der Hupe in der Hand. »Ja?«

»Wecken Sie Ihr Pferd auf, ich will nicht, dass es hier einschläft!«

Elliott lächelte. »Oh«, antwortete er, »es wird noch früh genug aufwachen. Keine Angst. Vielleicht sorgen Sie erst mal dafür, dass alle Pferde startklar sind?«

Der Mann stieß wütend die Luft aus und ging weiter.

Tommy sah sich von seinem Tribünenplatz aus aufmerksam um. Warum dauerte das bloß so lange? Er hatte Billy und Bobby bereits vor einer Viertelstunde verlassen. Er ließ seinen Blick über die Zuschauer schweifen. Der Kontrast zwischen den ärmlich gekleideten Menschen auf den preiswerten Stehplätzen und den Mitgliedern der High Society auf den überdachten Sitzplätzen war auffallend. Natürlich gab es auch in Melbourne Unterschiede, aber Tommy hatte sie nicht als so extrem in Erinnerung.

Der junge Mann meinte sogar einige bekannte Gesichter unter den Zuschauern zu sehen. Stars und solche, die sich dafür hielten. Zumindest daran merkte man, dass man in Amerika war! Da stand Al Jolson, der berühmte Sänger und Schauspieler. Martin hatte Tommy erzählt, Jolson hätte am vergangenen Abend im Kasino ein Lied über Phar Lap gesungen. Aber Tommy war sich nicht ganz sicher, ob der Jockey ihm nicht einen Bären aufbinden wollte. Und das da hinten, war das nicht sogar Buster Keaton?

Der Gedanke an Emma schnürte ihm für einen Moment die Luft ab. Wie lange war es jetzt her, dass sie gemeinsam in Sydney im Kino gesessen und einen Film mit Buster

Keaton gesehen hatten? Es kam ihm vor wie ein ganzes Leben. Er erinnerte sich plötzlich an die Szene, in der ein gesamtes Haus um Keaton herum einstürzte und er schließlich aus einer Wolke von Schutt und Asche wieder auftauchte.

Endlich hörte die mexikanische Musik auf und die Stimme des Rennbahnsprechers ertönte scheppernd durch die alten Lautsprecher. »Meine Damen und Herren, die Pferde stehen jetzt in ihren Startboxen und Marshall Cassidy kann jeden Augenblick das Startzeichen geben.«

Tommy zuckte bei dem ungewohnten Lärm der Hupe zusammen und hoffte noch im gleichen Augenblick, dass es Bobby nicht ähnlich erging.

»Die Pferde sind gestartet. Mit der Startnummer neun der Favorit des Rennens, Phar Lap, geritten von Billy Elliott, ist nicht gut aus der Box gekommen. Er hat schon auf den ersten Metern den Anschluss an das Feld verloren. Nein, dies scheint nicht der Tag des australischen Helden zu werden …«

Tommy reckte den Kopf in die Höhe, aber er konnte kaum etwas sehen. Eine dichte Staubwolke hüllte die Rennbahn in Nebelschwaden. Die Hufe der galoppierenden Pferde wirbelten den ausgedörrten Boden auf.

Die Worte des Rennbahnsprechers beunruhigten ihn im Gegensatz zu Mr Davis, der bereits das Gesicht in den Händen verbarg, nicht im Geringsten. Im Gegenteil. Er hatte Billy die Anweisung gegeben, Phar Lap zurückzuhalten, und nichts anderes hatte der Jockey getan.

Als jedoch jetzt das Feld an ihm vorbeiraste und er

durch den Nebel Phar Lap an vorletzter Position zu erkennen glaubte, verlor er doch ein wenig an Zuversicht. In der Tat war der Vorsprung der Mitfavoriten Dr. Freeland, Reveille Boy – der froh zu sein schien, dass er der engen Startbox entkommen war, und weit vorne lief – und Spanish Play enorm. Würde Phar Lap das noch aufholen können?

Tommy hoffte inständig, er habe sich verguckt, als er nur noch ein einziges Pferd in der Staubwolke hinter Phar Lap entdeckte. Denn das würde bedeuten, dass neun Pferde schneller waren als seins! Und konnte Phar Lap auf wenigen Hundert Metern neun Pferde überholen?

In der Tat war Phar Lap bei dem schrillen Geräusch der Hupe erschrocken und hatte den rechten Moment zum Absprung verpasst. Kaum war er aus der Starbox, wurde er nacheinander von drei Pferden geschnitten, die den Weg zur kürzesten Strecke auf der Innenbahn suchten, und fand dadurch nicht in ein gleichmäßiges Schritttempo. Billy Elliott hatte alle Hände voll zu tun, um nicht aus dem Sattel zu gleiten, als Phar Lap einen Ausweichschritt nach dem anderen machen musste.

Die Hufe der vorauslaufenden Pferde schleuderten dem Fuchs Unmengen an Dreck ins Gesicht und Phar Lap hob widerwillig den Kopf. Sand spritzte in seine Augen und in seine Nüstern.

Billy dachte an Tommys Worte und dirigierte Phar Lap nach außen. Das verbrauchte weitere kostbare Sekunden, doch sobald Phar Lap niemanden mehr vor sich hatte, fand er sein Schritttempo und drängte vorwärts. Aber Billy hielt ihn zurück.

»Weit abgeschlagen Phar Lap. Es sieht nicht so aus, als ob der große Fuchs hier und heute sein Rennen machen könnte, meine Damen und Herren. Das australische Wunderpferd bildet beim Agua Caliente das Schlusslicht.«

»Verdammt!«, zischte Mr Davis und schleuderte seinen Hut auf den Boden. Er hatte es sich bereits so schön ausgemalt: Jedes Rennen in Amerika wollte er mit Phar Lap gewinnen und dann, wenn hier nichts mehr zu holen war, kam England dran. Und anschließend die ganze Welt. Aber jetzt war er von dieser Zukunftsvision so weit entfernt wie vom Mond, auf den ebenfalls niemals ein Mensch seinen Fuß setzen würde.

»Reveille Boy sieht sehr gut aus. Er führt das Feld an. Aber auch Bahamas macht ein gutes Rennen. Ebenso Dr. Freeland und Joe Flores. Die Pferde gehen jetzt auf die zweite Runde zu.«

Der Besitzer von Reveille Boy, der schräg hinter Mr Davis saß, lächelte zufrieden.

»Phar Lap läuft sehr langsam. Er scheint in keiner guten Verfassung zu sein. Reveille Boy nach wie vor auf Platz eins. Spanish Play auf Platz drei. Nur noch eine Dreiviertelmeile, meine Damen und Herren, dann ist das Rennen entschieden. Der Australier jedoch konnte sich heute nicht profilieren. Er wurde den Erwartungen, die man hier in ihn gesetzt hatte, nicht im Mindesten gerecht. Doch was ist das? Phar Lap schließt auf! Er greift außen an! Geht an Cabezo vorbei … Nur noch eine halbe Meile bis zum Ziel – das ist nicht mehr zu schaffen. Oder doch? Phar Lap überholt Dr. Freeland, der eingebrochen zu sein scheint. Wie ein Expresszug arbeitet sich der mächtige Fuchs vor, macht Platz um Platz gut. Jetzt überholt er Bahamas. Oh … Spanish Play fällt zurück … Phar Lap jetzt auch noch vorbei an Seth's Hope … Wer hätte das gedacht, meine Damen und Herren …?«

Die Zuschauer hatten sich von ihren Plätzen erhoben und verfolgten ungläubig, wie Phar Lap sich vom letzten Platz vorarbeitete. Keiner von ihnen hatte jemals ein Pferd so rennen gesehen. Der »Rote Blitz« schien regelrecht zu fliegen.

»Da kommt Phar Lap. Inzwischen an dritter Position hinter Reveille Boy und Scimitar. Dr. Freeland und Spanish Play weit abgeschlagen. Reveille Boy und Phar Lap. Wird sich zwischen diesen beiden das Rennen entscheiden?«

Während Mr Davis seinen Hut wieder aufgehoben hatte und ihn abklopfte, wurden die Gesichtszüge von Reveille Boys Eigentümer zusehends angespannter.

Billy schnalzte mit der Zunge und ließ Phar Lap noch mehr Zügelfreiheit. Der »Rote Blitz« schnaufte, seine Nüstern öffneten und schlossen sich wie kleine Blasebälge, seine Muskeln verlangten nach Sauerstoff. Der Fuchs spürte den Schmerz in seinem Huf, aber da war noch ein anderes Pferd vor ihm. Und er wusste, was Billy von ihm verlangte. Er wusste, was Tommy von ihm erwartete. Und er wollte alles tun, um seinen Freund zufriedenzustellen. Er wollte, dass Tommy seine Arme um seinen Hals legte und ihm liebevolle Worte ins Ohr flüsterte. Er wollte Zuckerstücke und Streicheleinheiten. Und dazu musste er dieses eine Pferd noch überholen. Auch wenn sein Huf schmerzte. Das spielte keine Rolle. Nichts spielte eine Rolle, wenn es darum ging, zu gewinnen, der Schnellste zu sein. Er musste der Schnellste sein, damit Tommy mit ihm zufrieden war.

Billy schnalzte ein zweites Mal und Phar Lap schoss davon. Jetzt erst lief er tatsächlich so schnell er konnte.

Wholey, der junge Jockey auf Reveille Boys Rücken, hörte das leise Schnalzen. Doch kaum hatte er begriffen, was geschah, war Phar Lap schon an ihm vorbei.

»Da kommt Phar Lap! Phar Lap führt das Feld an! Doch was ist das? Der Favorit scheint Schwierigkeiten zu haben … Eben noch schien ihn nichts aufhalten zu können und nun verliert er wieder an Geschwindigkeit. Reveille Boy kann Boden gutmachen …«

Tommy horchte auf. Bobby verlor an Geschwindigkeit? Das konnte nur eins bedeuten: Der Huf machte ihm Schwierigkeiten. Angstvoll hielt er seinen Blick auf Phar Lap gerichtet. Doch das Pferd war zu weit weg, um etwas erkennen zu können.

»Reveille Boy und Phar Lap Kopf an Kopf! Wer von den beiden wird sich hier durchsetzen? Reveille Boy lässt nach. Phar Lap zieht an ihm vorbei. Der große Phar Lap führt mit zwei Längen! Und da ist er! Phar Lap ist im Ziel!«

Das Publikum tobte und applaudierte. Es war das gleiche Szenario wie in Melbourne. Auch hier hatte der Fuchs mit seiner außergewöhnlichen Aufholjagd die Herzen der Zuschauer für sich gewonnen.

Doch während Mr Davis die Gratulationen entgegennahm und der Besitzer von Reveille Boy seinen Ärger hinunterzuschlucken versuchte, hatte Tommy nur ein Ziel: Er wollte zu Bobby. Er wollte wissen, was geschehen war. Warum hatte Bobby an Geschwindigkeit verloren? Was war mit seinem Huf? War er ernsthaft verletzt? Der junge Mann wusste besser als jeder andere, dass es schlimm um Bobby stehen musste, wenn er bei einem Rennen beinahe aufgab!

Tommy sah auf Anhieb, dass es Bobby nicht gut ging. Er hatte Schmerzen und hielt seinen Vorderlauf in Schonstellung. Am liebsten hätte Tommy sein Pferd genommen und wäre so schnell wie möglich mit ihm verschwunden. Doch daran war leider nicht zu denken, wie Mr Davis ihm unmissverständlich klar machte. Zunächst einmal mussten sie die Siegerehrung über sich ergehen lassen.

Tommy hielt Phar Lap am Halfter fest. Er hatte nur Augen für sein Pferd, während Mr Davis in aller Ausführlichkeit seine Dankesrede hielt. »Ich bin froh, dass nun alles vorbei ist«, begann der kleine Mann und sonnte sich in der Aufmerksamkeit der Journalisten, die ihn umringten. »Ich war niemals in meinem Leben aufgeregter. Nicht einmal beim Melbourne Cup. Mr Woodcock gehört ein großes Maß an Anerkennung, denn er hat das Pferd genauso trainiert, wie Mr Telford, Phar Laps erfahrener Trainer in Australien, es ihm aufgetragen hatte. Und Sie konnten mit eigenen Augen sehen, dass dies der richtige Weg war.«

Tommy warf Mr Davis einen bitterbösen Seitenblick zu, aber der ignorierte ihn.

»Phar Lap ist das beste Pferd, das Australien jemals hervorgebracht hat«, fuhr er ungerührt fort. »Und ich habe niemals daran gezweifelt, dass er eines Tages großartige Leistungen vollbringen wird! Phar Lap hat heute der Welt bewiesen, was für ein außergewöhnliches Pferd er ist. Wenn er nach Australien zurückkehrt, wird er jedes bedeutende Rennen in Amerika gewonnen haben.«

Die Umstehenden klatschten und einer der Mexikaner trat jetzt mit einer riesigen Blumenkette an Bobby heran, um sie ihm über den Kopf zu ziehen. Doch Bobby schreckte davor zurück. Er riss die Augen weit auf und fixierte die bunte Kette, als wäre sie ein gefährliches Raubtier oder womöglich eine Schlange, die ihn angreifen wollte.

Tommy konnte gar nicht schnell genug reagieren, als Bobby einige hastige Schritte rückwärts machte. Das schwere Pferd knickte um und wieherte vor Schmerzen auf.

»Er will nicht!«, rief Tommy empört. »Verdammt noch mal, sehen Sie nicht, dass er Angst hat?« Er hob die Hand und wehrte den Mexikaner ab, der immer noch versuchte seine Girlande an ihren Bestimmungsort zu bringen.

Doch es war bereits zu spät: Aus der Bandage um Phar Laps verletzten Huf sickerte helles rotes Blut!

24

»Es ist immer noch unerträglich,
an den ›Roten Blitz‹ zu denken als an jemanden,
der tot und von uns gegangen ist.«
FAN AUS NEUSEELAND

AUSTRALISCHES WUNDERPFERD GEWINNT IN MEXIKO!

Beim Agua Caliente Handicap bewies der »Rote Blitz« eindrücklich, dass die Titulierung »Wunderpferd« nicht übertrieben ist. In der ersten Hälfte des Rennens schien Phar Lap nicht im Mindesten mit den anderen Pferden mithalten zu können. Er lief auf der ersten Meile mit einem deutlichen Abstand hinter den anderen Pferden her. Doch dann preschte er mit der Geschwindigkeit eines Expresszuges vor und machte Platz um Platz wett, bis er mit dem führenden Reveille Boy gleichauf war. Tausende Zuschauer dachten, Reveille Boy würde Phar Lap schlagen. Und genau das dachte wohl auch Reveille Boys Jockey Wholey, bis er feststellen musste, dass der große Fuchs lediglich mit ihm spielte! »Der Reiter auf Phar Laps Rücken machte nur ein leises Geräusch und schon war Phar Lap verschwunden, außer Reichweite für Reveille Boy«, berichtete Wholey unmittelbar nach dem Rennen fassungslos.

Damit verhielt sich der Favorit genau so, wie es sein Trainer vor dem Rennen vorausgesagt hatte.

Offiziell sahen dieses Jahr 18000 Menschen das Rennen

in Agua Caliente. Jedoch kann niemand sagen, wie viele Tausend Menschen es diesmal wieder ohne Eintrittskarten schafften, den Rennverlauf zu beobachten.

Bobby steckte neugierig seinen Kopf über Tommys Schulter hinweg in die Zeitung und Tommy faltete das nach Druckerschwärze riechende Papier zusammen. Er war so unendlich erleichtert diesen Ort jetzt zu verlassen. Und die Aussicht darauf, einige Tage in Menlo Park auszuspannen, steigerte seine Freude noch.

Phar Laps Huf erstrahlte dank einer frischen Bandage wieder in leuchtendem Weiß. Immer noch belastete der Fuchs den Lauf so wenig wie möglich – jedoch fiel ihm das angesichts der holprigen Fahrbahn hin und wieder schwer. Daran konnte auch der Komfort von Mr Perrys Transporter, mit dem sie abgeholt worden waren, nicht viel ändern.

Lange hatte Tommy überlegt, ob er Bobby bereits einen Tag nach dem anstrengenden Rennen die Strapazen einer Reise über sechshundertfünfzig Meilen zumuten konnte. Doch er hatte kaum eine andere Wahl, wenn er das Pferd in Sicherheit wissen wollte, denn die Gerüchte über einen geplanten Mordanschlag auf das australische Wunderpferd rissen nicht ab. Im Gegenteil! Nach dem spektakulären Sieg schienen nicht wenige Amerikaner den ausländischen Gewinner am liebsten zu Hundefutter verarbeitet zu sehen.

Den Ausschlag dafür, die Fahrt anzutreten, hatten schließlich auch die besseren Bedingungen gegeben, die sie in Menlo Park erwarteten: eine geräumigere und hellere Box, größere und saftigere Weiden, staubfreie Straßen und ein weiches Geläuf würden Phar Lap schneller gesund werden lassen.

Tommy schloss für einen Moment die Augen und lehnte sich mit dem Rücken gegen die dünne Außenwand, während der Wagen über die Straßen holperte. Aber sobald er das tat, fiel ihm Emma ein und er machte die Augen wieder auf. Wenn er noch länger in Amerika blieb – und danach sah es im Augenblick aus –, musste er sich unbedingt überlegen, wie es mit seiner Ehe weitergehen sollte. Und die Fahrt nach Kalifornien bot ihm dafür genügend Zeit. Vielleicht konnte Emma nachkommen? Bei dem Gedanken daran, was Emma dazu sagen würde, musste Tommy lächeln. Er war sich sicher, dass es seiner jungen Frau in Kalifornien gefallen würde.

Mr Perrys Chauffeur hatte zwar verwundert geguckt, als sein Fahrgast ihm erklärte, dass er es vorzog, hinten beim Pferd einzusteigen, statt den komfortableren Platz neben ihm zu wählen. Aber der bullige Mann hatte den Wunsch kommentarlos akzeptiert. Offenbar hatte es sich bereits bis zu ihm herumgesprochen, dass dieser junge Australier ein wenig merkwürdig war, wenn es um die Beziehung zu seinem Pferd ging. Nun, Tommy konnte das nur recht sein. Hauptsache, er hatte seine Ruhe.

Nach Davis' Plänen war ihr Aufenthalt in Amerika noch lange nicht beendet. Der gestrige Sieg sollte erst der Beginn einer langen Reihe von Siegen sein. Und sogar Hollywood hatte sein Interesse an dem Wunderpferd bekundet: Irgendein bedeutender Produzent hatte Davis das Angebot unterbreitet, Phar Laps Leben zu verfilmen!

Phar Lap schnaubte und lenkte Tommy damit von seinen Zukunftsgedanken ab.

»Das ist der absolute Wahnsinn!«

Tommy sah genervt von dem Brief auf, den er an Emma schrieb und in dem er sie fragen wollte, ob sie bereit sei zu ihm und Bobby nach Amerika zu kommen. Er saß im Schneidersitz auf seinem Feldbett, das er sich vor Phar Laps Stallabteil aufgebaut hatte, und suchte verzweifelt nach den richtigen Worten. »Was ist der absolute Wahnsinn?«, fragte er jetzt und bemühte sich darum, freundlich zu bleiben. Er hatte sich so gefreut, dass ausnahmsweise niemand etwas von ihm oder Bobby wollte. Normalerweise wimmelte es im Stall nur so von Besuchern, die kamen, um das Wunderpferd einmal aus nächster Nähe zu sehen. Tommy hatte sich bereits fest vorgenommen mit Mr Davis darüber zu reden, dass an Erholung für das Pferd oder an ein zeitlich geregeltes Training unter diesen Umständen nicht zu denken war und die Besuchermassen irgendwie in geregelte Bahnen gelenkt werden mussten. Gestern hatte er achtundneunzig Personen gezählt. Das war eindeutig zu viel!

Martin war vor Tommy stehen geblieben. »Du wirst es nicht glauben!«

»Was werde ich nicht glauben?« Tommy versuchte den Gedanken, den er soeben im Kopf an seine Frau formuliert hatte, nicht zu verlieren.

»König George V.!«

»Was ist mit König George?«

»Er hat ein Telegramm geschickt!«

»Ein Telegramm?« Jetzt war der Gedanke weg.

Martin nickte eifrig. »Ein Telegramm, in dem er Phar Lap zu seinem großen Sieg gratuliert!«

»Der König gratuliert zu Phar Laps Sieg?« Tommy konnte kaum glauben, was er da hörte.

Aber Martin nickte so stolz, als wäre das Telegramm an ihn persönlich gerichtet gewesen.

Tommy drehte sich zu Bobby um, der in seiner Box stand und gemächlich auf einer Handvoll Heu herumkaute. »Hast du das gehört, Bobby? Der König persönlich hat dir gratuliert!«

Bobby spitzte zwar die Ohren, zeigte sich ansonsten aber recht unbeeindruckt von seiner eigenen Prominenz.

»Wir sind berühmt!«, stellte Martin stolz fest.

Tommy schüttelte den Kopf. »Nicht wir sind berühmt«, berichtigte er den Jockey, »sondern Bobby!«

Martins Interesse an einem Gespräch mit Tommy schien langsam zu verebben. Er hatte wohl mehr Begeisterung erwartet. »Was machst du da?«, wollte er wissen.

»Ich schreibe einen Brief an meine Frau.«

»Dann will ich dich nicht länger stören.«

Tommy sah dem Jungen hinterher, der bereits mit den Worten »Du wirst es nicht glauben …« auf sein nächstes Opfer zustürzte.

»Mr Davis, kann ich kurz mit Ihnen reden?«

Der kleine Mann mit der dicken Brille verabschiedete sich gerade von einem Reporter, dem er soeben die neueste Schlagzeile für die Zeitung diktiert hatte. »Und vergessen

Sie nicht!«, rief er ihm hinterher. »*Das beste Pferd, das jemals auf amerikanischem Boden lief!*« Dann wandte er sich zu Tommy um. »Was gibt's?«

»Das geht so nicht mehr weiter«, begann Tommy. »Morgens um sieben stehen die ersten Besucher vor Phar Laps Stall und abends um neun kehren die Wachleute die letzten raus. Phar Lap kommt nicht zur Ruhe – genauso wenig wie ich. Und ich weiß nicht, wann ich ihn überhaupt trainieren soll, weil immer irgendjemand da ist. Ganz zu schweigen davon, dass niemand für die Sicherheit des Pferdes garantieren kann, wenn dauernd lauter Fremde vor der Box stehen.«

»Nun, wir sind unserem Publikum gegenüber natürlich zu einem gewissen Entgegenkommen verpflichtet«, sagte Mr Davis. »Und ich glaube auch nicht, dass Phar Lap in irgendeiner Weise in Gefahr ist. Sonst würde ich ihn kaum allein lassen.«

Mit dem letzten Satz spielte Mr Davis darauf an, dass er bereits einen längeren Aufenthalt in Hollywood für sich geplant hatte, um mit dem Filmproduzenten zu verhandeln, der Phar Laps Leben verfilmen wollte.

»Ich weiß«, sagte Tommy. »Aber wir sollten vielleicht so etwas wie Besuchszeiten einführen, damit Phar Lap wenigstens ein paar Stunden am Tag Ruhe hat. Schauen Sie sich das Pferd doch mal an! Es ist gestresster als nach einem Rennen!«

»Also gut. Ich werde eine Pressemitteilung veranlassen, dass Phar Lap nur noch nachmittags von …« Er überlegte. »… von eins bis vier zu besichtigen ist.«

»Sir?« Tommy versuchte ruhig zu bleiben. »Drei Stunden?«

Mr Davis schnaufte. »Was schlägst du vor?«

»Von halb drei bis vier«, feilschte Tommy.

»Schön, dann eben von halb drei bis vier.«

Obwohl er schon froh war, dass er jetzt nicht mehr von morgens bis abends den Entertainer spielen musste, fühlte sich Tommy jeden Nachmittag von halb drei bis vier wie ein Zirkusdirektor. Er führte Bobby vor, setzte Kinder auf den Rücken des Pferdes oder ließ sie Phar Lap mit Apfelstücken und Zucker füttern. Seit Tommy ein kleines Mädchen dabei überrascht hatte, wie es Bobby etwas zusteckte, achtete er mit Argusaugen darauf, dass Bobby nur zu fressen bekam, was aus seiner eigenen Tasche stammte.

Zunächst schien Bobby Spaß an den Besuchern zu haben, doch mit der Zeit ließ seine Begeisterung spürbar nach. Tommy merkte, dass der »Rote Blitz« am liebsten seine Ruhe gehabt hätte. Nach wie vor waren die schönsten Stunden die, die sie gemeinsam mit Spaziergängen verbrachten.

Tommy arbeitete so viel wie nie zuvor in seinem Leben, aber außer Emma vermisste er dabei nichts. Während sich die anderen amüsierten und auf Partys mit ihrer Freundschaft zu Phar Lap prahlten, ging Tommy früh zu Bett und stand jeden Morgen vor Anbruch der Dämmerung auf.

Er liebte die friedliche Stille im Stall, bevor die anderen erwachten und der Tag mit all seinen Verpflichtungen und Terminen begann. Seine erste Handlung bestand jeden

Morgen darin, seine Hand mit einem Zuckerstückchen darin über die untere Stalltür zu strecken und Phar Laps samtweiche Nüstern zu spüren, bevor das Pferd den Zucker mit einer fast schon zärtlichen Berührung seiner Lippen entgegennahm. Erst dann stand er langsam auf und rieb sich den Schlaf aus den Augen. Und anschließend machte er sich einen Spaß daraus, den Wachmann zu erschrecken, der jede Nacht einschlief und laut schnarchte.

Auch an diesem Morgen hielt Tommy seine Hand mit dem Zucker über die untere Boxenklappe in Phar Laps Stall.

Im Halbschlaf wunderte er sich, als das Tasten der Nüstern ausblieb. Schlief Bobby etwa noch? Ohne sich umzudrehen, schnalzte Tommy leise mit der Zunge.

Nichts.

Mit einem Ruck drehte sich Tommy um und blickte in den Stall. Sein Herzschlag setzte für einen Moment aus, als er Phar Lap sah.

Das Pferd hatte den Kopf, so weit es ihm möglich war, von dem Zuckerstück weggedreht und machte einen regelrecht angewiderten Eindruck.

»Was ist los, alter Junge?« Besorgt sprang Tommy auf und stürzte barfuß in den Stall. Er war so außer sich, dass er nicht einmal vorher in seine Schuhe schlüpfte. Wenn Bobby seinen Zucker nicht nahm, dann musste es ihm verdammt schlecht gehen!

Aus den Augenwinkeln sah Tommy, dass Phar Lap auch sein Futter nicht angerührt hatte. Der junge Mann kniete sich neben das liegende Pferd und strich ihm prüfend über

Stirn und Maul. Das Fell des Pferdes fühlte sich warm an. Etwas zu warm.

Erst jetzt blickte er sich zu dem Wachmann um, der in vertrauter Position, schlafend und schnarchend, auf seinem Platz war.

»Hey, John!«

Der Mann verschluckte sich fast an seiner eigenen Zunge, als er so plötzlich wach wurde, und griff automatisch nach seinem Revolver.

»Deine Waffe kannst du stecken lassen«, sagte Tommy. »Bobby ist krank. Bitte hol Dr. Nielsen. Er soll sofort kommen!«

»Was hat er denn?«, fragte John, während er sich von seinem Stuhl erhob. Seine Knochen knackten, als er aufstand.

Tommy zuckte mit den Schultern. »Er will nicht fressen. Vielleicht eine Kolik …«

Während John den Tierarzt holte, kümmerte sich Tommy um sein Pferd. Phar Lap stöhnte leise und der junge Mann ging im Kopf alles durch, was Bobby in den letzten vierundzwanzig Stunden gefressen hatte. Aber ihm fiel nichts ein, was für eine Kolik verantwortlich sein konnte.

»Na endlich«, brummte er, als Dr. Nielsen neben ihm sein Arztköfferchen öffnete und sich verschlafen die Augen rieb. Tommy drehte den Kopf weg, denn der Tierarzt stank nach Alkohol und Zigarettenqualm.

Wortlos überprüfte Dr. Nielsen die Temperatur, tastete Phar Laps Organe ab und begutachtete die Schleimhäute der Augen und des Mauls. »Die Temperatur ist etwas erhöht«, sagte er schließlich. »Und der Bauch leicht aufgebläht.«

»Eine Kolik?«, fragte Tommy.

Der Tierarzt nickte. »Hat er etwas Außergewöhnliches gefressen?«

»Nein.« Tommy hätte keinen Grund dafür nennen können, aber irgendetwas ließ ihn an der Diagnose zweifeln.

»Ich gebe ihm etwas«, sagte Dr. Nielsen mit rauer Stimme, während er bereits ein Pulver in einem großen Glas Wasser auflöste und in seiner Tasche nach einem Trichter mit Schlauch suchte, um Phar Lap das Gebräu zu verabreichen. »Du solltest ihn in Bewegung halten, dann wirkt die Medizin schneller.«

Tommy tastete bereits nach seinen Anziehsachen und seinen Schuhen. Er hatte nichts gegen morgendliche Spaziergänge, weiß Gott, aber so hatte er sich das nicht vorgestellt.

Die Morgensonne tauchte die Landschaft bereits in ein friedvolles Licht, aber Tommy hatte keine Augen für die Schönheit der Natur.

Runde um Runde führte er Bobby am Zaun der Weide entlang und wartete darauf, dass die Medizin, die Dr. Nielsen dem Pferd verabreicht hatte, zu wirken begann.

Doch Phar Lap ging es zunehmend schlechter. Er stöhnte und Tommy musste ihn immer wieder antreiben, damit er überhaupt weiterging. »Komm schon, Bobby«, sagte er. »Du darfst nicht stehen bleiben.«

Phar Lap setzte sich schwerfällig in Bewegung, aber nur um bereits wenige Meter später erneut zu stoppen.

Tommy trat neben das Pferd und legte ihm die Hand auf Stirn und Nase. Erschrocken riss er die Augen auf. Die Temperatur war weiter gestiegen. Bobby glühte förmlich! »Verdammt«, zischte Tommy. »Warum wirkt die Medizin nicht? Hier stimmt doch was nicht!«

In diesem Moment spürte Tommy die Angst.

Dr. Nielsens Atem roch nach wie vor nach Alkohol und seine Augen waren noch geröteter als vor einer Stunde. Wieder überprüfte der Tierarzt die Temperatur und sein Gesichtsausdruck, als er das Ergebnis seiner Untersuchung sah, beunruhigte Tommy.

»Was ist?«, fragte er ungeduldig.

Der Tierarzt schüttelte den Kopf. »Die Temperatur ist drastisch gestiegen. Es geht ihm schlechter.«

»Dass es ihm schlechter geht, sehe ich selbst«, sagte Tommy. »Aber warum? Was hat er?«

»Ich weiß es nicht. Die Medizin hätte längst wirken müssen!«

»Es ist keine gewöhnliche Kolik, stimmt's?«

Der Tierarzt zuckte stumm mit den Schultern. »Hat er irgendetwas Außergewöhnliches gefressen?«, wiederholte er seine Frage vom Morgen.

»Nein, das habe ich doch schon gesagt!« Tommy war nervös, und dass Bobby neben ihm vor Schmerzen stöhnte, machte ihn aggressiv. Er litt unter dem Gefühl der Ohnmacht. Bobby ging es schlecht und er konnte ihm nicht helfen! Dabei erwartete Bobby von ihm Hilfe! »Er hat sein normales Futter gekriegt und war für einige Zeit auf der Weide.«

»Auf der Weide?« Dr. Nielsen wurde hellhörig.

»Ja, auf der Weide.«

»Also hat er frisches Gras gefressen?«

»Natürlich hat er frisches Gras gefressen!« Tommy musste sich beherrschen, um nicht zu schreien. »So wie das andere Dutzend Pferde auf den Koppeln ringsum auch! Und von denen hat keins eine Kolik!«

Der Tierarzt seufzte. »Das hilft uns alles nicht weiter. Ich rufe Bert Wolfe in San Francisco an. Er soll kommen und uns helfen.«

»Aber er soll sich verdammt noch mal beeilen!«

Während Dr. Nielsen mit seinem Kollegen aus San Francisco telefonierte, setzte Tommy seine Runden mit Bobby fort.

Phar Lap setzte jetzt nur noch mühsam einen Lauf vor den anderen. Jeder Schritt kostete ihn Überwindung. Der Schmerz in seinem Bauch kam und ging in Wellen, die sich zunächst auftürmen und dann am Strand brechen, nur um anschließend zurückzufließen und das Spiel von vorne zu beginnen. Es fühlte sich an, als zerrisse ein Raubtier seine Gedärme.

Tommy wusste, dass sich das Pferd nur noch ihm zuliebe fortbewegte. Bobby hatte stets alles getan, was er von ihm verlangt hatte, und daran würde sich bis zum bitteren Ende nichts ändern. Er war ihm vom ersten Tag an vertrauensvoll gefolgt.

Tommy erinnerte sich an ihre erste Begegnung im Hafen von Sydney. Er hatte damals gerade die halbmondförmige Blesse des Tieres gemustert, als das Pferd die Augen aufschlug und ihn direkt anblickte. Der junge Mann hatte für einen Moment sogar vergessen zu atmen. Die braunen Augen, die seinen begegneten, waren so voller Gefühl gewesen, wie er es nie zuvor bei einem Pferd erlebt hatte. Sie zeigten deutlich die Pein, die die geschundene Kreatur empfand, und sie schienen ihn um Hilfe zu bitten. Und mit dem gleichen Blick betrachtete Bobby ihn auch jetzt.

»Hilf mir!«, schien dieser Blick zu sagen. »Bitte tu etwas!«

Damals hatte der junge Mann ein stilles Versprechen geleistet, dass er tun würde, was in seiner Macht stand, um dem Fuchs mit der außergewöhnlich geformten Blesse beizustehen, so gut er konnte. Und nun, wo er gefordert war, versagte er. Tommy hätte schreien mögen! Noch nie in seinem Leben hatte er sich so hilflos gefühlt! Bobby litt ungeheuerliche Schmerzen und er wusste nicht, was er tun sollte, um ihm zu helfen!

Wo blieb nur dieser verfluchte Tierarzt?

Tommy ging im Kopf alle Möglichkeiten durch: Wenn Bobby keine Kolik hatte, was war es dann?

Dr. Nielsen hatte ihm eine Medizin verabreicht, die nicht half. Vielleicht hatte der Tierarzt das falsche Medikament genommen? Immerhin war er übermüdet und hatte offensichtlich eine beachtliche Menge Alkohol konsumiert. War es möglich, dass sich der Arzt vertan hatte?

Und wenn Bobby vergiftet worden war? Dieser Gedanke

erschreckte Tommy derart, dass er selbst einen Augenblick stehen blieb und erst, als Bobby hinter ihm erneut stöhnte, weiterging. Der Wachmann hatte geschlafen. War jemand unbemerkt in den Stall gekommen und hatte sich an Phar Laps Futter zu schaffen gemacht?

Im Geiste ging Tommy noch einmal die gestrige Besuchszeit durch. Aber er konnte sich beim besten Willen an nichts Auffälliges erinnern.

Plötzlich schrie Bobby hinter ihm vor Schmerzen auf. Der Schrei ging Tommy durch Mark und Bein. Die Vorderläufe des Pferdes knickten ein, und bevor Tommy etwas daran ändern konnte, lag Bobby auf dem Boden. Sein Bauch hob und senkte sich ruckartig unter seinen Atemzügen und die Augen des Fuchses flackerten.

»Nein, Bobby, nein!«, rief Tommy und versuchte das Pferd aufzurichten. »Du darfst nicht liegen!« Tommy schob mit aller Kraft, doch gegen eine halbe Tonne konnte er nichts ausrichten. »Steh auf!«, befahl er dem Pferd.

Doch Bobby stöhnte lediglich, hob mühsam den Kopf und öffnete für einen Moment die Augen.

Tommy sah, dass das Pferd außer Stande war ihm zu gehorchen. Er kniete sich neben Phar Laps Kopf und strich ihm über die Stirn. »Bobby, mein Junge«, sagte er mit zittriger Stimme. Er kämpfte gegen die Tränen an. »Bobby, du darfst nicht sterben. Bitte!« Aber er wusste bereits, dass alles Flehen vergeblich war.

Dieses Pferd, das vor kurzem noch mit einem gespaltenen Huf ein Rennen gewonnen hatte, war am Ende. Es konnte nicht mehr.

»Wo bleibt nur dieser verdammte Tierarzt?«, fluchte Tommy, obwohl er ahnte, dass auch der Tierarzt seinem Freund nicht mehr helfen konnte.

Bobbys braune Augen ruhten jetzt auf Tommy und Tommy konnte sehen, wie der »Rote Blitz« ruhiger wurde. Es schien, als hätte das Tier seinen Kampfgeist verloren. Das Pferd gab sich geschlagen. Es hatte den letzten, den entscheidenden Kampf seines Lebens verloren.

Der letzte Atemzug entwich den Lungen des Fuchses und sein Blick wurde starr.

»Bobby!«, schrie Tommy. »Bobby!«

Dann brach er weinend über dem toten Pferdekörper zusammen.

EPILOG

»Als ich von seinem Tod las, fühlte ich mich, als hätte ich mein eigenes Kind verloren.«
FAN AUS NEUSEELAND

Nach Phar Laps Tod am 5. April 1932 blieb Tommy Woodcock noch für einige Zeit in Amerika. Mit seinen ungewöhnlichen Trainingsmethoden verhalf er dort zwei jungen Pferden zu Siegen, die von ihrem Besitzer bereits als untauglich ausgemustert worden waren.

Das eine, Sun Archer, galt als »verrückt«, seitdem es mit seinem Kopf so fest gegen die Wand seines Stalls geschlagen hatte, dass es Verletzungen davontrug. Unter Woodcock als Trainer begann es zu siegen. Sunmelus, das andere dieser beiden Pferde, hatte angeblich zu schwache Kniegelenke, die ihn – nachdem er von Woodcock trainiert worden war – aber nicht daran hinderten, in mehreren Rennen zu gewinnen. Zu diesem Zeitpunkt war Woodcock jedoch bereits nicht mehr in Amerika, denn er bekam dort keine Arbeitserlaubnis und musste nach Australien zurückkehren.

Am 27. April 1985 starb er knapp achtzigjährig nach einem langen und erfüllten Leben als Trainer in Yarrawonga.

Das Rätsel um Phar Laps Tod konnte bis heute nicht mit Gewissheit gelöst werden.

Wurde er vergiftet? Und wenn ja, war es Absicht oder womöglich ein Versehen?

Starb er an einer Kolik?

Verabreichte Dr. Nielsen, der Veterinär, die falsche Medizin?

Selbstverständlich wurde Phar Lap nach seinem Tod mehrfach untersucht. Dabei stellte man nicht nur fest, dass er mit 6,36 Kilo ein – selbst für ein Rennpferd – außergewöhnlich großes Herz besaß, sondern auch, dass einige seiner Organe geringe Mengen Arsen aufwiesen.

Dieses Arsen – so zumindest lautete die allgemeine Meinung der Mediziner – kann aber nicht die Ursache für seinen Tod gewesen sein. Das Gift stammte vermutlich aus einem Pflanzenschutzmittel, mit dem kurz vor Phar Laps Tod einige Bäume in der Umgebung der Ranch eingesprüht worden waren, auf der Phar Lap seine letzten Tage verbrachte. Doch nicht nur er hatte das mit Arsen belastete Gras der Weiden gefressen, sondern mit ihm dreizehn weitere Pferde, die keinerlei Vergiftungssymptome aufwiesen.

Tommy Woodcock sagte im Gespräch mit Jan Wositzky, der eine Biografie des Trainers schrieb: »Ich habe mich oft gewundert. Der Tierarzt war am Abend ausgegangen. Er war viel unterwegs zu der Zeit. Ich fragte mich, ob er vielleicht noch nicht ganz wach gewesen war oder so etwas. Immerhin war es sehr früh am Morgen. Vielleicht hatte er Phar Lap die falsche Medizin verabreicht? Um fünf Uhr früh war Phar Lap ein bisschen krank, er hatte leicht erhöhte Temperatur, aber es war nichts, was ich als ernst bezeichnet hätte. Und das Pferd sah auch nicht besonders krank aus. Aber nachdem es die Medizin eingenommen hatte, wurde es schlimmer und schlimmer. Und fünf Stunden nachdem Nielsen ihm die Medizin gegeben hatte, war Phar Lap tot.«

Oder war es doch eine gewöhnliche Kolik gewesen, die einen außergewöhnlich schweren Verlauf nahm? Zu diesem Ergebnis zumindest kam Dr. Karl F. Meyer, der Direktor der Hooper Foundation for Medical Research an der University of California, nach seiner Obduktion am 9. April 1932: »Der Tod des Rennpferdes Phar Lap wurde durch eine Kolik hervorgerufen, die zu einer akuten Entzündung des Magen-Darm-Traktes führte.«

Erst achtundsechzig Jahre nach Phar Laps Tod lieferten die Autoren Geoff Armstrong und Peter Thompson in ihrer im Jahr 2000 erschienenen Biografie Phar Laps weitere Erkenntnisse, die vielleicht erklären können, was damals wirklich geschah. Sie ließen Dr. John van Veenendaal, einen Veterinärmediziner mit vierundzwanzigjähriger Berufserfahrung, der sich hauptsächlich mit Rennpferden befasst, zu Wort kommen: »Phar Lap starb an einer Vergiftung. Aber es war kein Gift, das ihm absichtlich oder versehentlich verabreicht wurde. Das Gift, das zu seinem Tod führte, war ein *Enterotoxin*, das eine *Enteritis anterior* oder medizinisch korrekt *Duodenitis (Jejunitis proximalis)* verursachte. Das Krankheitsbild, wie Tommy es mir beschrieb, und die Fakten, die Sie (gemeint sind die Autoren des Buches Geoff Armstrong und Peter Thompson, Anmerkung der Verfasserin) zu seinem Tod zusammengetragen haben, legen den Schluss nahe, dass dies die wahrscheinlichste Ursache für seinen Tod darstellt.«

Wurde Phar Lap also tatsächlich das Opfer eines »einfachen« Bakteriums, von dessen Existenz 1932 noch niemand wusste?

Laut van Veenendaal sterben siebzig Prozent aller Pferde, die von diesem Bakterium befallen sind. *»Phar Lap«*, so sagte er, *»hatte keine Chance.«*

Eine Verstrickung merkwürdiger Zufälle, die jedoch natürliche Ursachen hatten, könnte also eine simple Erklärung für den Tod des gerade fünf Jahre alten Pferdes liefern, das bereits zu Lebzeiten eine Legende war und als »Held einer Nation« ewig in den Köpfen aller Australier und Pferdeliebhaber auf der ganzen Welt weiterleben wird. Eine endgültige Klärung der Umstände, die zu Phar Laps mysteriösem Tod führten, wird es – über siebzig Jahre später – wohl nicht mehr geben. Doch sorgt das Museum Victoria in Melbourne bis zum heutigen Tage für ein ehrendes Andenken an dieses außergewöhnliche Pferd. Phar Laps sterbliche Hülle wurde konserviert und ist in dem Museum ebenso zu besichtigen wie etliche originale Unterlagen, zum Beispiel Zeitungsartikel aus seiner großen Zeit und ein Teil der über sechzig Briefe, die Harry Telford nach dem Tod des Pferdes von Anteil nehmenden Mitmenschen aus aller Welt zugesandt bekam.

Literatur und Quellen

Geoff Armstrong/Peter Thompson, *Phar Lap. How a horse became a hero of his time and an icon of a nation*, Australien [2]2003

Jan Wositzky, *Tommy Woodcock 1905–1985*, Australien 1986

Phar Lap. Legende einer Nation. (VHS, Regie: Simon Wincer) Phar Lap Management 1984

Homepage des Victoria Museums, Melbourne, Australien: *www.mov.vic.gov.au*